Gottes Worte und die Lehre Jesu sollen uns die Priester, Bischöfe und Kardinäle in ihren Kirchen zutragen. Der Klerus selbst bezeichnet sich als Gottes Sprachrohr auf Erden. Doch auch die Mitglieder der abendländischen Kirche sind nur Menschen und nicht unfehlbar. Unter ihnen gibt es wie in jeder anderen Gesellschaft auch gute und schlechte Menschen. Oft versuchte der Vatikan die schlechten Dinge einiger seiner Angestellten unter den Teppich zu kehren. Nie sollte deren Fehlverhalten an die Öffentlichkeit kommen. Im Mittelalter baute der Vatikan seine Macht und sein Vermögen durch Mord und Totschlag aus. Die von ihm aufgebaute mächtige gesellschaftliche und politische Stellung hält noch bis in die heutige Neuzeit an. So auch in meinem Roman, dessen Geschichte frei erfunden und doch eventuell von Vielen so erlebt wurde. In meinem Buch setzt sich eine Frau zur Wehr und verübte der Gerechtigkeit halber Selbstjustiz.

Der Fall Julia

Die Zelle

Es war ein kalter, regnerischer Wintertag. Die Wolken hingen dunkelgrau gefärbt über den Dächern von München. Die Regentropfen klopften an das Glas des Fensters, aus dem Victoria durch die vergitterten Metallstäbe ihrer Zelle schaute. Ihre Gedanken waren genauso trübe wie das Wetter. Hier in der Stadelheimer Straße saß sie seit heute in der Justizvollzugsanstalt ein. Diese Einrichtung hatte eine Frauenabteilung, in der sich Victoria jetzt wiederfand. Sie konnte es selbst kaum glauben, dass sie jetzt hier unter den vielen Kriminellen eingesperrt war. Bis heute morgen war sie eine ganz normale Frau, ohne je mit der deutschen Justiz in Berührung gekommen zu sein. Außer ein paar Strafzettel wegen überhöhter Geschwindigkeit hatte sie sich nie etwas zuschulden kommen lassen.

Victoria drehte sich vom Fenster weg und guckte sich in dem kargen Raum um. Die Wände waren genauso grau wie das Wetter über der Landeshauptstadt des Freistaates Bayern. Andere Häftlinge hatten ihre Kommentare und Schmierereien auf den Zellenwänden hinterlassen. Der letzte Anstrich schien Jahrzehnte her zu sein. Das Bett auf der linken Seite sah schon beim Hingucken unbequem und klein aus. Die Matratze war dünn und würde Victoria mit Sicherheit keinen beruhigenden Schlaf bringen. Im Gegenteil, Rückenschmerzen werden sie jeden Morgen beim Aufstehen begleiten. Neben dem Bett an der Wand gegenüber stand ein kleiner Holzschrank, der seine beste Zeit lange Jahre hinter sich hatte. Auch hier waren Anmerkungen anderer Häftlinge zu sehen. Zwischen dem Bett und der gegenüberliegenden Wand, unter dem Fenster, war die Toilette. Ohne die fehlende Toilettenbrille, würde Victoria sich

doch dazu war die Justiz nicht bereit.
Ich nahm den Revolver aus meiner Tasche
und erschoss dich,
dass war meine Rache.
Eingesperrt wurde ich zu lebenslange Haft,
viele Kinder habe ich dadurch gerettet,
aus deiner Pädophilen Machenschaft.

Mit was für ein Recht darfst du weiter leben?
Ich möchte dir einfach nur die Kugel geben.
Du kannst deinen Trieb nicht kontrollieren,
andere Eltern werden auch ihr Kind verlieren.

Das Recht zu leben hast du nicht verdient,
deshalb habe ich mich meines Revolvers bedient.
Egal was ich tat,
es bringt mir keinen Trost,
meine Tochter ist begraben
und bleibt auf Ewig tot.

Ich möchte den Roman mit den von mir geschriebenen Songtext als Einleitung beginnen. Dieser Song spiegelt die Geschehnisse, die in diesem Roman von mir beschrieben werden, wieder.

Als ich im Gerichtsaal saß
und dich dreckig lächeln sah,
lief es mir eiskalt den Rücken runter,
weil ich aus deinem Munde hörte was geschah.
An meine Tochter hast du dich vergangen,
als du mit ihr fertig warst,
hat sie sich aufgehangen.

Mit was für ein Recht darfst du weiter leben?
Ich möchte dir einfach nur die Kugel geben.
Du kannst deinen Trieb nicht kontrollieren,
andere Eltern werden auch ihr Kind verlieren.

Dich mir gegenüber sitzen zu sehen,
ist kaum zu ertragen.
Ich hoffe der Richter wird mutig sein
und nicht versagen.
Nach dem Urteil auf Bewährung,
glauben konnte ich nicht des Richters Erklärung.

Mit was für ein Recht darfst du weiter leben?
Ich möchte dir einfach nur die Kugel geben.
Du kannst deinen Trieb nicht kontrollieren,
andere Eltern werden auch ihr Kind verlieren.

Ich schrie laut nach Gerechtigkeit,

müsste. Erst jetzt blickte Victoria die Frau an und sah sie leicht lächeln. Danach wurde die Zellentür wieder von der anderen Seite verriegelt.

Es war gegen 9 Uhr, als die Zellentür erneut geöffnet und Victoria von der Schließerin zu ihrem Strafverteidiger gebracht wurde. Der Rechtsanwalt wartete schon auf seine Mandantin und begrüßte diese mit Handschlag. Die Angestellte schaute in diesem Moment absichtlich weg. Der Anwalt Jochen Finn übernahm Victorias Verteidigung und wurde so, von einem Tag auf den anderen zum Medienstar. Er legte seiner Klientin einen Stapel Tageszeitungen und Boulevardberichte auf den Tisch. Victorias Tat war überall auf der Titelseite zu lesen. Die Presse schrieb, ohne wirklich über die tatsächlichen Argumente seiner Klientin Bescheid zu wissen und Jochen Finn schüttelte mit dem Kopf. Zuerst bot er Victoria das Du an und danach besprach er mit ihr die nächsten juristischen Schritte. Doch eines stellte er sofort klar. Victoria aus dem Gefängnis zu holen, würde ihm und auch sonst keinem Anwalt gelingen. Es ginge jetzt nur darum, das Strafmaß so weit wie möglich zu reduzieren. Auf alle Fälle zeigten die Medien weltweit ein riesiges Interesse an Victorias Handlung und versuchten ein exklusives Interview mit ihr zu bekommen. Doch Jochen Finn ermahnte Victoria, sich zurzeit auf irgendwelche Angebote der Medien einzulassen. Das Gericht würde dadurch vielleicht negativ beeinflusst werden. Noch dazu wollte Jochen Finn als Victorias Strafverteidiger von ihr nichts über die tatsächlich geplante Tat wissen. Es ging nicht um Recht oder Mitleid auch nicht um das Warum.
Für Jochen Finn ging es nur darum, Victoria so gut wie möglich zu vertreten. Das er dazu in den Medien zum Star wurde, war

auf dem nackten Keramikteil setzen müssen. Auch an der Toilette waren die Jahre des Gebrauches deutlich zu sehen. Urinstein und andere hartnäckigen Verschmutzungen winkten ihr beim Hineingucken zu. Dabei war Victoria im eigenen Haushalt sehr penibel und achtete ganz besonders auf Hygiene und Sauberkeit. Der gesamte Eindruck ihrer jetzigen Situation brachte ihr ein Würgereiz und Victoria musste sich in die gerade noch inspizierte Toilette übergeben.

Kurz danach schloss einer der Justizangestellten die Zellentür auf und eine Frau in Uniform betrat die Zelle. Ihr Gesicht zeugte nicht von Fröhlichkeit und sie stellte Victoria ein kleines Bündel auf den Schrank. Danach kam der andere Schließer und stellte ihr ein Tablett auf den kleinen Tisch neben dem Schrank. Ohne ein weiteres Wort zu verlieren, verließen die beiden die Zelle und Victoria hörte, wie die schwere Zellentür von außen verschlossen wurde. Auf dem Tablett waren zwei Scheiben Brot. Eines mit Käse und das andere mit Aufschnitt belegt. Dazu ein Becher mit Orangensaft. Victorias Abendbrot für den ersten Tag. Sie stand von ihrem Bett auf und untersuchte das auf dem Schrank liegende Bündel. Sie packte eine Zahnbürste, Zahnpasta, ein Stück Seife und ein Handtuch aus. Ohne das Abendessen anzurühren, legte sie sich auf die unbequeme Matratze und verfiel in ein unendlichem Geheule.

Victoria schloss in ihrer ersten Nacht in der Justizvollzugsanstalt kein Auge und wurde von der Frühschicht mit einem Frühstückstablett geweckt. Die Angestellte sah das unberührte Abendbrot, tauschte die Tabletts aus und musterte Victoria ganz genau. Nach etwa einer Minute des langen Schweigens, sprach sie Victoria an und sagte ihr, dass sie essen für ihn nebenbei die beste Werbung. Mit diesem Fall würde er zumindest national zu den Größten in seiner Gilde aufsteigen. Victorias Sitzung mit ihrem Anwalt dauerte fast drei Stunden und als sie wieder auf dem Weg in ihrer Zelle war, sprach die begleitende Justizangestellte sie leise an. Sie spendete Victoria ihren Trost zu und gab ihr zu verstehen, ihre Handlung nachvollziehen zu können. Danach verlor sie kein weiteres Wort an die Strafgefangene mehr und schloss die Tür der Zelle kommentarlos hinter Victoria ab.

Es war Victorias zweiter Tag in ihrem neuen Zuhause und sie verzichtete auf ihren täglichen Freigang auf dem Hofgelände der Frauenabteilung.

Sie stand am Zellenfenster und schaute hinaus in den Innenhof der Justizvollzugsanstalt. Der gestrige Regen verwandelte sich in Schnee. Dicke weiße Flocken fielen aus den Wolken und suchten den Weg auf die Erde. Das vorher graue Gefängnisgebäude wurde so teilweise in Weiß eingeschneit und nahm Victoria etwas von ihrer bedrückten Stimmung ab. Es war der erste Schnee diesen Winter und Victoria dachte in diesem Moment, wie viele Winter sie wohl eingesperrt verpassen würde.

Ihre Gedanken rasten plötzlich durch ihren Kopf. Was würde aus ihrer Arbeit werden? Was passiert mit ihrem Wohnhaus in Unterpfaffenhofen auf der Sandstraße vor den Türen der Weltmetropole München? Doch sie wusste auch vor ihrer Tat, was geschehen würde. Ihr wurde das Wichtigste in ihrem Leben genommen. Den Rest gab sie durch ihre Rache selbst auf.

Die graue, kahle Zelle wirkte kalt und deprimierend auf Victoria und sie spürte den ganzen Hass, der sie in dieser Lage gebracht hat. Tränen der Ohnmacht, der Wut und Verzweiflung liefen an ihren Wangen herunter und fielen auf den nackten Betonboden.

Victoria saß den ganzen Nachmittag unbeweglich auf ihre Schlafstätte und starrte die graue Wand an. Sie suchte die Flucht in ihren Gedanken. In ihrem geistigen Universum vergaß sie den Schrecken und fühlte sich weit entfernt von der Wirklichkeit.

Erst das Öffnen der Zellentür brachte sie in die Realität zurück. Genauso wortlos wie gestern um die gleiche Zeit, stellte die Justizangestellte ihr das Tablett mit den Brotscheiben auf den kleinen Tisch, während ein anderer Schließer an der Tür wachte. Einige Sekunden später war wieder Stille eingekehrt und Victoria biss zum ersten Mal in eine der Brotscheiben. Erst jetzt wurde ihr klar, dass sie schon zwei Tage nichts mehr gegessen hatte. Dieses Mal aß sie alles auf und ihr Magen bedankte sich dafür, indem er mit dem Knurren aufhörte. Irgendwann, Victoria lag auf der Pritsche und starrte dieses Mal die Zellendecke an, fielen ihr vor Müdigkeit die Augen zu und sie fiel in einen unruhigen Schlaf. So verging ihr zweiter Tag in der Justizvollzugsanstalt München.

Der dritte und vierte Tag vergingen ähnlich. Am fünften Tag, es war ein Samstag, wurde sie zum Gefängnisdirektor gerufen. Der Kerl saß übergewichtig hinter seinem Schreibtisch und zeigte mit der Hand auf den Stuhl vor sich. Victoria nahm platz und wartete auf des Direktors Beginn. Doch der ließ sich Zeit und blickte erst in ihre Akte. Nach etwa fünf Minuten, die Victoria unendlich vorkamen, lächelte er, erhob sich und reichte seiner neuen Insassin die Hand. Victoria tat es ihm gleich und nannte ihren Namen. Der Direktor stellte sich ebenfalls mit Namen vor und Victoria erfuhr, dass er Friedrich mit Nachnamen hieß. Danach waren die Floskeln ausgetauscht und er kam zum Punkt seines Anliegens. Er erwähnte, dass Victoria bis zum endgültigen Urteil in dieser Haftanstalt verbleiben würde und es hier einige Regeln zu befolgen gäbe. Er erklärte ihr den üblichen Ablauf in diesem Haus und teilte Victoria zum Arbeitsdienst ein. Als neuer Häftling musste sie natürlich den Job machen, den die länger Einsitzenden versuchen zu umgehen. Victoria war ab sofort für die Ordnung und Sauberkeit der gemeinsamen Sanitäranlagen eingeteilt. Das hieß nichts anderes, wie Toiletten schrubben. Die Arbeit wurde sogar mit einem Euro am Tag belohnt und dem Häftling nach dem Verbüßen seiner Zeit in diesem Etablissement ausgezahlt. Unter den Insassinnen gab es mehrere Putzkolonnen und jede Kolonne hatte eine Vorarbeiterin, diese würde sich nach ihrem Gespräch mit dem Direktor bei Victoria vorstellen und ihr den Ablauf erklären. Vorarbeiterinnen sind Frauen, die sich durch gute Führung das Privileg für diesen Posten verdient hatten. So kam es, dass Victoria nach einer Woche den Schmutz aus den Toiletten putzen musste, die die anderen Insassinnen dort hinterlassen haben.

Victorias Tat war auch ein Thema der anderen eingesperrten Frauen und viele unter ihnen hatten Verständnis für das, was Victoria hier in die Justizvollzugsanstalt brachte. Es gab sonst nichts für sie zu tun. Ein Tag war wie der Andere. Die einzige Abwechslung, die Victoria vom immer wieder gleichen Tagesablauf hatte, war der Besuch ihres Verteidigers Jochen Finn.

Finn hielt sie auf dem Laufenden und beriet sich mit seiner Mandantin über die Strategie, die sie zusammen vor Gericht anstreben wollten. Jochen Finn wollte auf Unzurechnungsfähigkeit plädieren, doch Victoria wollte, dass die ganze Welt die Wahrheit erfahren sollte und sie mit voller Absicht gehandelt hatte. Sie war nicht unzurechnungsfähig, auch stand sie nicht unter dem Einfluss von irgendwelchen Drogen oder Alkohol. Sie hatte die Tat geplant und eiskalt durchgeführt. Finn sah sie ungläubig an und klärte seine Mandantin über das Strafmaß auf, dass sie dann erwarten würde. Victoria hingegen lächelte zum ersten Mal, seit sie hier einsaß und sagte Finn nur, dass sie zu jeder Zeit wieder so handeln würde.

Einige Tage nach Victorias Aussage bei ihrem Rechtsanwalt öffnete sich an einem Nachmittag die Tür zu ihrer Zelle. Victoria schaute kurz auf und erschrak. In der Tür stand der Gefängnispfarrer und wollte ihr seine oder besser gesagt Gottes Hilfe anbieten. Er legte sofort los und redete von einem verlorenen Lämchen, dass auf dem falschen Weg abgekommen sei und durch Gottes Güte wieder auf den richtigen Pfad geleitet würde. Victoria sah den Diener Gottes an und bat ihn höflich wieder zu gehen. Doch der Pastor und Seelsorger wollte sich nicht so einfach abspeisen lassen und fing seinen Vortrag noch einmal von vorne an. In Victoria staute sich die Wut auf und jetzt schrie sie den Geistlichen an, dass er endlich verschwinden solle. Die Schließerin bat den Mann Gottes dann, die Zelle zu verlassen und so war Victoria einige Sekunden später wieder alleine in ihrer Unterkunft. Erst jetzt bemerkte sie ihr eigenes Zittern und wischte sich die Tränen mit ihrem Handrücken aus dem Gesicht.

Die ganze Nacht lag sie schlaflos in ihrem unbequemen Zellenbett und grübelte über den Geistlichen nach. Die Frage, die sie sich immer wieder stellte, blieb unbeantwortet. Was dachte der Pastor sich eigentlich sich bei ihr vorzustellen und ihr seine Hilfe anbieten zu wollen? Victoria wusste, es kann keinen Gott geben und wenn doch, hatte er sie schon vor langer Zeit verlassen.

Als Kind hatte sie im Religionsunterricht und in der Messe immer von Gottes Liebe und seiner Gerechtigkeit gehört. Doch im wirklichen Leben siegt oft die Ungerechtigkeit und wo ist

Gott dann? Das ganze Vermögen der christlichen Kirche wurde durch Raub, Mord und Betrug aufgebaut. Die Geistlichen fühlten und fühlen sich noch immer wie Gott persönlich. Sie riefen in den letzten Jahrhunderten nach Macht und machten Politik. Wo war Gott, als sie seine Hilfe dringend benötigte? Er war nicht da oder schaute weg. Wie konnte Gott es zulassen, das unschuldigen Kindern, wie ihrer eigenen Tochter großes Leid angetan wird? Nein, Victoria wusste es besser. Es kann keinen Gott geben. Die Kirchen nutzen nur die Angst der Menschen vor dem Tod zu ihren Gunsten aus. Niemand kennt die Zahl der durch die Kirche getöteten Menschen in den letzten 2000 Jahren. Es waren Unzählige und das alles damit das Vermögen des Vatikans und seinen Gesellen weiter stets anwächst.

Victoria war fertig mit Gott und seinen angeblichen Vertretern auf Erden.

Kurz vor dem Wecken ist Victoria dann doch noch eingeschlafen. Völlig übermüdet saß sie an ihrem kleinen Zellentisch und nippte an ihrem Kaffee, als sich die Zellentür öffnete und Victoria zum Direktor beordert wurde. In Begleitung eines der Schließern, stand Victoria dann vor dem Schreibtisch Friedrichs und wartete auf sein Zeichen, sich setzen zu dürfen. Doch es schien, als wenn er sie gar nicht bemerken würde. Er schaute konzentriert in irgendwelchen Dokumenten, ohne ihr einen Blick zu würdigen. Victoria wurde es zu dumm und setzte sich einfach unaufgefordert auf dem Stuhl vor dem Schreibtisch. Mit den Worten, sie sitzen ja schon, begann er dann seine Ansprache. Natürlich wollte der Dicke wissen, was sich gestern mit dem Gefängnispfarrer abgespielt hatte und warum Victoria ihn so hysterisch wegschickte.

Victoria antwortete nicht sofort und der Direktor sah sie wartend mit Blick über den Rand seiner Brille an. Jetzt wurde er ungeduldig und hustete ein wenig, um von Victoria eine passende Antwort zu bekommen. Die Zeit stand für einige Sekunden still. Victoria schaute den Direktor an und fragte ihn, ob er sich nicht vorstellen könne, warum sie keinen Mann der Kirche in ihrer Nähe ertrug. Mehr bekam der Chef der Justizvollzugsanstalt nicht aus seiner Insassin heraus und so saß Victoria einige Minuten später wieder alleine in ihrer Zelle.

Ein paar Tage nach dem Vorfall mit dem Pfarrer in ihrem Beisein, öffnete sich die Zellentür und Victoria wurde gefragt, ob sie Besuch empfangen wollte. Erstaunt schaute sie den Schließer an. Ihr Anwalt war nicht angekündigt und sonst wusste sie nicht, wer sie sprechen wollte. Sie nickte dem Angestellten der JVA zu und begleitete ihn in das Besprechungszimmer für Besucher.
Als sich die Tür zum Besprechungsraum öffnete, sah Victoria dort eine hübsche blonde Frau sitzen. Sie schätzte sie auf Mitte dreißig ein. Sie trug ein graues Kostüm, eine weiße Bluse und schwarze Pumps. Die Frau stand sofort auf und reichte Victoria die Hand. Ihre Haare hatte sie hochgesteckt und Victoria roch ihr dezent aufgelegtes Parfüm. Nachdem sie sich die Hand gegeben hatten, zeigte die Dame auf einen der Stühle und Victoria setzte sich an einem Tisch ihr gegenüber hin. Jetzt stellte sich die Unbekannte vor. Ihr Name war Josefine Hausmann und sie wollte als Reporterin über Victorias Schicksal berichten. Victoria sah sie an und schüttelte den Kopf. Doch damit hatte Frau Hausmann wohl gerechnet, denn sie fragte Victoria, ob sie nicht wolle, dass die Welt die Dinge aus ihrer Sicht erfahre. Victoria schüttelte erneut den Kopf und

wollte wieder aufstehen, als die Reporterin sie fragte, wie sie denn die Kostenflut, die auf sie demnächst zukommen würde, bewältigen wolle. Jetzt horchte Victoria auf und fragte selbst, was sie damit meinte. Josefine Hausmann hatte ihre Hausaufgaben gemacht und war vorbereitet in das Gespräch gegangen. Sie holte einen Schreibblock und einen Kugelschreiber aus ihrer Handtasche, legte alles auf den Tisch und schrieb während ihrer Erzählung Zahlen auf das Papier des Schreibblockes. Victoria hörte ihr aufmerksam zu. Als die Blondine ihren Vortrag beendete, schob sie den Schreibblock zu Victoria. Dort unten stand eine zweimal unterstrichene sechsstellige Zahl. Das sind die Kosten, die Victoria wohl für den Prozess aufbringen müsste. Natürlich hatte Victoria dieses Geld nicht und das wusste die Reporterin. Jetzt kam ihr Angebot. Frau Hausmann wollte einen exklusiv Vertrag, der ihr die Rechte sicherten, Victorias Geschichte an die Öffentlichkeit zu bringen. Victoria fragte sie nun, warum sie ihr dies zugestehen sollte und Frau Hausmann klopfte mit dem Kugelschreiber auf die Zahl des Schreibblockes. Das wäre der Betrag, den sie oder besser gesagt, die Zeitung, für die sie arbeitete bereit wären für die Story zu zahlen.

Victoria wurde unsicher. Sie fühlte den Schweiß unter ihren Achseln. Sie hatte ein komisches Gefühl in der Bauchgegend. Josefine Hausmann machte dann den Vorschlag, Victoria sollte eine Nacht über das Angebot nachdenken und die beiden würden sich morgen wieder hier treffen. Victoria blickte der Reporterin in die Augen und nickte ihr zu.

Am Abend lag sie nach dem Putzdienst auf ihrer Pritsche und ordnete ihre Gedanken. Ihr fiel ein, dass Finn, ihr Anwalt, sie vor den Medienberichterstattern gewarnt hatte. Doch Josefine Hausmann hatte einen Punkt angesprochen, über den Victoria nicht hinweg gucken konnte. Die Kosten der Gerichtsverhandlung und ihrer Verteidigung konnte sie nicht stemmen. Das Angebot der Reporterin schien großzügig und Victoria konnte ihre eigene Geschichte an die Öffentlichkeit bringen. Was ihr aber Sorgen bereitete, war die Warnung Finns, dass der Richter durch diese Story zu ihren Ungunsten beeinflusst sein könnte.

Wieder war die Nacht viel zu kurz und der Schlaf nicht ausreichend. Doch Victoria hatte die Nacht genutzt und ist zu einer Entscheidung gekommen. Josefine Hausmann würde sie interviewen dürfen. Das Skript aber nur mit ihrer Erlaubnis veröffentlichen.

Victoria marschierte einige Stunden später erneut in den Besucherraum und begrüßte die Reporterin. Neben ihr stand ein Mann, den Josefine Hausmann als den Anwalt ihres Verlages vorstellte. Der Mann, groß gewachsen, mit schwarzem Haar stellte sich mit Namen vor. Dirk Walter sollte den Vertrag zwischen Victoria und dem Zeitungsverlag anfertigen. Die Vertragsinhalte wurden von beiden Seiten festgelegt und nach einer knappen Stunde verabschiedeten sich der Anwalt und Josefine Hausmann von Victoria, standen auf und verließen den Raum. Victoria wurde wieder in ihre Zelle geführt und durfte jetzt auf das weitere Vorgehen warten.

Einen Tag später war ihr Anwalt Jochen Finn nicht erfreut über die Neuigkeiten, als er über den Vertrag seiner Mandantin mit dem Boulevardblatt erfuhr. Doch Victoria wollte der ganzen Welt ihre Sicht der Geschehnisse erklären. Finn schüttelte mit dem Kopf und meinte, dass würde seine Verteidigung wesentlich erschweren. Doch Victoria ließ sich von ihrem Entschluss nicht abbringen. Egal welche Konsequenzen sie durch das Gericht zu fürchten hatte. Sie ging sowieso davon aus, die Höchststrafe aufgebrummt zu bekommen.

Eine Woche danach saß Josefine Hausmann unter den wenigen Zuschauern im Gerichtssaal der Großen Strafkammer des Landesgerichts München und beobachtete Victorias ersten Prozesstag. Drei Berufsrichter und zwei Schöffen leiteten als Richter des Landesgerichts das Verfahren gegen Jochen Finns Mandantin. Victoria trug nach Wochen in Gefängniskleidung ein dunkelblaues Kostüm, das Finns Assistentin besorgt hatte. Dazu passende flache Pumps und die Haare sehr kurz frisch geschnitten. Finn riet ihr, sich nur sehr dezent zu schminken und Victoria hielt sich an diesen Wunsch. Am ersten Tag wurden die Personalien aller Beteiligten festgestellt und die Anklage verlesen. Der zuständige Staatsanwalt las seine Klage vor und Jochen Finn erörterte seine Verteidigung. Danach wurde der nächste Gerichtstermin festgelegt und eine Stunde später saß Victoria wieder in ihrer Zelle.

Am Abend nach der Brotzeit kniete Victoria vor einer der Toiletten des Duschraumes und reinigte wie jeden Tag die WC´s. Während sie ihre Arbeit ruhig und ungesehen nachging, hörte sie plötzlich einige Mitgefangene im Nebenraum reden. Anscheinend wähnten diese sich alleine in den Sanitärräumen, denn sie unterhielten sich ziemlich lebhaft. Victoria blieb still und versuchte unsichtbar zu bleiben. Die lebhafte Unterhaltung entwickelte sich zu einer heftigen Diskussion. Victoria sah die anderen Insassinnen nicht, zählte aber drei verschiedene Stimmen. Sie konnte nicht genau verstehen, worum es in dem Streit ging, doch sie entschloss sich weiterhin ungesehen zu bleiben. Nach etwa fünf Minuten war der Spuk dann vorbei und

Victoria wartete noch zwei Minuten in ihrem Versteck, bevor sie sich wieder bewegte. Als sie dann den Duschraum betrat, war sie nicht alleine. Eine der Insassinnen lag gekrümmt auf dem Fußboden und weinte leise vor sich hin. Jetzt sah diese Frau auch Victoria und Victoria erkannte eine blutige Nase bei der nun erstaunt schauenden Frau. Als Victoria gehen wollte, fragte die Fremde sie, wie lange sie schon hier wäre. Victoria antwortete wahrheitsgemäß und half der Frau wieder auf die Beine zu kommen. Als die andere Frau dann vor ihr stand, riet sie Victoria, das Gehörte für sich zu behalten und niemanden davon zu erzählen. Die Wände in diesem Etablissement hätten Ohren und manch andere Gefängnisinsassinnen harte Fäuste ohne Gnade. Danach drehte sie sich um und verließ die Räumlichkeiten. Victoria holte tief Luft, wartete erneut einen Moment und verließ dann ebenfalls die Sanitärräume.

Am nächsten Morgen fand Victoria einen Zettel unter eines ihrer beiden Frühstücksbrote. Kurz und knapp ließ die wohl unbekannte Adressatin ihr zukommen, den Mund zu halten. Mehr stand dort auf dem kleinen Blatt Papier nicht geschrieben. Victoria hatte eine Ahnung, wer ihr diese Mitteilung mit dem Frühstück gesendet hat. Es kann ja nur eine der Insassinnen von gestern Abend in den Duschräumen gewesen sein. Doch Victoria hatte die dort Anwesenden nicht gesehen und so können alle hier einsitzenden Häftlinge infrage kommen. Sie hatte sowieso nicht vor gehabt, das gestern Geschehene irgendeiner Seele zu erzählen und so fand das Blatt Papier den Weg in den Frühstücksabfall.

Es war der frühe Nachmittag, als Josefine Hausmann wieder im Besucherraum auf Victoria wartete. Sofort, direkt nach Victorias Eintritt, schob sie ihr zwei identische Verträge zu. Einen für den Verlag und den anderen für Victoria. Die Medienfrau las ihrer

Gegenüber das Dokument laut vor und bat danach um ihre Unterschrift. Das ging Victoria aber zu schnell und sie bat wiederum, sich das Schriftstück am Abend in aller Ruhe durchlesen zu dürfen. Die Reporterin wollte die Story schnell veröffentlichen, zumindest so lange das Eisen noch heiß war. Zähneknirschend nickte sie dem zu und erinnerte Victoria daran, den Vertrag morgen unterschrieben wieder mitzubringen, stand auf und verabschiedete sich von ihr.

Am Abend nach dem Abendbrot reinigte Victoria wieder die allgemeinen Sanitäranlagen. Sie war wie fast immer alleine in den Räumlichkeiten, als plötzlich zwei Frauen hinter ihr standen. Eine von denen hätte auch ein Mann sein können. Die Figur von der Größeren schien einem Kirmesboxer gleich zu kommen. Mit dem Fuß stieß die Kleinere Victorias Putzeimer um. Das schmutzige Putzwasser lief Victoria über die Knie. Als sie versuchte aufzustehen, hielt die Boxerin sie im festen Griff am Boden. Sie drückte Victorias Gesicht in die Pfütze des Putzwassers. Victoria schmeckte die schmutzige Seifenlauge und sie versuchte sich aus dem Griff ihrer Gegnerin zu lösen. Doch je mehr sie sich wehrte, desto fester drückte die andere Frau sie zu Boden. Erst als Victoria ihren Widerstand aufgab, sprach die kleinere Frau sie an. Sie sollte ja vergessen, was sie gestern mitbekommen hat und dies jetzt als einmalige Bitte ansehen. Mit einem kräftigen Tritt in ihrem Hintern, der Victoria komplett zum Liegen in dem Nass brachte, verabschiedeten sich die beiden Damen von ihr. Der Schmerz in ihrem Hinterteil ließ sie noch einige Minuten dort reglos liegen, bis ihr durch die durchnässte Kleidung kühl wurde und sie fror. Erst in der Zelle begutachtete sie den ihr zugeführten Schaden. Ihre linke Pobacke zeigte jetzt schon bläuliche Verfärbungen an und Victoria rieb sich an die schmerzende Stelle ihres Pos. Erst ein paar Wochen hier und schon Freunde fürs Leben gefunden, waren ihre Gedanken beim Einschlafen.

Den Vertrag unterschrieb sie dann am nächsten Morgen, ohne ihn noch einmal gelesen zu haben. Ihr Po schmerzte so sehr, dass sie kaum Laufen konnte. Auf dem Weg in den Besucherraum fragte die begleitende Schließerin sie, warum sie so schwerfällig gehen würde. Victoria antwortete, in der Nacht von der Pritsche gefallen zu sein. Die Schließerin stoppte kurz, sah Victoria ernst ins Gesicht, schüttelte den Kopf und ging weiter.

Frau Hausmann begrüßte Victoria herzlich und freute sich über den unterschriebenen Vertrag. Sie holte einen Schreibblock, einen Stift und ein Diktiergerät aus der Tasche und legte alles auf den Tisch. Mit den Worten, dann fangen wir mal an, begann sie Victorias Geschichte für ihren Verlag zu bearbeiten. Josefine Hausmann wollte zuerst über Victorias Kindheit reden und bat Victoria über ihr Zuhause und ihre Erinnerungen aus frühster Kindheit zu erzählen.

Das Mädchen Victoria

Es war der 10. April 1970, als Paul Mc Cartney zum Entsetzen ihrer vielen weltweiten Fans das Ende und die Auflösung der bis dahin größten Popband, den Beatles, ankündigte. Zehn Jahre lang beschenkten uns die Liverpooler Pilzköpfe mit den schönsten und größten Popsongs und nun sollte alles aus sein. Doch ihre Lieder sollten ewig, noch heute über die Radiosender an den Hörer gebracht werden. Keine andere Band schaffte es je den Beatles auch nur annähernd das Wasser reichen zu können. Sogar der damalige Bundeskanzler Willy Brand, der erste sozialdemokratische Kanzler Deutschlands, zeigte sich enttäuscht über das Ende der Beatles.

Am 13. April 1970 hielt dann ein anderes spektakuales Ereignis die Welt in Atem. Auf der Apollo 13, einer amerikanischen Raumfähre, explodierte der Sauerstofftank. Der sichere Tod der drei Astronauten stand bevor. Doch die Nasa-Techniker gaben die drei sich im Orbit aufhaltenden Amerikaner nicht auf. Durch viel Wissen, noch mehr Fleiß und Ehrgeiz schafften es die Drei dann, was eigentlich unvorstellbar war, sie landeten ihre Raumfähre dann doch wieder auf der Erde.

Genau zwischen den beiden geschichtlichen Ereignissen erblickte Victoria in der Nacht vom 11. zum 12. April 1970 das Licht der Welt. Dem Sieg der Nasa gegen die Zeit und dem sicheren Verbleib der drei Astronauten im All verdankte Victoria ihren Namen. Ihre Mutter, einfache Hausfrau, gebar Victoria als ihr drittes und letztes Kind. Zwei ältere Brüder warteten schon ungeduldig auf ihre kleine Schwester. Der Vater, ein Handwerker im Baugewerbe, verdiente als Maurer sein

Geld und ernährte durch viele Überstunden seine Familie. Das abendliche Feierabendbier gehörte genauso wie der sonntägliche Besuch der Messe fest zu seinen Gewohnheiten. In den bayrischen Gemeinden ließen sich die Frauen und Männer sonntags beim Gottesdienst sehen. Der Gemeindepfarrer war in jedem Haus seiner Gemeinde ein gern gesehener Gast und immer überall willkommen. So auch bei Victorias Familie, wo der Herr Pastor sofort vorstellig wurde. Er beglückwünschte Victorias Vater und nahm einige Tage später die Taufe über ein weiteres Lämmchen seiner Herde vor. Das war dann der erste Kontakt Victorias mit Gottes Dienern auf Erden.

Schon in jungen Kindesjahren schloss sich Victoria als 6-jähriges Mädchen den kirchlichen Pfadfindern an. Victorias Wunsch, wie die Jungen aus der Gemeinde der Kirche als Messdiener zu dienen, wurde ihr aber nicht gestattet. Wenn heutzutage der Priester in den Gottesdienst einzieht, begleiten ihn mehr Ministrantinnen als Ministranten. Deutschlandweit macht der Mädchenanteil etwa 53 Prozent aus. Das war aber nicht immer so. Lange war es kirchlich verboten, was heute völlig normal ist. Im fünften Jahrhundert verbot der damalige Papst Gelasius der Erste Frauen den Altardienst in den Kirchen. Diese Anordnung wurde später im 13. und 18. Jahrhundert noch einmal von den Päpsten bestätigt. Auch 1917 im neuen Kirchenrecht ließ der Klerus keine Ministrantinnen zu. 1980 hatte Papst Johannes Paul der Zweite noch in der Instruktion Inaestimabile Donum bestätigt, dass Frauen der Dienst am Altar verboten sei. Zwölf Jahre später, am 11. Juli 1992 bestätigte er dann aber, dass der Kanon 230 so zu bewerten ist, dass auch Mädchen den Dienst am Altar antreten dürfen. Damit machte der Papst Johannes Paul der Zweite nur das offiziell, was in vielen Gemeinden schon vorher gelebt wurde. Die Bistümer unterstützten die neue Regel und so sieht der Kirchenbesucher heute auch Ministrantinnen bei der Messe. Victoria hielt sich so, sehr zur Freude ihres Vaters, im Bereich der Gemeindekirche auf. Sie besuchte den katholischen Kindergarten und half beim Aufräumen und putzen der kirchlichen Räume. Oft war der Dorfpastor im Hause von Victorias Familie und lobte nicht nur einmal das kleine blonde Mädchen wegen ihres Arrangement im Dienste der Kirchengemeinde. Victoria lernte so schon in frühen Jahren Gottes Gebote und die Lehre Jesu kennen. Jeden Abend vor dem Schlafengehen kniete sie vor ihrem Bett und betete zu Gott. Mit zehn Jahren wollte sie zum Erstaunen ihrer Eltern in die Klosterschule, um später als Nonne dem Herrn im Himmel zu dienen. Dies ging ihrem Vater dann doch zu weit und er sprach sich gegen den Besuch Victorias, die Klosterschule zu besuchen aus. Trotz des Rückschlags, nicht die Schule ihres Wunsches besuchen zu dürfen, unterstellte Victoria ihr Leben bis dahin Gott und seinen Angestellten auf Erden.

Alles verlief bis dahin ohne besonderen Vorkommnisse, bis Victoria an einem Mittwochnachmittag die Sakristei aufräumte. Sie sortierte gerade die frisch gewaschenen Gewänder der Messdiener in den dafür vorgesehenen Kleiderschrank, als sie ein wunderschönes Ministrantentalar in den alten liturgischen Farben Albe und Rochett dort hängen sah. Sie schaute sich verlegen um und da sie alleine in dem Nebenraum der Kirche war, fasste sie den Entschluss, dieses Gewand anzuprobieren. Sie zog ihr Sommerkleid aus und das Talar an. Danach begutachtete sie sich selbst in dem großen Standspiegel, wie der Pastor es vor jede Messe tat. Unschuldig spielte sie einen Messdiener und vergaß die Zeit, als plötzlich die Tür von außen geöffnet wurde. Victoria erschrak gedankenverloren und sah den Pastor in der Tür stehen. Der Diener Gottes war nicht glücklich, Victoria in dem Gewand vor sich stehen zu sehen und schimpfte das kleine Mädchen vor ihm aus. Eingeschüchtert und weinend streifte sie sich das Ministrantentalar über den Kopf und stand nun nur in ihrer Unterwäsche vor dem Pastor der Kirchengemeinde. Sie faltete das Gewand zusammen und legte es wieder in den Schrank. Als sie sich umdrehte und ihr Kleidchen anziehen wollte, stand der Priester direkt hinter ihr. Er legte seine Hand auf ihre Schulter und befahl dem ängstlichen Mädchen so stehen zu bleiben. Victorias Knie zitterten vor Angst, etwas Falsches gemacht zu haben und sie erwartete jetzt ihre Strafe. Sie traute sich nicht, dem Kirchenmann in die Augen zu blicken und hörte sich nur seine Standpauke an. Dabei fühlte sie seine Hände auf ihren Schultern liegen und wie sich die Finger immer wieder auf ihrer nackten Haut bewegten. Aus der Standpauke wurde Schweigen und aus dem festen Griff des Pastors ein Streicheln. Dieser Zustand dauerte einige wenige Minuten, bis der Pfarrer der kleinen Victoria ihr Kleid reichte und sie sich wieder anziehen durfte. Als sie den Pastor ansah, erkannte sie, dass seine Hose in der Leistengegend etwas ab stand. Noch beim Hinausgehen aus der Sakristei ermahnte der Mann Gottes Victoria diesen Vorfall niemanden zu erzählen. Sollte sie es doch wagen, wäre Gottes Strafe unbeschreiblich. Außerdem drohte er ihr noch, sie aus der Kirche zu entlassen. Eingeschüchtert schwor das Mädchen dem Pfarrer das Geheimnis für sich zu bewahren.

Noch am selben Abend kniete Victoria vor ihrem Bettchen und betete zu Gott, sie nicht aus der Kirchengemeinde zu werfen. In der Nacht plagten sie dann schwere Albträume und sie wachte am Morgen völlig verängstigt auf. Eine Woche wiederholte sich das Bild und Victorias Angst wuchs mit jedem Tag weiter an.

Doch wie sie auch hoffte, Gott hatte wohl wichtigere Dinge zu tun, als sich ihre Gebete anzuhören, denn auf eine Antwort wartete sie vergebens. In ihrer Panik wusste sie nicht mehr weiter. Sie hatte ja dem Pfarrer versprochen, mit niemanden über das Geschehen zu sprechen. Die Angst vor Gottes Strafe trieb sie in die Arme des Pastors. Es war wieder ein Mittwoch Nachmittag. Zwei Wochen, nach dem der Mann Gottes sie in dem Ministrantentalar erwischte. Sie half, einen Raum der kirchlichen Jugendherberge aufzuräumen, als der Priester sie sah und sie zu sich winkte. Victoria gehorchte brav und ging auf den Pfarrer zu. Er legte seine Hand auf ihre Schulter und führte sie mit ein wenig ausgeübten Druck in einen der vielen Schlafräume. Der Pastor wollte von seinem kleinen Gemeindelämchen wissen, ob sie mit irgendjemandem über ihr Geheimnis gesprochen hatte. Victoria schwer eingeschüchtert, schwor ihrem Gegenüber mit niemanden ein Wort gesprochen zu haben. Fragte den Priester dann aber, ob ihre Gebete zu Gott dazu zählen würden. Jetzt war der Kirchenmann ein wenig überrascht, überlegte kurz und gab ihr die Antwort, dass Gott mit wichtigeren Sachen zu tun hätte und von ihr deswegen nicht gestört werden dürfte. Sollte sie zu Gott reden wollen, müsste Victoria ihn als Vertreter Gottes ansprechen und er würde dann ihr Anliegen an dem Vater im Himmel weiterleiten.
Während der ganzen Unterhaltung lag die Hand des Mannes auf der linken Schulter Victorias. Jetzt herrschte einige Sekunden Stille und der Pastor löste sich von dem Mädchen und verschloss die Tür. Lächelnd drehte er sich zu Victoria um und befahl ihr, sich von ihrer Kleidung zu befreien. Voller Furcht gehorchte Victoria und zog sich nackt aus. Mit glänzenden Augen begutachtete der perverse Mann sein Opfer und ging auf das Mädchen zu.

An diesem Abend betete Victoria zum ersten Mal, seit sie denken konnte, nicht vor dem Schlafengehen zu Gott im Himmel. Am darauf folgenden und dem dann folgenden Tag kniete sie ebenfalls nicht vor ihrem Bett und sprach nicht mit dem Schöpfer der Welt.

Vier Tage vergingen und sie saß neben ihren Eltern am Sonntagmorgen in der Kirche, als der Pastor zum Schluss der Messe die Kinder aufrief, die zur nächsten Kommunion ab der nächsten Woche zum Kirchenunterricht erscheinen müssten. Dabei fiel auch Victorias Name und sie stand mit einigen anderen Kindern vor dem Altar und spürte wieder die Hand des Pastors auf ihrer Schulter liegen.

Im Kommunionsunterricht, der immer Dienstag und Donnerstagnachmittag stattfand, wurde den sechs in der Gemeinde beheimateten Kindern versucht, durch den Pfarrer das Wort Gottes beizubringen. Victoria hörte genau zu und versuchte sich selbst ein Bild von dem zu machen, was Gott von ihr wollte. Nach dem zweiten Unterricht fiel Victoria auf, dass der Pastor nach jeder Stunde einen anderen seiner Schüler auftrug, noch etwas da zu bleiben, während er die anderen Kinder nach Hause schickte.

Victoria war als Fünfte an der Reihe und sollte nach dem Kommunionsunterricht noch an ihrem Platz sitzen bleiben. Beim Herausgehen ihrer Mitschüler sah sie die bemitleidenden Blicke der anderen Kinder, die alle froh waren, nicht selbst dort sitzen bleiben zu müssen. Der Gottesmann begleitete die Kinder aus dem Raum und schloss danach die Tür ab. Victoria ahnte, was wieder auf sie zu kam. In Gedanken stotterte sie schnell das Vater unser herunter und wartete ängstlich auf des Pastors Worte. Der wiederum schwieg erst einmal und legte wie immer seine Hände auf den Schultern seiner Schutzbefohlenen.

Victoria zitterte am ganzen Körper und betete, dass die Zweisamkeit mit dem Pfarrer schnell vorübergehen würde.

Als Victoria an diesem Abend schon schlief, stellte ihre Mutter fest, dass die Unterhose ihrer Tochter gelb verfärbt und noch feucht vom Urin war. Victoria hatte in die eigene Hose gemacht und das mit zehn Jahren. Der Vater saß schlafend vor dem Fernseher, als Victorias Mutter ihn weckte und ihn über die Einnässung ihrer Tochter aufklärte. Da den beiden kein Grund einfiel, sahen sie dies erst einmal als einmalige Sache an und wollten ihre Tochter in den nächsten Tagen genauer beobachten. Am nächsten Morgen saß Victoria ruhiger als sonst am Frühstückstisch. Normalerweise redete sie ohne Pause beim Essen. Doch heute schien sie in einer anderen Welt abgetaucht zu sein. Auf die Frage ihrer Mutter, was los sei, antwortete sie nicht. Die Brüder schauten gelangweilt zu und machten sich dann wie Victoria auch auf den Weg zur Schule.
In der Schule schaute Victoria geistesabwesend aus dem Fenster ihrer Klasse und bemerkte überhaupt nicht, dass die Lehrerin sie schon drei Mal angesprochen hatte. Erst als alle Kinder sie anstarrten und es irgendwie totenstill im Raum war, hörte sie plötzlich ihren Namen mit der Stimme ihrer Klassenlehrerin aus weiter Ferne zu sich schweben. Victoria war sonst eine fleißige und aufmerksame Schülerin. Die Lehrerin hatte sie in die Wirklichkeit zurückgeholt und machte mit ihrem Unterricht weiter. Als dann wenige Minuten später die Schulglocke zur großen Pause rief und alle Kinder aufsprangen und die Klasse eilig verließen, bat die Lehrerin Victoria, einen kleinen Moment sitzen zu bleiben. Doch ihre gestellten Fragen wurden von Victoria nicht befriedigend beantwortet und die Lehrerin nahm

sich vor, das kleine Mädchen vor ihr in den nächsten Tagen im Auge zu behalten.

Am Sonntag nach dem Frühstück überraschte Victoria dann ihre Eltern und großen Brüder mit den Worten, dass sie heute die Messe nicht besuchen möchte. Doch diese Bitte an die Familie wurde ihr durch den Vater verwehrt und Victoria musste gegen ihren Willen auf der Bank in der Kirche platz nehmen. Im Gegensatz zu ihren anderen Kirchenbesuche blieb Victoria dieses Mal stumm und sang nicht ein Lied aus dem Gesangsbuch mit. Beim Herausgehen aus dem Gotteshaus stand der Pfarrer am Ausgang und verabschiedete sich von seinen Messebesuchern. Als Victorias Vater den Handschlag des Pastors entgegennahm, zwängte sie sich an ihrer Mutters Rücken vorbei ins Freie. Victorias Vater gefiel diese Unhöflichkeit nicht und er rief seine Tochter im Beisein des Kirchenmannes zu sich. Aus Angst vor der Strafe des Vaters wegen ihrer Ungehorsamkeit, trat Victoria den Rückweg an und verabschiedete sich, ohne den Pfarrer anzusehen von ihm. Was dabei geschah, bekam niemand mit. Genau in dem Moment des Handschlags nässte Victoria sich wieder ein wenig ein.

Es kam der Dienstag und der Kommunionsunterricht stand an. Victoria wollte dort nicht mehr erscheinen und trödelte zu Hause vor sich hin. Ihre Mutter erinnerte Victoria mehrmals auf die Uhr zu beachten und als die Zeit knapp wurde, schickte sie ihre Tochter auf den Weg zur Kirchenstunde. Kopfschüttelnd sah die Mutter, wie Victoria die Tür zuzog und nahm sich vor, mit ihrem Nesthäkchen zu reden.

Am anderem Tag, es war ein Mittwoch, der Tag, an dem Victoria in der Kirche immer aushalf, blieb sie dieses Mal in ihrem Zimmer. Das war dann der Augenblick, den ihre Mutter nutzen wollte, um mit ihrer Tochter zu sprechen. Ihr Gedanke

Victoria käme in der Pubertät, bestätigte sich nicht. Was das Mädchen aber hatte, erfuhr sie trotzdem nicht. Victoria blieb einfach stumm. Wieder alleine in der Küche machte die Mutter sich jetzt wirkliche Sorgen und wollte mit ihrem Mann über das seltsame Verhalten der gemeinsamen Tochter reden.

Doch dazu kam es an diesen Abend nicht. Auf jeden Fall nicht so, wie sie es geplant hatte. Die Familie saß gemeinsam am Tisch beim Abendbrot, als es an der Tür schellte. Der Vater schaute schulterzuckend zu seiner Frau, die sich daraufhin erhob und sich auf dem Weg zur Haustür machte. Zu ihrem Erstaunen stand der Pfarrer dort draußen im Regen und wartete hineingelassen zu werden. Als der unerwartete Besucher am Tisch platz nahm, deckte die Mutter den Pfarrer ein und er aß mit der Familie zusammen das, was der Herr ihnen auf dem Tisch gebracht hatte. Victoria fühlte wie ihr Höschen feucht und dann nass wurde. Doch sie wagte es nicht aufzustehen. Erst als der Vater mit dem Pfarrer in Ruhe sprechen wollte, schickte er seine Kinder in ihre Zimmer.

Ein paar Minuten später verabschiedete sich der Pastor und verließ das Haus. Victorias Vater rief seine Tochter kurz danach zu sich und wollte schlecht gelaunt von ihr wissen,warum sie nicht beim Kommunionsunterricht gewesen ist. Als Victoria antwortete, Gott sei ein böser Mann, gingen dem Vater die Nerven durch und er ohrfeigte sein kleines Mädchen zum ersten Mal im Leben. Danach schickte er sie in ihr Zimmer und dort sollte sie im Gebet Gott um Entschuldigung bitten.

Eine gute Stunde später, Victoria schlief in ihrem Bett, schaute die Mutter nach ihrer Tochter. Sie betrat das Zimmer im dunkeln und trat auf die auf dem Boden liegende Unterhose. Sie bückte sich und hob diese auf. Dabei fühlte sie, dass das Höschen wieder nass war. In dem nachfolgenden Gespräch mit

Victorias Vater beschlossen die beiden, den Kinderarzt aufzusuchen und Victoria untersuchen zu lassen.

Ein paar Tage später saß die ganze Familie in ihrem Opel Kadett und Victorias Vater steuerte die Stadt Kempten an. Kempten mit seinen 70.000 Einwohnern ist nach Augsburg die zweitgrößte schwäbische Stadt im Allgäu und gilt bis heute wegen der Antike als eine der ältesten Städte Deutschlands. Die Stadt selbst ist durch zwei Stadtkerne voneinander getrennt und dennoch verbunden. Die Fürstabtei auf der einen und die Reichsstadt auf der anderen Seite machen Kempten zu einer ganz besonderen Stadt. Die Hochschule Kempten ist eine der führenden Universitäten Bayerns und wird jedes Semester von über 6000 Studenten besucht. Dort, in dieser von Touristen überlaufenden Stadt, sollte Victoria von einem Kinderarzt untersucht werden. Während der Vater mit seinen Söhnen durch den Stadtkern zog, begleitete die Mutter ihre Tochter durch die Untersuchung. Nach drei Stunden war die Familie aber genauso schlau wie vorher, denn der Mediziner konnte nichts Körperliches feststellen und riet der Mutter, einen Kinderpsychologen oder besser Psychologin aufzusuchen. Der Rückweg im Auto verlief schweigend und trotzdem war Victoria die einzig Glückliche an diesem Tag, denn an diesem Donnerstag brauchte sie nicht zum Kommunionsunterricht.

Einige Tage später kam es zum Skandal. Nicht nur die lokalen Medien berichteten darüber. Die Story fand sich sogar in der führenden Abendzeitung der Landeshauptstadt auf Seite 5 wieder.

Nach dem der Pfarrer im Unterricht einen der Jungen bat, noch dazubleiben, durften die anderen Kinder nach Hause gehen. Victoria war froh, den Raum mit den anderen verlassen zu dürfen und beeilte sich, ohne sich noch einmal umzudrehen.

Doch dieses Mal kam es anders. Ein Mann, der Vater des noch bleibenden Jungen, wartete auf seinen Sohn und wunderte sich, dass sein Junge als einziger nicht mit den anderen Schülern aus dem Unterricht entlassen wurde. Jetzt wurde dem Gottesmann auch noch seine Fahrlässigkeit zum Verhängnis, denn er vergaß, wie sonst üblich, die Tür zu verriegeln. Der Vater des Jungen wartete fünf Minuten und wurde dann ungeduldig. Er öffnete die Tür und erschrak für den Bruchteil eines Herzschlages. Er sah seinen Sohn nackt vor dem knienden Pfarrer stehen. Der Mann Gottes drehte sich noch wegen der geöffneten Tür um, als ihn der erste Faustschlag mitten ins Gesicht traf. Der ganz in schwarz gekleidete Priester lag nun mit blutiger Nase winselnd auf dem Fußboden. Der Junge zog sich an und der Vater schickte ihn vor die Tür. Danach verschloss er die Tür und widmete sich ganz dem Mann, der sich für Gottes Vertreter dieser Gemeinde hielt. Der Küster sah den Jungen dann weinend vor der Tür sitzen und wunderte sich ein wenig. Als er näher kam, hörte er die ungewöhnlichen Geräusche aus dem Unterrichtsraum und war über die verschlossene Tür überrascht. Zum Glück hatte er für jede Tür einen Schlüssel und öffnete diese. Hätte er nicht eingegriffen, der Dorfpfarrer hätte die Schläge des Vaters des misshandelten Jungen wohl nicht überlebt. So kam es, dass die Mutter den Jungen abholen musste und der Vater von der Polizei auf die örtliche Dienststelle abgeführt wurde.

Wie ein Lauffeuer verbreitete sich das Ereignis durch die umliegenden Ortschaften und so erfuhren die Medien von diesem Fall. Auch im Bistum Augsburg erfuhr der Bischof von der Geschichte und schickte einen seiner Vertrauten in die Gemeinde, um der Ursache auf dem Grund zu gehen.

Zwei Tage später berichtete ein großes Boulevardblatt über die Verfehlungen des Dorfpfarrers. In ihrem Bericht mit großer Überschrift und kleinem Inhalt wurde über weitere missbrauchte Kinder geschrieben.

Noch am gleichen Tag stand am späten Nachmittag des Bischofs Aufklärer vor der Haustür und wollte mit Victorias Eltern reden. Das Gespräch dauerte keine zehn Minuten, als Victorias Mutter das Zimmer ihrer Tochter betrat. Sie setzte sich zu ihr auf das Bett und fragte sie nach dem Pfarrer. Victoria sah ihre Mutter an und schüttelte mit dem Kopf. Mit den Tränen kämpfend, erklärte sie ihrer Mama dann, dass sie nichts sagen dürfte, denn wenn doch, würde Gott sie schwer bestrafen. Egal was Victorias Mutter versuchte, aus Angst vor der Strafe Gottes sagte Victoria nichts über das Erlebte. Später am Tisch war für alle Beteiligten trotz Victorias Schweigen klar, was geschehen sein musste. Nachdem der Kirchenvertreter das Haus verlassen hatte, diskutierten Victorias Eltern das weitere Vorgehen. Guter Rat war jetzt teuer. Sie beschlossen, mit den anderen Eltern der Kinder des Kommunionsunterricht Kontakt aufzunehmen.

Doch die anderen Kinder waren nicht so eingeschüchtert wie Victoria und plauderten alles aus. Deren Eltern gingen zur Polizei und stellten Strafanzeige gegen den Dorfpastor.

Am kommenden Sonntag leitete ein anderer Pfarrer die Messe vor fast leerer Kirche. Den Kinderschänder sahen die Gemeindemitglieder nie mehr. Er wurde durch sein Bistum versetzt.

Die Kirche tat alles, um ihren Ruf wieder reinzuwaschen. Erst versuchte sie es mit dem Glauben an Gott. Doch die Eltern der misshandelten Kinder lachten den Kirchenmann nur aus. Dann wurde die Kommunikation vonseiten der Kirche bedrohlicher. Aber auch jetzt ließen sich die Eltern nicht auf das Spiel mit der Kirche ein. Zum Schluss, als letzte Möglichkeit legte der

Vertreter des Bistums Geldscheine auf den Tisch der jeweiligen Familien. Niemand erfuhr je, was und wie viel bezahlt wurde. Doch es reichte, damit die Anzeigen zurückgezogen wurden. Die Gemeinde bekam einen neuen Pastor und das Medieninteresse erlosch. Über den pädophilen Pfarrer erfuhren die Gemeindemitglieder nichts mehr. Keiner wusste, was aus ihm geworden war.

Victoria und die anderen Kinder bekamen im Mai an einem strahlenden Sonnentag die Erstkommunion zugesprochen.

Drei Jahre weiter stand die Firmung an. Wieder musste Victoria zum Kirchenunterricht. Die Firmung gehört zu einer der sieben Sakramente der römisch-katholischen Kirche. Sie wird auch Firmsakrament oder Sacramentum confirmationis genannt und bildet die Fortführung der Taufe. Die Firmung wird unter den Gläubigen als die Gabe der Kraft des heiligen Geistes verstanden.

Es war der Tag vor der Firmung, als Victoria im Beichtstuhl kniete und dem Pastor ihre Sünden beichten musste. Da sie nicht genau wusste, was sie dem Pfarrer erzählen sollte, half dieser mit einigen gezielten Fragen nach. Victoria antwortete wahrheitsgemäß und wartete auf die auferlegte Buße. Doch der Gottesmann entließ sein kleines Lämmchen noch nicht und fragte noch ein letztes Mal. Er fragte Victoria nach seinem Vorgänger und ihre Beziehung zu ihm. Dabei erwähnte er, dass sie im Beichtstuhl nicht mit einem Menschen, sondern mit Gott persönlich sprechen würde. Zum ersten Mal redete Victoria über die Geschehnisse in der Zeit ihrer Kommunion. Als sie fertig war, entließ der Priester sie mit der Buße dreier Vater unser aus dem Beichtstuhl.

Noch am selben Abend vergaß der Pastor das Beichtgeheimnis und setzte an seinem Schreibtisch ein Schriftstück auf. Der Adressat war der Bischof von Augsburg. Darin beschrieb er das von Victoria erzählte über seinen Vorgänger.

Es dauerte keine zwei Tage, als das Telefon im Büro des Priesters klingelte und er zum Rapport in den Bischofssitz bestellt wurde. Das Dokument, in dem Victorias Geschichte über ihr Erlebtes detailliert beschrieben war, vervollständigte die Sammlung. Auch die anderen Kinder hatten in den letzten zwei Jahren bei der Beichte Gott ihr Geheimnis vertrauensvoll erzählt.

Mit der Versiegelung des Bischofs von Augsburg landete die Akte dann einige Tage später im Vatikan und wurde von der Abteilung für innere Angelegenheiten bearbeitet. Der führende Kardinal der bearbeitenden Abteilung war als die graue Eminenz um den Petersdom bekannt und galt im Inneren als der nächste erste Diener Gottes. Mit seinem autoritären und sehr konservativen Verhalten fürchteten die Angestellten um ihn herum sich vor dem Kardinal. Der wiederum wusste das und baute so sein Gerüst der Macht weiter auf. Viele, die nicht auf seiner Seite standen, wurden versetzt oder suchten sich freiwillig andere Aufgabenbereiche im Dienste der katholischen Kirche.

So zitterten dem Pastor aus Victorias Gemeinde auch die Hände, als er die Einladung des Kardinals in seinen Fingern hielt. Natürlich wusste er, dass dies keine nette Einladung, sondern eine strikte Order aus dem Vatikan nach Rom zu kommen war.

Die Lufthansa Maschine setzte pünktlich an einem Montag im Juni auf der Landebahn des Leonardo da Vinci Airports unter der Sommersonne Roms auf. Unser Gemeindepriester verließ als erster Klasse Passagier als Erster das Flugzeug und wurde von einem Vertreter des Monsignore mit einer schwarzen Mercedes Limousine beim Ausstieg abgeholt. Die heiße Mittagssonne brannte in das Gesicht des Pastors, als er die Stufen aus der Maschine zu dem wartenden Auto herunter schritt. Am Wagen angekommen standen ihn unzählige Schweißperlen auf der Stirn. Der Angestellte des Kardinals begrüßte den Pastor im perfekten Deutsch und wies ihn an, in die klimatisierte Limousine einzusteigen. Ohne durch den Zoll gehen zu müssen, wurde der Gemeindepastor so direkt durch Rom zum Vatikan chauffiert. Die Bauten des kleinen Kirchenstaates sind über eine Burgmauer mit der Engelsburg am Tiber verbunden. Unter dieser Mauer führte der Mann des Kardinals den Dorfpastor zu den unterirdischen Räumen der Engelsburg. Dort war die Abteilung für interne und externe Sicherheitsfragen des Vatikans, die früher Inquisition hieß, beheimatet. In einem Raum ohne Fenster, einem Tisch und zwei Stühlen verabschiedete des Pastors Begleitung sich dann und unser Pfarrer wartete, auf das was jetzt kommen sollte. Die Minuten verstrichen und der Zeiger seiner Armbanduhr wanderte eine Stunde über das Zifferblatt weiter, ohne das sich etwas tat. Als sich dann plötzlich die schwere schalldichte Tür öffnete und ein Mitarbeiter den Raum betrat, war der wartende Priester schon am Rande der Verzweiflung. Mit der Wartetaktik verbuchten die Männer des Vatikans schon den ersten Punkt für sich. Das Verhör dauerte ganze drei Stunden und zum Schluss durfte der Pfarrer wieder alleine in dem Raum sitzend warten. Dieses Mal dauerte es etwa eine halbe Stunde und der Pastor musste ein Dokument, das in Latein verfasst war, unterschreiben. Um zehn Uhr abends landete die Maschine von Rom kommend mit einiger Verspätung in Stuttgart und unser

Pfarrer war gegen ein Uhr nachts wieder zu Hause. Niemals erfuhr die Öffentlichkeit etwas über das Gesagte des Gemeindepastors im Falle um Victoria und den anderen Kindern. Das unterschriebene Dokument fand seinen Weg in die geheimen Archive des Kirchenstaates und war so vor der übrigen Menschheit unerreichbar verborgen.

Zur gleichen Zeit verlief Victorias Leben weiter und das Erlebte in ihrer jungen Kommunionszeit verschwamm immer mehr, bis es völlig aus dem Gedächtnis der nun jugendlichen Frau gelöscht schien.
Victoria ist zu einer bildhübschen jungen Frau herangereift. An den Gedanken, sich als Nonne Gott zu unterwerfen, fand sie schon lange keinen Gefallen mehr. Auch den freiwilligen Dienst in der Gemeindepfarrei hatte sie nach den Geschehnissen mit dem pädophilen Gottesmann nicht mehr angetreten. Die sonntäglichen Messen fanden seit ihrer Firmung sehr zum Ärger ihrer Eltern auch ohne sie statt. Victoria fühlte sich als kleines Mädchen von Gott verraten und beschloss ein Leben ohne den Glauben an den Schöpfer der Welt zu leben.

Die junge Frau Victoria

Victoria stand vor dem Spiegel über dem Waschbecken in ihrem kleinen Badezimmer und kämmte sich das lange blonde Haar. Nach dem Abitur studierte sie jetzt im dritten Semester Jura in der Universität München. Ein kleines Appartement teilte sie sich mit drei weiteren Studierenden und konnte so die horrenden Mietpreise in und um München etwas abmildern. Dafür musste sie die Enge, die anderen Bewohner und die verlorene Intimität ertragen. Trotzdem war Vick, wie sie sich jetzt nannte, glücklich, endlich ihr Dorf, das Elternhaus und das Vergangene hinter sich gelassen zu haben.

Um in der bayrischen Landeshauptstadt überhaupt leben zu können, half Vick an den Wochenenden von Freitagabend bis zum Sonntagabend in einem angesagten Club aus. Durch Zufall hatte sie sich diesen Job an den Nagel reißen können. Einer ihrer früheren Mitbewohner ihres Appartements verließ München und vermittelte ihr so den von ihm bis dahin besetzten Job. Mit ihren 22 Jahren war Vick jetzt in der Blüte ihres noch so jungen Lebens. München war zwar teuer und Vick ständig pleite, doch die Stadt war es wert, die ganze Zeit fast mittellos dazustehen. München war eine Weltmetropole und ganz der Gegensatz zu Vicks Heimatgemeinde. Hier wurde sie selbstständig und zu einer erwachsenen Frau. München hatte sie mit seinen Reizen und seiner Schönheit für sich in Besitz genommen. Nicht nur in der warmen Jahreszeit lässt es sich in München gut leben. Auch wenn die Stadt sich im Winter in ihrem weißen schneebedeckten Kleid dem Betrachter zeigt, ist München wunderschön anzusehen. Bei klarem Himmel zeigen sich im Süden die Alpen und verschönern den Blick der Bewohner und Besucher. In den warmen Tagen laden die vielen

Biergärten die Menschen zu einem Weißbier ein, wie die steinigen Ufer der Isar zum Baden rufen. München ist der Stolz des Freistaates Bayern und genauso stolz geben sich seine Bewohner.

Vick fühlte sich hier pudelwohl und hatte sich in die Stadt verliebt.

Ihr Herz hatte sie zudem auch zum ersten Male verloren. Es war an einem Samstag im April. Vick ging ihren Job im Club nach. Sie betreute an diesen Abend den exklusiven VIP-Bereich. Dort feierten gerade einige Profifußballer den Gewinn irgendeines Titels ziemlich lautstark. Vick hatte sich noch nie für Fußball interessiert. Für sie waren diese Sportler einfach überbezahlte Angeber, die mit ihrem vielen Geld protzten und vom wirklichen Leben keine Ahnung hatten. Sie benahmen sich immer, als wenn ihnen die Welt alleine gehören würde. Aber sie gaben auch großzügige Trinkgelder und deshalb war die Betreuung des VIP-Bereiches bei den angestellten Kellnern und Kellnerinnen sehr begehrt. An diesen Abend durfte Vick sich also über ein schönes Trinkgeld freuen. Sie trug ihren kürzesten Rock, ein Top, der den Blick zu ihrer Oberweite ein wenig frei gab und an den Füßen hochhackige Pumps. Sie wusste schon vor Dienstantritt, dass ihre Füße in einigen Stunden schmerzen werden. Doch die Optik musste im Club einfach stimmen. Mit ihren hochgesteckten Haaren bediente sie schon den halben Abend die feiernden Profis des erfolgreichsten Fußballvereins Deutschlands. Einer der Fußballer hielt sich beim Feiern und vor allem beim Trinken gegenüber seinen Kameraden sehr zurück. Immer wieder beobachtete er Vick bei ihrer Arbeit. Wenn Vick sich in seiner Richtung umdrehte, schaute er schnell weg. Ein Kamerad von ihm sprach Vick dann betrunken an. Er stellte sich vor und zeigte mit seinem Finger auf den Mann, der Vick immer hinterherschaute. Dabei erklärte er der vor ihm stehenden Kellnerin, dass sein Freund sie schon seit Wochen anstarrt und oft begeistert von ihr redet. Doch seine Schüchternheit hielt ihn dabei immer zurück, seine Traumfrau anzusprechen. Vick wusste, dass er in dieser Nacht bisher nur alkoholfreies Bier getrunken hatte und stellte ihm ein Glas mit dem von ihm favorisierten Gerstensaft auf den Tisch. Das Bier würde ihr vom Verdienst abgezogen werden, doch Vick war das heute egal. Der Sportler machte als einziger einen guten Eindruck auf sie und sie freute sich darüber, für ihn interessant zu sein. Erstaunt schaute er Vick über das nicht von ihm bestellte Bier an. Vick lächelte und flüsterte ihm der lauten Musik wegen ins Ohr, dass das Bier auf ihr ging. Jetzt lächelte er, zeigte dabei perfekte weiße Zähne und nannte ihr auch ins Ohr flüsternd seinen Namen. Vick verstand nur den Vornamen. Felix soundso. Jetzt lächelte sie zurück und sah, dass er dabei etwas errötete. Sie ging danach wieder ihren Job nach und sah Felix jedes Mal lächelnd an, als sie in seiner Nähe einen Gast bediente. Gegen fünf Uhr morgens verabschiedeten sich die Fußballer dann und als Felix mit seinen Kameraden am Ausgang des VIP-Bereiches stand, drückte er Vick einen handgeschriebenen Zettel mit seiner Handynummer in die Hand.

Eine gute Stunde später saß Vick auf der Kante ihres Bettes und massierte sich die schmerzenden Füße. Sie war müde und hoffte auf einen langen Schlaf. Das Blatt Papier mit der Handynummer des Fußballers, legte sie in die Schublade ihres Kleiderschrankes und schlief danach erschöpft ein.

Am anderen Tag erkannte sie in der Sonntagszeitung am Kiosk auf der Titelseite die Überschrift über die feiernden Profis des Fußballvereins. Unter der Titelzeile ein Foto, dass auch Felix zeigte. Im Artikel war die Rede über eine hohe Strafe im fünfstelligen Bereich seitens der Vereinsführung. Vick legte nach dem gelesenen Artikel die Zeitung wieder auf den Stapel und kaufte sehr zum Ärger des Kioskbesitzer nichts. Danach vergaß sie erst einmal Felix und seine Kameraden. Es standen wichtige Klausuren an und dafür musste sie ihre Zeit investieren und sich auf diese Prüfungen vorbereiten.

Es dauerte ein paar Tage, als auf dem Display ihres Handys eine Nachricht von Felix über einen Messangerdienst angezeigt wurde. Vick wunderte sich, denn sie hatte ihm ihre Nummer nicht gegeben. In der Nachricht schrieb er, dass er sie gerne zum Essen einladen möchte und er hoffe, sie würde nicht Nein sagen.

Vick überlegte einige Sekunden und sagte dann zu. Ein paar Minuten später kam prompt die Antwort und Felix schlug den nächsten Sonntagabend vor. Es war der Tag vor der Klausur und Vick lehnte den vorgeschlagenen Tag ab. Sie wiederum schlug den Sonntag eine Woche später vor. Doch an diesem Tag konnte Felix nicht. Die Nachrichten gingen jetzt im Minutentakt hin und her und Felix war zu keinem von Vick vorgeschlagenen Tagen in der Stadt. Sie wollte schon aufgeben, als er dann einen Donnerstag vorschlug. Drei Wochen nach ihrem Mailkontakt saß Vick dann ihrem Date bei einem der Münchener Nobelitalienern an einem Donnerstag gegenüber. Der Restaurantbesitzer, ein kleiner dicklicher Sizilianer, bediente die beiden persönlich und war sehr zuvorkommend. Er war Felix gegenüber fast ehrerbietig, unterwürfig und schien ihm zu vergöttern. Vick unterhielt sich die ganze Zeit mit Felix, über alle Themen sprachen sie, nur nicht über Fußball. Vick interessierte sich nicht für Fußball und hatte keine Ahnung mit wem sie da an einem Tisch saß. Immer wieder wurden sie aber von anderen Gästen gestört, die mit ihrem Date ein Selfie machen wollten. Felix war dabei so nett und ließ die Prozedur immer in die jeweilige Kamera lächelnd über sich ergehen. Als er die Rechnung bezahlen wollte, lehnte der Restaurantbesitzer ab. Doch Felix bestand darauf, bezahlen zu dürfen und zum Schluss vor Verlassen der Gaststätte wurde noch ein Foto mit der ganzen Familie und den Angestellten des Sizilianers und Felix gemacht. Auf diesem Bild, dass einige Tage später eingerahmt an eine der Wände des Restaurants hing, stand Vick neben Felix Arm in Arm.

Das war ihr erster Tag mit Felix, weitere sollten folgen.

Als die Saison der Profifußballer beendet war und Vick die Semesterferien genoss, machte Felix ihr das Angebot, gemeinsam in den Urlaub zu fliegen. Vick war erstaunt über den Vorschlag eines gemeinsamen Urlaubes. Sie hatte aber gerade für die nächsten acht Wochen einen Aushilfsjob angenommen und war auf den Verdienst angewiesen. Sie sagte deshalb zu Felixs Erstaunen ab. Doch der vorher so schüchterne Sportler startete noch einen Versuch, Vick zu überzeugen, gemeinsam den Urlaub zu genießen. Doch Vick erklärte ihm, dass nicht alle Menschen in München finanziell so unabhängig wären wie er. Die Miete für das Appartement und auch die Lebensmittel mussten ja irgendwie bezahlt werden und ohne den Job könnte sie sich München nicht leisten.

Jetzt durchbrach Felix eine Grenze und brachte Vick mit seinem Vorschlag einfach bei ihm einzuziehen, zum Lachen. Der Kerl schien verrückt und Vick schüttelte nur den Kopf. Doch Felix meinte es ernst und lachte ausnahmsweise nicht mit. Sie kannten sich gerade einmal ein paar Wochen. Haben noch nicht ein Mal miteinander geschlafen und er wollte, dass sie zu ihm zieht.

Felix Ausdauer zahlte sich für ihn aus. Keine zwei Wochen nach seinem Vorschlag und dem Kopfschütteln Vicks saßen die beiden im Flieger von Frankfurt am Main nach Male. Von dort ging es mit einem Wasserflugzeug in das südliche Atoll in einen luxuriösen Urlaubsclub. Einen Tag zuvor zog Vick bei ihm in seine Penthousewohnung mit Blick über den Dächern von München ein.

Das Wasserflugzeug landete direkt vor der Insel und legte am Steg an. Warme 30 Grad Celsius, ein azurfarbener Himmel und die Sonne, die den feinen Sand der Insel fast so weiß erscheinen ließ wie der Schnee im Winter im Englischen Garten, begrüßten Vick und Felix.

Als Vick den Strandbungalow, der in den nächsten zwei Wochen ihr zu Hause sein würde, betrat, bekam sie den Mund nicht mehr zu. Eine große Glasfront erlaubte den Blick vom Bett aus über den Strand zum türkisfarbenen Indischen Ozean. Obwohl sie den nächtlichen Flug und den Zeitunterschied in den Knochen stecken hatte, schien die Insel ihre Müdigkeit mit ihrer paradiesischen Schönheit wegzuzaubern.

Nichts auf der ganzen Welt konnte sie in diesen Augenblick aufhalten. Sie öffnete ihren Koffer, zog ihre Kleidung aus und den Bikini an. Jetzt bekam Felix die Kieferknochen nicht mehr geschlossen. Zum ersten Mal sah er Vick für einen kurzen Moment nackt vor sich sehen. Er hätte am liebsten die Zeit angehalten, doch die Erde drehte sich einfach weiter und der Sekundenzeiger seiner Breitling tickte vor sich hin. Bevor er überhaupt reagieren konnte, sah er Vick aus der Terrassenfront laufen und in den Ozean springen. Keine fünf Minuten nach ihr, stand Felix Vick im Arm haltend mit ihr im warmen Wasser der Malediven.

Abends dann ein gemeinsames Abendessen bei Kerzenlicht im Speisesaal des Inselrestaurants. Alles verlief für Vick wie ein

wunderbarer Traum aus dem sie nie mehr aufwachen wollte.
Nach einigen Gläsern eines herrlich gekühlten Roses´und dem
paradiesischen Zustand der Insel, landeten die beiden zum
ersten Mal gemeinsam im Bett. Der Alkohol und das
Glücksgefühl ließen alle Vorsicht verschwinden. Ohne zu
verhüten, schliefen die beiden miteinander.
Die zwei Wochen auf dem Eiland vergingen wie im Fluge. Vick
und Felix fanden dort zueinander und verliebten sich
ineinander. Als Paar verließen sie auf dem Franz-Josef-Strauss-
Flughafen den Flieger nach fast 12 Stunden Flugzeit.
Schnell hatte der Alltag die beiden Turteltauben wieder
eingeholt. Vick trat den Semesterferienjob doch noch für
wenigstens 6 Wochen an und Felix musste zur Vorbereitung für
die neue Saison ins Trainingslager.
Nach zwei Wochen stand Felix wieder in der Tür, nur um nach
weiteren drei Wochen erneut in ein anderes Trainingslager in
Dubai zu fahren. Vick war so schon von Anfang an mehr alleine
als gemeinsame Zeit mit Felix zu verbringen. In ihren
Vorstellungen zu einer intakten Beziehung gehört es, tagtäglich
Zeit miteinander zu verbringen. Das war bei ihr und Felix nicht
der Fall. Er war mehr mit seinem Verein auswärts unterwegs als
daheim. Vick kamen erste Zweifel, sich mit Felix auf eine
Partnerschaft eingelassen zu haben.
Als das neue Semester an der Universität begann, wurde sie
wieder abgelenkt und vergaß ihre Zweifel.
Sie stürzte sich in die Vorlesungen und schrieb ihre Klausuren.
Sie war so abgelenkt, dass sie anfangs gar nicht mitbekam, dass
sie in anderen Umständen gewesen ist. Die morgendliche
Übelkeit ließ sie dann einen Schwangerschaftstest durchführen.
Die Anzeige auf dem Streifen zeigte es dann an. Vick bekam ein
Baby.

Die Welt von Victoria brach von jetzt auf gleich zusammen. Sie war für ein Baby noch nicht bereit und wollte zuerst den Juraabschluss hinter sich bringen. Doch das Leben spielte ihr plötzlich andere Karten zu und sie musste nun mit der neuen Situation ihr Leben meistern.

Am Abend erzählte sie Felix die Neuigkeit und der zukünftige Vater des Kindes wusste nicht darauf zu reagieren. Sollte er sich freuen oder nicht? Seine Gefühle waren zwiegespalten. Auch er hatte sich vorher keine Gedanken über eine Vaterschaft gemacht. Völlig unerwartet werden die beiden nun in naher Zukunft Eltern werden.

Vick beendete das Semester und würde ein Jahr mit dem Studium aussetzen und das Kind gebären. So ihr Plan. Doch auch hier war das Leben kein Wunschkonzert.

Felix hielt kurze Zeit später um Vicks Hand an. Mit einem dicken Halbkaräter kniete er vor ihr und fragte sie, was Millionen von Männern tagtäglich auf dieser Erde auch tun. Vick war sich nicht sicher. Die beiden waren erst so kurz zusammen und wussten doch eigentlich nichts voneinander. Unsicher sagte sie dem Antrag dann aber doch zu und die beiden feierten die Verlobung im Schlafzimmer.

Als Vick am anderen Morgen aufstand, war der Frühstückstisch gedeckt und Felix auf dem Weg zum Training.

Plötzlich war die Unsicherheit wieder da und Vicks Übelkeit meldete sich auch wieder. Bisher war alles sehr harmonisch zwischen den beiden abgelaufen und trotzdem wurde Vick das komische Gefühl nicht los.

Mit der Platzkarte für die Ehefrauen oder Freundinnen der Spieler begann für Vick wieder ein neuer Teil ihres noch so jungen Lebens. Viele der meist arrogant wirkenden Damen kannten sich bereits und die Frauen der neuen Spieler wurden von denen freudig begrüßt. Vick spürte die künstlich erzeugte Freundlichkeit unter den Spielerfrauen und fühlte sich überhaupt nicht wohl. Zum Saisonstart saß Vick nun zum ersten Mal in einem Fußballstadion und drückte desinteressiert Felix die Daumen. Ohne den Bezug zum Fußball war es ihr aber egal, wer gewinnt. Die Frauen schwatzten viel untereinander und auch Vick wurde von den Spielerfrauen, die schon länger dabei waren, ausgefragt. So erfuhr sie, dass Felix noch nie eine Partnerin oder Freundin zu einem Spiel seines Vereins hier sitzen hatte. Das Stadion war restlos ausverkauft und die Stimmung gut. Als Gast wurde der Verein mit dem Geißbock auf der Brust empfangen und deren Fans verwandelten durch ihre Gesänge das Stadion in eine große Karnevalsveranstaltung. Als die Mannschaften einliefen, sah Vick, wie sich Felix beim Betreten des Rasens bekreuzigte. Sie wunderte sich über diese Vorgehensweise, denn bisher hatte sie nicht bemerkt, dass ihr Verlobter in irgendeiner Weise gläubig war. Die Gäste galten als unterlegener Underdog, doch am Ende des Spiels teilten sich beide Vereine die Punkte. Für Vick war der Tag im Stadion etwas Neues und viele Stadionbesuche sollten ihr noch bevorstehen. Doch die Liebe zum Fußball entwickelte sich bei ihr nie.

Ein paar Tage vergingen, als die beiden am Frühstückstisch saßen. Felix wollte das Aufgebot bestellen und wählte einen Termin im Januar während der Winterpause. Vick träumte immer davon, im Sommer zu heiraten und war ein wenig enttäuscht. Doch die erste Diskussion kam erst auf, als Felix ihr erklärte, er wolle in seiner Heimatgemeinde bei Rosenheim im Tölzer Land kirchlich getraut werden. Vick schüttelte, während

Felix sprach den Kopf. Sie hatte doch mit Gott seit ihrer Kindheit abgeschlossen und wollte nie mehr eine Kirche betreten. Natürlich wusste Felix nichts von Vicks Misshandlungen durch ihren damaligen Dorfpfarrer. Er sollte es auch erst einmal nicht erfahren. Vick begründete ihre Abneigung gegenüber der Kirche damit, einfach nicht an Gott zu glauben. Jetzt war es Felix, der den Kopf schüttelte und er predigte Vick, dass es ohne Gott die Welt nicht geben würde. Er sprach weiter und pries Gottes Taten an. Zum Abschluss seiner Rede kündigte er an, dass eine Hochzeit nur standesamtlich für ihn nicht infrage käme. Er wollte die Heirat von Gott besiegelt wissen.

Vick sah ihn mit Tränen in den Augen an, streifte den Ring vom Finger und legte diesen vor Felix auf dem Tisch. Danach war es still in der Wohnung und niemand sprach ein Wort. Der Sekundenzeiger an der Wanduhr tickte und war das einzigste Geräusch, dass zu hören war. Felix war über Vicks Verhalten geschockt und ihm liefen die Tränen die Wange herunter. Auch Vick weinte, konnte aber nicht über ihren Schatten springen. Irgendwann nach einigen schweigsamen Minuten durchbrach Felix die Stille. Er versuchte Vicks Vernunft zu erreichen. Doch sie saß ihm weiter dickköpfig gegenüber und reagierte nicht auf seine Fragen. Als Felix merkte, dass eine Fortführung ihrer Diskussion zu nichts führen würde, stand er auf, nahm den Ring und streifte ihn Vick wieder über den Finger. Er beendete das Gespräch dann mit den Vorschlag, einige Nächte darüber schlafen zu wollen.

In Victoria kamen plötzlich, nachdem sie alleine war, alte Kindheitserinnerungen zu Tage. Eigentlich waren die Geschehnisse mit dem Pastor ihrer Heimatgemeinde aus ihrem Gedächtnis gelöscht gewesen, doch nun waren sie wieder da. Sie konnte es selbst nicht fassen, dass dieser pädophile

Gottesmann nach so vielen Jahren noch immer ihr Leben so beeinflussen konnte. Jetzt schaffte dieser Kerl es noch, ohne anwesend sein zu müssen, ihr Leben erneut zu zerstören. Erst nahm er ihr Gott und nun den zukünftigen Ehemann. Vicks Wut über diesen Priester stieg ins Unermessliche an. Was konnte sie nur tun? Sie kämpfte gegen die Gefühle und den Hass, den dieser Mann in ihr erzeugt hatte an. Ihre Gedanken rasten wirr durcheinander und ließen keine vernünftige Entscheidung zu.

Zwei Tage später schaute sie Felix beim Schlafen an. Er sah so unschuldig und lieb aus. Da wusste sie die Antwort auf eine kirchliche Trauung. Am Frühstückstisch saß Felix ihr gegenüber und Vick machte dann klar Schiff. Mit einem einfachen Satz, dass sie einverstanden wäre, machte Victoria Felix glücklich. In den nächsten Tagen wurden die Einladungen zu ihrer Hochzeit an beide Seiten der Familie verschickt.
Victorias Vater war froh, seine Tochter endlich unter der Haube zu sehen. Für ihn als konservativer Katholik war das Leben seiner Tochter in der Wohnung eines Nichtehemannes eine schwere Sünde. Die Hochzeit selbst plante Vick dann mit ihrer zukünftigen Schwiegermutter. Anna, so hieß Felixs Mutter war eine sehr liebe und einfühlsame Frau. Sie selbst war Mutter von 4 Kindern. Felix war der Jüngste ihrer Sprösslinge und der Letzte, der vor dem Traualtar stehen würde. Vick und Anna verstanden sich auf Anhieb und bei der Brautkleidsuche stand Anna ihr beratend zur Seite. Das Problem, dass anstand, war der ständig anwachsende Bauch Vicks. So kam es, dass die Schneiderin eine Woche vor der Trauung noch einige Änderungen an dem Kleid vornehmen musste.
Als Victorias Vater seine Tochter dann durch den Gang zum Traualtar führte, sah Vick wie ein von Gott geschickter Engel

aus. Felix sah seine hübsche Braut und ihm lief eine Träne der Freude über das Gesicht. Vick dagegen fühlte sich in dem Gotteshaus ein wenig unwohl und konnte dort nicht schnell genug wieder heraus sein.

Bei der Trauung schien die Sonne für einen kurzen Moment so durch eines der oberen Kirchenfenster, dass Victoria ein Heiligenschein umgab. Da sahen natürlich alle Anwesenden von ihren Plätzen aus und hielten dies für ein Zeichen Gottes, diese Ehe zu befürworten. Doch der Moment hielt nur kurz an und als das frisch getraute Paar die Kirche verließ, blitzte und donnerte es gewaltig. Der Himmel hatte sich innerhalb von Minuten schwarz verfärbt und schüttete sich mit dicken Regentropfen aus. Das wiederum erkannte Vick als Omen und sah sich als von Gott fallengelassene Frau an.

Die Zelle 2

Der Schmerz in ihrem Po ließ langsam nach. Vicks linke Pobacke war mittlerweile dunkelblau verfärbt.
Josefine Hausmann saß mit ihr an einem der Tische im Besucherraum und legte Vick den ersten Entwurf ihres geschriebenen Manuskripts vor. Vick sollte diesen durchsehen und jede Seite unterschrieben und mit ihren Änderungen an die Mediendame zurückgeben. So las sie in den nächsten Tagen die ganzen Seiten ihrer Geschichte und machte hier und dort eine Verbesserung. Eine Woche später ging der erste Teil dieser Story in Druck und war am nächsten Tag in dem deutschlandweitem größten Boulevardblatt zu lesen.
Danach hatte der Haftalltag sie wieder eingeholt. Josefine Hausmann hatte ihre Story und lies sich nicht mehr blicken. Auch ihr Anwalt Jochen Finn reduzierte seine Besuche, so wie der Medienrummel nachließ. Vick fühlte sich mal wieder einsam und verlassen. Von Gott, dem Ehepartner oder ihren Eltern immer wieder wurde Vick von den Personen in ihrem Leben, die sie am meisten liebte, enttäuscht. Gott wendete sich von ihr in ihrer Kindheit ab. Der Ehepartner weil sie zu einer gottlosen Person wurde und die Eltern, weil sie sich scheiden ließ. Nun saß sie in alleine in ihrer Zelle und wusste nicht, wie die Zukunft für sie aussah. Ihr leben schien ruiniert. Kurz nach dem sie diesen Gedanken nachging, öffnete sich die Zellentür und Vick durfte ihrer Arbeit dem Toilettenschrubben nachgehen.
Jeder Tag war in der Münchener Haftanstalt wie der Vorherige. Immer wieder der selbe Ablauf. Die einzige Abwechslung für Vick waren die Verhandlungstage vor Gericht.

Einen Tag vorher ließ sich Finn dann immer sehen und besprach mit seiner Klientin den nächstfolgenden Gerichtstermin. In den Medien wie den verschiedenen TV-Sendern tat er immer siegessicher, doch in Wirklichkeit bereitete er Victoria auf eine längere Haftstrafe vor. Lebenslänglich plus Sicherungsverwahrung forderte die Staatsanwaltschaft. Vick konnte es nicht glauben, denn sie fühlte sich im Recht und nicht als die Mörderin, wie der Staatsanwalt sie immer nannte. Doch auch in der Haft musste sie sich einiges gefallen lassen. Sie war dort alleine und gehörte keiner Gruppierung der Mithäftlinge an. So wurde sie dort von den Insassinnen als vogelfrei gesehen.

Es dauerte auch nicht lange und die Boxerin stand mit ihrer kleineren Freundin in den Duschräumen. Sie sahen Vick bei ihrer Arbeit zu. Die tat so, als wenn sie die beiden nicht gesehen hätte. Doch das nützte ihr nichts, denn die Frauen waren auf Krawall aus und Vick sollte das Opfer werden. Als die Boxerin ihr auf die Schulter tippte, holte Vick mit dem halb vollen Blecheimer aus und traf die völlig überraschte Mannsfrau mitten ins Gesicht. Es war ein Lucky Punch, wie ihn die Boxer nennen. Wie ein gefällter Baum knickte die Boxerin ein und lag ausgestreckt mit geschlossenen Augen auf dem Boden. Die Kleinere sah Vick mit großen Augen an und ging zwei Schritte zurück. Vick dagegen nahm ihre Utensilien und ging ohne ein Wort zu verlieren, an ihr vorbei. Die zweite Runde ging dieses Mal an sie. Doch wie viele Runden sie noch gegen die beiden Frauen in den Ring gehen müsste, wusste Vick nicht. Es wird verdammt schwer werden, die Zeit hier unbeschadet zu überstehen, gestand sie sich selber ein.

Am nächsten Morgen wurde sie zum Direktor gerufen und stand einige Minuten später vor Friedrichs Schreibtisch.

Wie immer tat der Direktor beschäftigt, indem er vorgab Dokumente zu lesen. Nach einer Weile blickte er Vick an und fragte ganz gelangweilt, ob sie gestern Abend irgendetwas in den Duschräumen mitbekommen hätte. Vick tat erstaunt und verneinte. Der Dicke schaute sie nun über seinem Brillengestell an, überlegte kurz und schickte sie dann aus seinem Büro.

Beim täglichen Freigang im Hof der Justizvollzugsanstalt sah Vick dann die Boxerin auf sich zukommen. Im Schlepptau ihr kleinerer Schatten. Vick fürchtete jetzt Schlimmes, konnte aber in diesem Moment nichts tun, außer auf die kommende Aktion der beiden warten. Die anderen Mithäftlinge machten der dominant auftretenden Boxerin platz. Auf geradem Weg steuerte sie auf Vick zu. Je näher sie kam, desto mehr konnte Vick das demolierte Gesicht von der wütend erscheinenden Frau sehen. Kurz bevor ihre Gegnerin bei ihr war, stellte sich die Angestellte Schließerin vor Vick der Boxerin in den Weg. Vick hörte nur noch die Worte Glück gehabt und sah, wie sich die Beiden abdrehten und sich von ihr entfernten.

Vick atmete tief durch und spürte den Druck ihrer Blase. Die nette Schließerin sah ihr ins Gesicht und sagte, dass sie nicht immer auf sie aufpassen könnte und Vick sich unbedingt eine starke Freundin zulegen müsste. Auf einem Wink der JVA-Angestellten gesellte sich eine andere Insassin zu Vick und die Schließerin verließ die beiden.

Die andere Einsitzende gab ihr die Hand und benannte sich mit Vanessa. Doch hier würden sie alle nur Van rufen. Van saß schon einige Jahre hier ab und war zu einer respektierten Größe unter den Häftlingen angewachsen. Van zählte mehrere der hier einsitzenden Frauen als ihre Freunde. So gaben sie sich den nötigen Schutz, den sie hier manchmal benötigten. Vick schüttelte Van die Hand und nannte der ihr gegenüberstehenden

Frau ihren Namen. Danach schritten die beiden zusammen in eine der Ecken im Hof und Van stellte Vick einige der dort wartenden Damen vor.

Noch am gleichen Abend trat Vick ihren neuen Job in der Justizvollzugsanstalt an. Sie gehörte ab sofort zur Wäscherei und sollte die Heißmangel unter der Aufsicht von Van bedienen. Victoria wähnte sich in einem schlechten B-Movie aus Hollywood. Nur konnte sie den Film nicht einfach ausschalten. Das war jetzt erst einmal ihr Leben.

In einer weiteren Gerichtsverhandlung wurde sie von dem prozessführenden Richter zum ersten Mal in den Zeugenstand gerufen. Er vereidigte sie und fragte Vick dann, ob es von ihrer Seite etwas zu erzählen gab, dass die Öffentlichkeit noch nicht über die Medien erfahren hätte.

Vick wusste mit diesen Kommentar nichts anzufangen und schaute den Richter fragend an. Der bemerkte die Unsicherheit der Angeklagten und stellte dann die Fragen, die er aus seinem Notizblock ablas.

Es wurde ein anstrengender Tag, nicht nur für Vick. Auch der Richter war am Ende des Tages froh, den Prozess unterbrochen und vertagt zu haben. In Handschellen wurde Victoria dann wieder von zwei Justizbeamten abgeführt und in die Justizvollzugsanstalt gefahren.

Van hatte dafür gesorgt, dass Vick in einer anderen Zelle umziehen durfte. Sie nutzte ihre gute Beziehung zu dem Direktor und Vick war die Nutznießerin. In diesem Trakt blieben die Zellentüren tagsüber auf und die Gefangenen konnten sich in ihrer Etage frei bewegen. Viel hatte sie ja nicht zu tragen und so zog Vick drei Zellen neben Van in ihr neues Quartier. Ihre Rivalinnen gingen ihr bisher aus dem Weg und belästigten sie nicht weiter. Aber Vick sah die Boxerin und ihren Schatten beim stündlichen Freigang sie ständig beobachtend. Vick wusste, dass Problem mit den Beiden war noch nicht ausgestanden.

Van und ihre Gesellinnen passten untereinander auf sich auf und sollte ein Mitglied ihrer Vereinigung Ärger mit anderen Insassinnen haben, schützten sie sich alle gegenseitig. Vick gehörte jetzt dazu, musste sich aber damit auch mit um den Ärger anderer Frauen in ihrer neuen Familie kümmern. Im Leben gab es nichts umsonst und gerade an einem solchen Ort wie die Justizvollzugsanstalt war es wichtig, den Schutz von Freunden zu genießen.

Van besuchte Vick jetzt öfter in ihrer Zelle und die beiden Frauen vertrauten sich Geschichten aus ihrem Leben vor dem Einsitzen untereinander an. Vick mochte die konstant stark auftretende Van immer mehr und ihr Gespür sagte ihr, dass es wohl bei Van ebenso war.

Der Job an der Heißmangel war angenehm und nicht so deprimierend wie die Duschen und Toiletten zu reinigen. Vick hatte echt Glück gehabt. Wäre Van nicht gewesen, sie wäre mit Sicherheit erneut mit der Boxerin in den Sanitärräumen aneinandergeraten. Van saß hier ihre 12 Jahre Haft ab. Die Hälfte hatte sie von ihrer Strafe schon abgesessen und stellte vor ein paar Tage einen Antrag auf Haftverkürzung. Vick durfte gar nicht daran denken, was sie ohne Van hier machen sollte. Aber so weit war es ja noch nicht. Van selbst bekam wegen Mord die von dem Staatsanwalt geforderte Höchststrafe. Da der Prozess sich über einige Zeit in die Länge zog, wurde die Zeit bis zum richterlichen Urteil auf das Strafmaß angerechnet. Van selbst wurde von ihrem alkoholsüchtigen Ehemann tyrannisiert, geschlagen und auch vergewaltigt. Sie ließ es mit sich geschehen. Doch als ihr Mann betrunken die gemeinsamen Kinder schlug und das immer öfter, fasste Van allen Mut zusammen und erstach den Vater ihrer Kinder im Schlaf. Der Kerl war aber nicht sofort tot und versuchte noch, seine Frau mit dem selben Messer mit sich in die Hölle zu nehmen. Doch kurz bevor er zustechen konnte, brach er kraftlos in sich zusammen und lag leblos vor ihren Füßen. Ihre beiden Kinder leben seit der Tat bei ihren Eltern und Van selbst gerät bei ihnen immer mehr in Vergessenheit. Sie will ihre Kinder wieder bei sich haben und hofft auf die Haftverkürzung. Als Vick sie dann fragte, warum sie so sicher sei, dass ihrem Antrag stattgegeben würde, gestand Van Vick ein weiteres Geheimnis. Der Direktor wäre ihr Fürsprecher und würde dafür sorgen, dass sie so schnell wie möglich in Freiheit käme. Vick hob staunend die Augenbrauen an und bevor sie fragen konnte, klärte Van sie auf. Sie und der Dicke trafen sich mehrmals in der Woche und es kam zu sexuellen Handlungen, wobei sich Van für ihre Freiheit den sexuellen Vorlieben des Direktors unterwarf. Das war ihr Preis, den sie zahlte, um ihre Kinder schneller wieder zu sehen, als der Urteilsspruch es möglich machen würde.

Die Freundschaft der beiden Frauen wuchs über das anderer Freundschaften im Gefängnis an. Nach ein paar Monaten wurden sie von den anderen Mithäftlingen nur noch die Zwillinge genannt.

Dann kam der Moment, als Van zur Anhörung wegen ihrer Haftverkürzung musste. Das Komitee, dass der Direktor anführte, bestand aus sechs sehr konservativ aussehenden Leuten. Drei Frauen und drei Männer. Psychologen, Sozialarbeiter, Juristen und sogar ein Priester, die heute entscheiden sollten, ob der Antrag Vans stattgegeben wird. Über drei Stunden stellten sie der Gefangenen ihre Fragen und das nur, um ihr nach einer weiteren einstündigen Wartezeit mitzuteilen, dass der Antrag abgelehnt wurde. Van wusste ihre Wut und Enttäuschung nicht zu kontrollieren. Als der Direktor ihr das Ergebnis mitteilte. Sie schrie den Dicken, dem sie sich hingegeben hatte, verzweifelt an. Der wiederum erklärte ihr, dass der Antrag auf Haftentlassung mit vier zu zwei Stimmen gegen sie entschieden wurde. Er versuchte sie mit den Worten zu trösten, dass sie es in einem Jahr noch einmal versuchen könnte.

Sie dagegen konterte ihm zu, nie mehr für seine perversen Spielchen zur Verfügung zu stehen. Er antwortete mit dem Satz. Van sollte doch über ihre Privilegien und bevorzugte Behandlung gegenüber der anderen Gefängnisinsassinnen nachdenken, bevor sie solch eine Entscheidung treffen würde. Wutendbrand saß sie später bei Vick in ihrer Zelle und weinte bittere Tränen. Zum ersten Mal, seit Vick in Arrest war, sah sie Van schwach und ziellos. Vick wusste sich nicht anders zu helfen, umarmte dabei auf dem Bett sitzend ihre Freundin und flüsterte ihr tröstende Worte zu. Wenn sie aber ehrlich zu sich selbst war, wünschte sie sich, dass Van noch etwas bei ihr blieb und nicht entlassen wird. Dieses tiefe innere Geheimnis behielt sie aber für sich. Ohne das Vick oder auch Van es bemerkten, wurde aus dem Trösten Streicheleinheiten und Küsse auf den Mund. Beide ließen sich fallen und es wurde intim zwischen den beiden Freundinnen.

Am Abend saß Vick alleine in ihrer Zelle und dachte über das Geschehen am Tage nach. Noch nie im Leben zuvor hatte sie sexuellen Kontakt zu einer Frau gehabt. Sie wusste nicht, welche Erfahrungen Van schon vor ihr hatte, doch für Vick war es ein komisches, aber kein schlechtes Gefühl.

Seit diesem für Van schrecklichen Tag waren die beiden Frauen fest miteinander verbunden. Jede freie Minute verbrachten sie gemeinsam und aus Vick wurde Vans Zwilling.

Van ließ sich lange Zeit nicht mehr bei dem Dicken sehen, doch dem Direktor wurde es zu bunt und er befahl sie in sein Büro. Als die Schließerin Van dort abgab, schickte Friedrich sie aus den Raum. Der Dicke ließ Van an seine Gedanken teilhaben. Darin sollte sie in einen anderen Trakt versetzt und einer anderen Arbeit hier in der JVA nachgehen.

So kam es, dass Van zwei Minuten später auf dem Schreibtisch unter dem Direktor lag. Angewidert über sich selbst suchte sie danach Vick auf. In ihren Armen fand sie dann ein wenig Trost. Sie hatte sich vor langer Zeit mit dem Teufel eingelassen und konnte sich jetzt nicht mehr von ihm davon schleichen.

Vick dagegen schwor sich selbst, nichts zu tun, um je in solch einer Situation zu kommen. Ihr Prozess dagegen schleppte sich über Wochen und Monate hin. Immer wieder musste sie selbst in den Zeugenstand und war den attackierenden Fragen des Staatsanwaltes ausgesetzt. Der Ankläger war ein ambitionierter, noch junger Jurist, der auch eine politische Karriere anstrebte und er nutzte diesen Prozess, um auf sich aufmerksam zu machen. Vick dagegen befürchtete, dass ihr Rechtsbeistand Jochen Finn dem agierenden Staatsanwalt nicht das Wasser reichen konnte. Sie fühlte sich im Gerichtssaal jedes Mal verloren und hilflos.

Doch es kam noch dicker. In Friedrichs Büro legte der Direktor ihr zwei Tageszeitungen vor die Nase. Beide Gazetten schrieben auf ihren Titelseiten über lebenslänglich für Victoria. Vick las sich beide Artikel sorgfältig durch und wurde dabei kreidebleich. Das war die Situation, die der Dicke vorausgesehen hatte. Er nutzte die Chance und machte Vick eindeutige Angebote. Sex gegen Bevorzugung und ein gutes Wort bei einer eventuellen Haftverkürzung. Vick sah ihn an und schüttelte den Kopf. Friedrich lachte sie einfach nur aus. Mahnte sie aber es sich sorgfältig zu überlegen, denn sie wäre doch mit Van befreundet und eine Verlegung würde die Freundschaft sicher nicht überleben. Eine Nachbarzelle bei der Boxerin wäre gerade frei geworden und er überlege, sie dort einquartieren zu lassen. Er entließ sie daraufhin wieder und Vick ging mit weichen Knien zu ihrem Arbeitsplatz an der Heißmangel. Zu ihrer Überraschung stand dort aber eine andere Insassin und Vick wurde zum Dienst in den Sanitärbereich geschickt. Auf den Knien liegend durfte sie dort wieder die Toiletten putzen. Zum Dank leitete jetzt auch noch eine neue Insassin die Putzkolonne. Es war der kleine Schatten der Boxerin.

Nach der Schicht war für Vick klar, sie musste sich auf das Angebot des Direktors einlassen und sie beriet sich mit Van darüber. Am nächsten Morgen wollte sie mit Friedrich sprechen, doch dieser Mistkerl hatte angeblich keine Zeit und würde sie zu gegebener Zeit zu sich rufen lassen. So musste sich Vick weitere Tage beim Putzen von dem kleinen Schatten schikanieren lassen. Nach fünf Tagen war ihre Geduld am Ende und sie fragte noch einmal bei Friedrich nach, um einen Termin zu bekommen. Es wurden zehn erbarmungslose Tage unter der Schikane der Kolonnenführerin. Die ihr dann noch lächelnd berichtete, dass Vick in der nächsten Woche die Zellennachbarin ihrer Freundin würde. Vick bekam in dieser Nacht kein Auge zu und war am anderen Morgen hundemüde. Es war ein Sonntag, an dem normalerweise nur die Schließer anwesend waren. Doch an diesem Sonntag ließ der Direktor Vick zu sich holen. Die Schließerin durfte das Büro verlassen und Friedrich schloss die Tür von innen ab. Nach zwei Sätzen zwischen Vick und dem Dicken durfte Vick sich entkleiden und stand nackt vor ihrem Peiniger.

Die Zelle neben der Boxerin wurde durch einen Neuankömmling besetzt. Am Montag stand Vick wieder an der Heißmangel unter der Aufsicht Vans. Den Preis, den sie dafür zu zahlen hatte, brachten ihr Übelkeit und eine riesige Portion Wut mit sich. Doch sie musste sich wie Van auf des Direktors Spiel einlassen. Ohne seinen Schutz würde sie hier untergehen.

Julia

Es war ein Schaltjahr und der Kalender zeigte den 29. Februar an. Vick lag seit Stunden in den Wehen und hielt die Schmerzen nicht mehr aus. Felix saß neben ihr. Streichelte und hielt ihre Hand. Vick wollte nur noch, dass die Geburt endlich beendet wird. Zum ersten Mal seit ihrer Kindheit betete sie zu Gott ihre Qualen zu beenden. Doch der Herr über alles hörte sein verlorenes Lämmchen nicht oder er ließ sie für ihre Gottlosigkeit büßen. Die Uhr zeigte mittlerweile fünf Uhr am Nachmittag an und Vick lag jetzt seit 14 Stunden in den Wehen. Die Schmerzen wurden unerträglich und Vick dachte sogar daran sterben zu wollen. Es war dann um fünf nach neun am Abend, als das Baby zur Welt kam. Es war ein kleines Mädchen, die auf den Namen Julia getauft werden sollte. Vick war froh und glücklich, als die Hebamme ihr im Krankenbett das Baby auf den Bauch legte. Vick sah ihre Tochter und ihr erster Gedanke war, was ist mein kleines Baby für ein kleines, hilfloses, zu schützendes Lebewesen. In diesem Augenblick schwor sie zu Gott, ihr Kind immer zu schützen und alles Schlechte von ihr fernzuhalten. Vick redete wieder zu Gott und bat ihm, ihr Mädchen unter seinem Schutz zu nehmen und ihr ein langes Leben zu bescheren. Durch die Geburt ihrer Tochter Julia fand Vick den Weg zu Gott langsam zurück. Felix war glücklich über das neue Familienmitglied und er war froh, dass seine Frau den Weg der Gottlosigkeit verlassen hat.

Julia war Vicks und Felix ganzer stolz. Nachdem Vick das Hospital verlassen konnte, wurde Julia an dem darauf folgenden Sonntag nach der Messe in der Kirche nahe Rosenheim, in dem die beiden geheiratet haben, getauft. Der Pfarrer, der die Taufe vollzog, hatte Vick und Felix auch verehelicht.

Die Taufe Julias war dann der Moment, als die ganze Familie rückwirkend gesehen ein letztes Mal komplett zusammen war. Beide Seiten der Familie nahmen an der Taufe in der Heimat Felixs Eltern teil. Die Sonne schien vom Süden über die noch schneebedeckten Berge der nördlichen Alpen. Dieser Anblick wurde normalerweise für die Postkarten der Touristen festgehalten. Der Herr im Himmel meinte es wohl gut mit seinem neuen Schäfchen und lächelte Julia mit sonnigen Aussichten zu. Während der Pastor das Weihwasser über Julias Köpfchen laufen ließ, lächelte die Kleine und strampelte wohlfühlend ein wenig mit ihren Füßchen. Vick sah dies als gutes Omen an und machte einen weiteren Schritt die Tür zu ihrem Herzen auch wieder für die Kirche zu öffnen.

In München überlegten Felix und Vick über einen Umzug nach. Das Penthouse war zwar groß und schön, doch nichts für eine Familie mit Kind. Ein Haus sollte her. Felixs einzige Bedingung, er wollte in Grünwald wohnen bleiben. Vick übernahm den Auftrag, einen Immobilienmakler zu engagieren, der ihnen einige schnell zu erwerbende Häuser anbieten konnte. In Grünwald waren die Reichen und Schönen der Münchener Schickeria unter sich. Dies war kein Arbeiterviertel wie Münchens Westend mit seinen vielen kleinen Kneipen und Gaststätten. In Grünwald blieb man unter sich. Hier wohnten die Menschen, die beim Oktoberfest in den VIP-Bereich der Bierzelte und in den Logen des FC Bayern saßen. Die Arbeiterklasse drückte von ihrer Seite aus eher den Löwen als den Roten die Daumen.
Es dauerte nur einen Tag und der beauftragte Makler stand mit Vick und Felix vor dem Tor eines Hauses mit riesigen Vorgarten und begrüßte seine Kunden. Unter seinem Arm trug er ein Exposier, dass alle Wissenswerte über das zu verkaufende Haus

beinhaltete. Da der Makler eine dicke Provision in Aussicht hatte, redete er ununterbrochen. Doch egal wie schön, günstig und exklusiv er das Projekt die ganze Zeit beschrieb, Vick und auch Felix waren nicht so überzeugt und wollten noch andere Häuser begutachten. Es dauerte einige Wochen, Vick hatte schon fast aufgegeben, als der Zufall mithalf. Der Makler zauberte plötzlich eine Immobilie hervor, die dem Geschmack Felixs und Vicks sehr nahe kam. Es gab nur ein winziges, aber bedeutendes Problem. Das Haus stand in Unterpfaffenhofen. Für Felix ein No Go. Doch Vick bettelte tagelang bis er nachgab und mit ihr den Termin zur Besichtigung zustimmte. Das Haus stand in einem mittelständischen Wohnbezirk und hier wohnten Menschen, die ihr Geld hart erarbeitet hatten. Felixs Rechtsanwalt übernahm nach der Besichtigung die Verhandlungen und die Provision des Maklers fiel kleiner aus, als er anfangs erhofft hatte. So verließ Felix mit weinendem Herzen seine Penthousewohnung mit Blick über den Dächern Münchens und zog in seinem neu erworbenen Haus in Unterpfaffenhofen ein. Für Vick, die aus bürgerlichen Verhältnissen stammte, war der Umzug kein Problem, im Gegenteil, sie fühlte sich wohl und war mit ihrer neuen Heimat glücklich. Bei Felix, der aus einer Familie der Oberschicht stammte, sah es etwas anders aus. Er war von der Entscheidung, dieses Haus zu beziehen, nicht wirklich überzeugt.

Vick ging in ihre Rolle als Mutter völlig auf. Keinen Gedanken verschwendete sie im Moment an ihr Studium. Julia war ihr ein und alles. Sie wich der Kleinen nie von der Seite. Anders als noch vor einem Jahr gedacht, schlüpfte sie so in die Rolle der liebevollen Mutter und Hausfrau.

Seine Penthousewohnung behielt Felix und verkaufte sie entgegen seinen ersten Überlegungen nicht. Ein neuer Mannschaftskamerad mietete sich dort ein.

Zu Felixs Schicksal spielte dieser neue, aus Italien stammende Spieler auf seiner Position und es kam noch schlimmer. Die Zeitungen berichteten von einem Gerücht, dass Felixs Ohren noch nicht erreicht hatte. Angeblich stand er kurz vor einem Vereinswechsel in die spanische Hauptstadt. Felix konnte es nicht fassen, als er noch am gleichen Tag in des Managers Büro erfuhr, dass die Zeitungen richtig berichtet hatten.

Am darauffolgenden Morgen saß er in einem Flieger mit dem Kranich am Heck und las sich während des kurzen Fluges die gefaxten Vertragsdetails sorgfältig durch. An dem Abend davor hatte er Vick über den wohl bestehenden Vereinswechsel aufgeklärt. Vick hatte keine Ahnung vom Profifußball und wusste nicht, wie schnell Spieler die Vereine wechselten. Die Leidtragende war sie und ihre kleine Tochter Julia.

Vick blieb in München, während Felix ein paar Tage später seiner Arbeit in Madrid nachging. Unterpfaffenhofen war er erst einmal los. Er nahm sich in Madrid ein kleines Apartment in einem Wohnblock der Luxusklasse. Dort wohnten viele seiner neuen Vereinskollegen und so verbrachten diese auch viel private Zeit miteinander.

Vick war nun wieder alleine in München. Ihr einziger Bezug wurde ihr Baby. Den Spielerfrauen gehörte sie nun nicht mehr an und so verlor sie auch noch den letzten Kontakt zu Bekannten aus der Landeshauptstadt.

Es war dann irgendwie aus Langeweile, als sie mit Julia im Arm durch die große Pforte der in Unterpfaffenhofen ansässigen Kirche schritt. Ob von Gott gelenkt oder doch nur durch Zufall konnte sie später nicht mehr deuten. Doch an diesem Tag predigte der Pastor über die Einsamkeit und Vick war sehr von der Rede des Pfarrers angetan. So fand Vick sonntags wieder den Weg in die Messe. Und nicht nur das. Durch die vielen Messebesuche lernte sie die Sekretärin und den Küster der Kirche kennen. Es dauerte nicht lange und Victoria engagierte sich wieder ehrenamtlich in der Gemeinde. Wo es Arbeit gab, war sie sehr zur Freude des Pfarrers zur Stelle. Die meiste Zeit verbrachte sie in dem katholischen Kindergarten. Sie sammelte Spenden für die Kirchengemeinde, organisierte Sponsoren für das jährliche Pfarrfest und half, wo sie helfen konnte. Durch diese Beschäftigung und natürlich auch durch Julia verging die Zeit am Tage wie im Flug und an manchen Tagen dachte oder vergaß sie sogar ihren Ehemann Felix. Sie lernte dadurch viele Leute aus der Nachbarschaft kennen und freundete sich mit der einen und anderen Frau aus der Kirchengemeinde an.

Felix kam nur selten nach Hause und Vick lebte wie eine alleinerziehende Mutter mit Kind. Vick fand es schade, dass Julias Vater die ersten Schritte und vor allem die ersten Worte ein Jahr nach Julias Geburt nicht mitbekam. So hatte Vick sich das gemeinsame Familienleben nicht vorgestellt.

Im Gegenteil. Wieder einmal beeinflussten die Medien ihr Leben. In Deutschlands größter Tageszeitung wurde von einer ausschweifenden Party der Madrilenen nach einem wichtigen Sieg berichtet. Vick interessierte sich nicht für Siege oder Niederlagen ihres Mannes. Doch über der Überschrift des Artikels war ein Foto aus einem Nachtclub und unter den vielen Spielern, die dort abgelichtet waren, erkannte Vick auch Felix. Sie griff sich ihr Handy und versuchte ihren Mann zu erreichen, doch dieser nahm das Gespräch nicht an. Nach dem fünften Versuch gab sie auf und resignierte.

Felix meldete sich dann am Abend und klärte Vick über die Party in dem Club auf. Da die ganze Mannschaft dort war, musste er sich ihnen anschließen. Sie hätten gefeiert und mehr nicht. Die Presse würde nicht richtig berichten und der Ärger mit seinem Arbeitgeber wäre schon groß genug. Jeder der Anwesenden musste nun eine Spende für einen wohltätigen Zweck tätigen. Felix würde einen fünfstelligen Betrag an ein Madrider Waisenhaus überweisen müssen.

Fürs erste war Vick beruhigt und beendete stressfrei das Gespräch mit Felix. Die Presse dagegen schlachtete das Thema noch tagelang aus. Sogar Vicks Handy klingelte und ein neugieriger Reporter wollte mit ihr sprechen. Woher er die Nummer hatte war Victoria ein Rätsel.

Irgendwann war das Thema dann nicht mehr aktuell und es kehrte Ruhe ein.

Einige Wochen später rief der Pfarrer sie spät am Abend noch an. Er wollte sie unbedingt am nächsten Tag sprechen und bat sie doch in die Pfarrei zu kommen. Da der Priester am Telefon nicht über sein Belangen reden wollte, lag Vick die ganze Nacht wach und grübelte darüber nach.

Der Pastor war mit seinen vierzig Jahren im besten Alter und sollte der Gemeinde noch lange als ihr Gottesmann zur Verfügung stehen. Er leitete die Kirche nun seit sechs Jahren und kannte alle seine Schäfchen aus der Gemeinde. Als Victoria dann in seinem Büro vor ihm stand, bot er ihr den Stuhl vor dem Schreibtisch an und fing die Unterhaltung mit einem Lobgesang über Vicks ehrenamtlicher Arbeit in seiner Kirche. Langsam schwang er dann zu seinem wirklichen Anliegen über. Seine rechte Hand, offiziell seine Sekretärin hatte schon vielen Priestern in dieser Kirche beigestanden und nun sei sie in einem Alter gekommen, in der die Rente rief. Die Kirchengemeinde würde demnächst die Stelle neu besetzen müssen und er als der zuständige Pastor möchte gerne Victoria dem Bistum für diesen

Arbeitsplatz vorschlagen. Er betonte noch, dass sein Wort mit Sicherheit Gewicht in die Waagschale der Entscheidung hätte. Nur bräuchte er ihr O.K.

Vick war sprachlos. Nie hatte sie daran gedacht, für den Klerus zu arbeiten. Anscheinend wusste der Priester nicht über das Geschehen in ihrer Kindheit Bescheid. Das wird wohl an die Namensänderung ihrerseits nach der Hochzeit mit Felix liegen. Sie bat eine Nacht um Bedenkzeit und der Pastor stimmte dem nickend zu.

So wurde Vick drei Wochen später die Sekretärin ihrer Kirchengemeinde. Julia wurde dadurch das jüngste Kind im katholischen Kindergarten. Da das Sekretariat und der Kindergarten in einem Gebäude beheimatet waren, konnte Vick zu jeder Zeit zu ihrer Tochter, sollten irgendwelche Probleme auftauchen.

Julia aber war ein aufgewecktes Kind. Sie ging auf die anderen Kinder zu und beteiligte sich rege in ihrer Gruppe im Kindergarten. Sie spielte, lachte und lernte mit und von den anderen Kindern. Sie vertraute dort allen und hatte Spaß, wenn Vick sie jeden Morgen dort hinbrachte.

Es war die Weihnachtszeit, als Felix ein paar Tage in seinem eigenen Haus bei seiner Familie verbrachte. Julia hatte zu seinem Leidwesen ihren Vater nicht mehr erkannt und weinte bei seinem Versuch, sie in den Arm zu nehmen. Es braute sich eine Situation zusammen, in der sich alle unwohl fühlten. Julia behielt die ganze Zeit die Distanz zu ihrem für sie fremden Vater und Felix verstand das Verhalten seines Kindes trotz aller Bemühungen seinerseits nicht. Die Anspannung löste sich erst auf, als Felix in Madrid wieder aus dem Flugzeug stieg. Vick fühlte, dass ihre Ehe erste Risse bekommen hatte und war nicht froh über diese Tatsache. Unglücklich lag sie in der ersten

Nacht nach dem Abschied von Felix in ihrem Bett und fand nur wenig Schlaf. Ihr weiblicher Instinkt warnte sie vor der Zukunft. Vick war froh, als der Wecker die Nacht beendete und den Morgen einläutete. Die Routine hatte sie wieder eingeholt und ihre trüben Gedanken beiseitegeschoben. Sie sah ihre Tochter am Frühstückstisch an und sah ihren ganzen Stolz. Sie wusste, ihre Tochter war der einzige Grund geworden zu leben. Das sollte nicht heißen, dass sie sich ohne Julia den Tod wünschte. Doch die Kleine war ihr ein und alles und sie würde für Julia in den Tod gehen. Ihre Tochter zu schützen, sie aufwachsen zu sehen und immer für sie da zu sein, war der Sinn ihres Lebens geworden.

Julia indes war ein immer lachendes, fröhliches Baby. Diese Fröhlichkeit behielt sie auch, nachdem sie die Entwicklungsstufe vom Baby zum Kleinkind übertreten hatte. Während die Bindung zu Julia immer inniger, als sie von Mutter zu Kind sowieso schon ist, anwuchs, rückte das Verhältnis zu Felix in weiterer Ferne. Vick war froh, sich mit der Arbeit im Sekretariat der Kirchengemeinde ablenken zu können. Ohne ihren Job würde sie in die Einsamkeit abrutschen.

Es war dann der Herbst. Julia, jetzt eineinhalb Jahre alt und bisher ohne Vater aufgewachsen. Die Kurzbesuche Felixs verbesserten das Verhältnis von ihm zu Julia und nun auch zu Vick nicht wirklich. Bei seinem letzten Heimatbesuch war er angespannt und gedanklich abwesend. Vick spürte, dass irgendetwas nicht in Ordnung war. Doch auch nach mehrmaligen Fragen ihrerseits bekam sie keine befriedigende Antwort ihres Ehemannes. Der Riss zwischen ihm und seiner daheimgebliebenen Familie wurde immer größer und entwickelte sich bald zu einem unüberbrückbaren tiefen Graben.

In den Nächten lag Vick oft weinend wach. Sie dachte über ihr Leben und ihre Zukunft nach. Ihr Gespür sagte ihr dabei, dass Felix nicht mehr zu ihrer Zukunft gehören würde.

Ihr Leben schien aus den Fugen zu geraten. Sie brauchte Rat und eine vertrauensvolle Ansprechperson. Diese Person fand sie in ihrem Chef, dem Gemeindepastor, wieder. Der aufgeweckte und einfühlsame Gottesmann erkannte an Vicks Verhalten und Auftreten der letzten Wochen, dass sie irgendetwas zu erdrücken schien. So stand er eines Abends an ihrer Tür und bot ihr seine Hilfe als Seelsorger an. Vick schüttelte zuerst mit dem Kopf, ließ den Pfarrer dann aber doch hinein. Julia lag in ihrem Bettchen und schlief. Vick und der Pastor, der ihr bei dem Gespräch dann das Du anbot, saßen sich im Wohnzimmer gegenüber. Von nun an sprach Vick ihn mit Thomas und er sie mit Victoria an. Es dauerte eine ganze Weile, bis Thomas Vick so weit hatte und sie sich ihr Herz bei ihm ausschüttete.

Thomas zeigte sehr viel Mitgefühl, nahm Vick sogar einmal in den Arm und überreichte ihr sein Stofftaschentuch, um sich die Tränen aus den Augen zu tupfen. Er sprach beruhigend auf sie ein und gab ihr tröstenden Beistand. Nach drei Stunden verabschiedete er sich von Vick mit den Worten zu jeder Zeit für sie da zu sein.

Vick war froh, sich einmal den Frust von der Seele gesprochen zu haben und das Gespräch mit Thomas war sehr befreiend für sie. Die Last ihrer Ehe drückte nun nicht mehr ganz so schwer auf ihren Schultern.

Die Zelle 3

Van und Vick genossen die Privilegien, die ihnen der Gefängnisdirektor zugestand. Den Preis, den sie zahlen hatten, wurde durch körperlicher Liebe mit dem Dicken ausgeglichen. Dafür ging es den beiden in der Justizvollzugsanstalt gut. Durch den Direktor und ihren Zusammenhalt mit Van kam es für Vick zu keinem weiteren Aufeinandertreffen mit der Boxerin und ihrem Schatten.

Vicks nächster Prozesstag stand bevor und ihr Anwalt Jochen Finn wartete im Besucherraum auf seine Klientin. Er schaute finster drein. Wie von ihm vorhergesagt, war der Richter über den Medienbericht nicht sehr erfreut. Die Öffentlichkeit war in zwei Lager gespalten. Da wir aber in einem Rechtsstaat leben, darf niemand das Gesetz in eigener Hand nehmen und Selbstjustiz verüben. Einen Freispruch konnte Victoria von Anfang an ausschließen. In ihrem Prozess ging es nur um die Höhe der abzusitzenden Strafe. Der ganze von ihr verursachte Medienrummel hing ihr jetzt schwer im Nacken. Der Vorsitzende Richter der Strafkammer und seine beiden Berufskollegen mussten sich von einem der beiden Schöffen verabschieden. Dieser hatte sich durch die Presse beeinflussen lassen und dies den Richtern mitgeteilt. Der Hilfsschöffe musste nun einspringen. Diese ganze Unruhe lastete das Gericht nun Victoria an.

Jochen Finn musste nun eine andere Strategie zu Vicks Verteidigung angehen und hoffen, das zu befürchtende Strafmaß ein wenig reduzieren zu können. Er wollte seine Klientin noch einmal im Zeugenstand befragen. Er ging mit Vick die Fragen und ihre Antworten durch. Nach zwei langen Stunden verabschiedete er sich und Vick durfte gestresst in ihre Zelle zurück. Keine zwei Minuten später rief Friedrich sie in sein

Büro. Was er von ihr wollte, wurde Vick sofort klar, als er die Tür verschloss.

Als sie auf ihrer Pritsche lag, konnte sie nicht glauben, wohin sie ihre Vergangenheit gebracht hatte. Sie wollte doch nur ein intaktes Familienleben führen. Mit einen Mann, der sie liebte und mit ihrer Tochter, die sie lieben durfte. Doch das Schicksal schlug einen anderen Weg für sie ein oder hatte Gott den Pfad für sie zurechtgelegt? Vick war froh, Van hier als Freundin gewonnen zu haben. Ohne sie hätte sie bis zu diesem Zeitpunkt nicht durchgehalten. Van tat ihr einfach gut. Sie war mehr als eine Freundin geworden. Van schützte sie, sie hörte ihr zu und sie liebte Vick. Vick war es gewesen, die Van aus dem psychischen Loch nach der Absage einer Haftverkürzung holte. Durch ihren Trost und ihrer Liebe gewann sie wieder an Selbstbewusstsein und alter Stärke zurück. Seitdem ist das Band von Van und Vick zu einer nie zerreißenden Dicke angewachsen. Nur Friedrich konnte mit seiner ausgeübten Machtposition dieses Band zerstören und das dies nicht passiert, spielten die beiden Freundinnen des Direktors Spiel nach seinen Regeln mit.

Ein junges Mädchen im Alter von 19 Jahren, die nach dem Erwachsenenrecht angeklagt wurde, brachte dann das Gleichgewicht ein wenig durcheinander.

Als Vick als eine der Letzten nach dem Volleyballspiel auf dem Hof in die Duschräume kam, sah sie ihre beiden Freundinnen, die Boxerin und ihr Schatten, dieses Mädchen sexuell zu attackieren. Die Kleine stand nackt unter der Dusche und ließ sich weinend von den beiden vergewaltigen. Weder die Boxerin noch ihr Schatten rechneten damit, dass noch ein Insasse zum Duschen kommen würde und so nahm das Drama seinen Lauf.

Vick verknotete ihr Stück Seife in ein Handtuch und schlug dem Schatten das Handtuch mit dem harten Kern vor die Stirn. Diese fiel schwer getroffen mit einer Platzwunde um und schrie mehr aus Schrecken als vor Schmerzen. Für einen zweiten Schlag reichte bei Vick dann die Zeit nicht mehr. Blitzschnell schlug die geballte Manneskraft der Boxerin zu und traf das Kinn Victorias. Es gab einen Knall oder eher ein Knacken, als wenn ein dicker Ast durchbrechen würde. Den Schmerz und den Aufschlag auf den gefliesten Fußboden bekam Vick nicht mehr mit. Ohnmächtig musste sie nun ein paar Fußtritte ihrer Gegnerinnen hinnehmen und wachte erst in der Krankenabteilung des Gefängnisses auf. Kurz danach war sie mit einem Rettungswagen der freiwilligen Feuerwehr auf dem Weg in die Klinik Bogenhausen. Dort wurde ihr doppelter Kieferbruch durch einen operativen Eingriff behandelt.

Nach der Operation lag sie noch einige Tage in der Krankenstation der Justizvollzugsanstalt. Drähte ragten aus ihrem Kieferknochen heraus. Vick konnte weder reden noch lachen. Über einen Strohhalm nahm sie Brühe und Getränke auf. Drei Wochen dauerte dieser Zustand, bis sie wieder breiartige Speisen zu sich nehmen konnte. Doch das Schlimmste für Vick war nicht die Qual der Schmerzen durch den gebrochenen Kiefer, sondern für die Zeit auf der Krankenstation das Fehlen von Van.
Natürlich wurde Vick von dem Direktor gefragt, was geschehen war. Ein unglücklicher Ausrutscher auf dem nassen Boden war ihre auf einem Blatt Papier geschriebene Antwort. Der Dicke schaute sie ernst an, sein Gesicht rötete sich und Vick dachte, er würde in jedem Moment explodieren. Er rief eine Angestellte durch die geschlossenen Tür und jagte Vick aus seinem Büro.

Bei Van sah die Sache anders aus. Ihr konnte und durfte Vick nicht mit einer Ausrede wie bei Friedrichs kommen. Also erzählte sie ihr mit Unbehagen die Wahrheit. Van nickte, denn das, was Vick ihr ohne zu reden sagte, war genau das, was sie schon gehört hatte.

Van sann nach Vergeltung. Niemand durfte es wagen, eine bei ihr unter Schutz stehende Mitgefangene und erst recht nicht Vick so zu verletzen.

Es dauerte wiederum ein paar Tage. Vick war noch nicht wieder für die Heißmangel arbeitsfähig und Van hatte dafür gesorgt, dass die Boxerin an Vicks Stelle den Job tätigen musste.

Der erste Teil ihres Planes ging auf. Als Van dann einen günstigen Moment erkannte, schicke sie die Zwei in der Nähe der Heißmangel beschäftigten Insassinnen in die Wäschekammer, um irgendwelche belanglosen Dinge dort zu bearbeiten.

Als die beiden dann alleine waren, schlich sich Van von hinten an die Boxerin heran. In ihrer rechten Hand hielt sie das vorher aufgeheizte Bügeleisen. Genau in dem Augenblick, als Van mit ihrem rechten Arm zum Schlag ausholte, drehte sich ihr Opfer um. Zu spät erkannte die Boxerin, was passieren würde. Ohne überhaupt reagieren zu können, traf Van sie mit dem heißen Eisen an der Schläfe. Die Mannsfrau kippte ausgeknockt wie ein gefällter Baum um. Van drückte ihrer wehrlosen Gegnerin dann das heiße Bügeleisen ins Gesicht. Sie ließ erst von ihr ab, als der Gestank verbrannten Fleisches sich in ihrer Nase breitmachte. Danach entfernte sie sich von ihrem Opfer und beschäftigte sich in einiger Entfernung mit ihrer Arbeit. Erst als die anderen beiden Häftlinge zu ihrem eigentlichen Arbeitsplatz zurückkamen und die Boxerin dort liegen sahen, schlugen sie Alarm.

Und wieder war der Rettungswagen der freiwilligen Feuerwehr auf dem Weg in die Klinik Bogenhausen. Was dann geschah, war auch von Van so nicht gewollt gewesen. Einen dicken Denkzettel hatte sie ihrer Gegnerin nur verpassen wollen. Doch kurz vor der Klinik hörte das Herz der Boxerin auf zu schlagen und jegliche Reanimierungsversuche schlugen fehl. Von diesem Augenblick an hatte Van ein riesiges Problem. Sie war die Hauptverdächtige bei den untersuchenden Ermittlungen. Zu ihrem Glück gab es keine Zeuginnen und die Ermittler hatten keine wirklichen Beweise. Das Bügeleisen hatte Van sofort gereinigt und am anderen Tag in des Schattens Zelle im Wasserkasten der Toilettenspülung versteckt.

Noch nicht einmal Vick erzählte Van ihre Tat. Die Ermittler versuchten sie wegen der fehlenden Beweise psychisch so zu foltern, dass Van die Attacke auf die Boxerin zugab. Doch sie hatte wieder zu ihrem alten Selbstbewusstsein zurückgefunden und blieb hartnäckig. Sie ließ sich nicht weichkochen.

Die Ermittlungen dauerten Monate und der Staatsanwalt hatte nicht genügend Beweise, um eine Klage vor Gericht durchzusetzen. Der Zufall einer regelmäßigen Zellenkontrolle half ihr dann weiter. Die angebliche Tatwaffe, das Bügeleisen wurde im Spülkasten des Schattens gefunden und nun galt das Hauptaugenmerk der Ermittler plötzlich einer anderen Mitgefangenen.

Van war erleichtert erst einmal etwas Ruhe vor den Ermittlungen zu haben. Vick hingegen fragte ihre Freundin auch nur einmal was passiert war. Van sah sie daraufhin an und beendete das Thema mit den Worten: Das willst du gar nicht wissen. Für Van war das Thema damit erledigt und Vick, obwohl sie ahnte, dass Van die Boxerin erschlagen hatte, fragte nicht mehr nach.

Die Ermittler kamen aber auch mit dem Schatten nicht weiter, denn sie konnte nicht wirklich etwas berichten. Trotzdem blieb sie für die Staatsanwaltschaft eine der Haupttäterinnen. Durch des Schattens Aussagen während der Verhörungen führte plötzlich ein Weg zu Victoria.

Die beiden Kripobeamten, ein Mann und eine Frau, waren ein eingespieltes Team beim Verhören von Tatverdächtigen. Sie wechselten sich und die Strategie ständig ab. Zuerst auf die charmante, kollegiale Art, dann mit aufgesetztem Druck und zum Schluss mit der helfenden Bitte. Durch die Attacke der Boxerin gegen Vick wurde Rachsucht als möglicher Beweggrund ins Spiel gebracht. Im Verhörraum wurde nun Vick durch die Mangel genommen. Sie wiederum konnte nur nicken oder mit dem Kopf schütteln. Die Polizisten blieben hart und bohrten immer weiter. Vick wurde es dann zu bunt und rief nach ihrem Anwalt Jochen Finn. Dieser riet ihr am Telefon nur Angaben zu ihrer Person zu machen und dann auf ihn zu weisen. Er bräuchte noch mindestens zwei Stunden, bis er bei ihr sein könnte. Die Ermittler fürchteten nun, dass die weitere Befragung Vicks an diesem Tage zu nichts mehr führen würde und verabschiedeten sich. Jochen Finn kam zu spät und verhängte Vick ein Aussageverbot. Ohne ihn würde es keinen Kommentar zu dem Todesfall geben. Bei jedem weiteren Verhör wollte er anwesend sein und verbot Victoria, ohne sein Beisein irgendetwas preiszugeben.

Für Vick selbst wurde es eng. Die Ermittlungen sahen ein wirkliches Motiv in einer eventuellen Tat durch Victoria. Da sie zur Tatzeit alleine in ihrer Zelle mit geöffneter Tür saß, hatte sie kein stichfestes Alibi. Die Staatsanwaltschaft hingegen sammelte eine Menge an Indizien und bereitete eine Mordanklage gegen Vick vor. Der zuständige Staatsanwalt geriet wegen der langen und bisher erfolglosen Ermittlungen unter Druck und wollte nun endlich der Öffentlichkeit die Täterin präsentieren.

Plötzlich hatte Vick eine zweite Anklage wegen Mordes am Hals und die Medien stürzten sich wie hungrige Wölfe auf diesen neuen Fall.

Es dauerte dann auch nur ein Tag und Josefine Hausmann kontaktierte Vick erneut. Sie roch eine Story, die sie auszuschlachten gedachte. Doch Vick wollte sich dieses Mal nicht mehr auf eine Veröffentlichung einlassen und sagte ein Treffen in den Besucherräumen der Vollzugsanstalt nicht zu. Die beleidigte Reporterin wendete danach ihren Artikelinhalt und schrieb viele Dinge, die auf Spekulationen aufgebaut waren und Vick schwer belasteten. Für den Leser war nun klar, Vick war aus Rache zur Mörderin geworden. Obwohl der Bericht nicht einen einzigen Beweis gegen Vick vorbringen konnte, ging er so in Druck und beeinflusste die Öffentlichkeit durch diesen falschen Zeitungsbericht.

In der Wäscherei, als alle anderen Insassinnen ihre Schicht beendet hatten, sprachen Vick und Van über die Geschehnisse. Van versprach ihrer Freundin, sie mit all ihrer Kraft zu unterstützen, gab die Tat aber auch vor Vick nicht zu. Vick dagegen wusste um ihre eigene Unschuld und wollte nicht für die Tat einer anderen vor Gericht stehen und noch schlimmer, eventuell eine weitere Haftstrafe absitzen müssen. Auch befürchtete sie nun, dass diese Mordanklage ihr erstes Verfahren negativ beeinflussen könnte. Sie blickte Van tief in die Augen und erklärte ihr ihre Situation und ihre Gedanken. Doch Van blieb cool und zwinkerte noch nicht einmal mit den Wimpern. Sollte der Tod der Boxerin einen tiefen Graben zwischen den beiden Freundinnen erzeugt haben, fragte sich

Vick. Sie war fest von der Schuld Vans überzeugt, konnte ihr aber nichts beweisen und musste sich mit dem zufrieden geben, was Van ihr sagte.

Am nächsten Tag saß Vick wieder mit dem Ermittler und der Ermittlerin im Besucherraum und warteten stillschweigend auf Jochen Finn. Während des Wartens klopfte der Kripobeamte ungeduldig mit den Fingern auf die Tischplatte und machte Vick immer nervöser. Seine Kollegin schien dies gar nicht zu interessieren. Sie beobachtete die ihr gegenüber sitzende vermeintliche Täterin und ließ sie nicht eine Sekunde aus den Augen. Vick spürte ihre Nervosität und den Schweiß, der sich unter ihren Achseln bildete. Trotzdem versuchte sie sich ihre Aufregung nicht anmerken zu lassen und gab sich nach außen hin cool. Trotz des Schweigens aller im Raum befindlichen Personen war der Besucherraum von der Unruhe der drei Wartenden erfüllt. Der Beamte klopfte ununterbrochen weiter und für Vick wurden die Sekunden zu gefühlten Minuten und die Minuten zu vermeintlichen Stunden.
Mit zwanzig Minuten Verspätung traf dann Vicks Anwalt ein. Finn entschuldigte sich und setzte sich neben seiner Klientin. Genau wie die beiden Ermittler stellte der Rechtsanwalt sein Diktiergerät auf den Tisch und nahm das gesamte Verhör auf. Vick gab zuerst auf die Fragen der Ermittler über ihre Personalien Antwort. Nachdem die Polizisten die erste Frage über den Fall ansprachen, drückte Jochen Finn Vicks Arm und übernahm das Reden. Egal was sie fragten, Finns Antwort war kein Kommentar. Die Befragung verlief für die Ermittler unbefriedigend und ergebnislos. Nach einer halben Stunde standen sie in einer Sackgasse und kamen nicht weiter. Sie beendeten das Verhör und schalteten die Aufnahmegeräte ab.

Während die beiden anwesenden Männer ihren Kram zusammenpackten, sah die Polizistin Vick wieder ernst an. Die wiederum schaute ihr genauso tief in die Augen und sagte ihr ohne Vorwarnung, dass sie unschuldig wäre und mit dem Tod der Boxerin nichts zu tun haben würde. Finn sah seine Klientin erstaunt an und ermahnte sie, nichts mehr zu sagen. Als sich die beiden Parteien verabschiedeten, drückte die Ermittlerin Vick ihre Visitenkarte mit den Spruch, sollte ihr noch irgendetwas einfallen in die Hand. In der Zelle schaute sich Vick dann die Visitenkarte genauer an. Andrea Bussmann, Polizeirätin und die Telefonnummer waren dort zu lesen gewesen.

Auf der Fahrt zum Polizeipräsidium sprach Andrea Bussmann dann ihren Kollegen an. Obwohl die Indizien gegen Victoria sprachen, sagte das Gefühl ihr, dass die Hauptverdächtige doch eventuell unschuldig sei. Sommer, ihr Kollege stoppte das Auto und fuhr rechts an den Straßenrand. Auf seine Frage, wie sie so plötzlich darauf kommen würde, antwortete sie mit weiblicher Intuition. Ihre volle Konzentration galt bisher Beweise gegen Victoria zu sammeln, sollte Bussmann dagegen recht haben, wäre ihre bisherige Arbeit umsonst gewesen. Der Staatsanwalt würde nicht erfreut sein. Sommer dagegen wollte sich weiter auf Victoria konzentrieren, sein Gespür sagte ihm auf der richtigen Spur zu sein.

Während Bussmann und Sommer weiter versuchten, den Tod der Boxerin aufzuklären, hatte der Gefängnisalltag Vick wieder eingeholt. Eines hatte sich aber geändert, die anderen Insassinnen traten Vick plötzlich mit viel mehr Respekt entgegen. Natürlich wurde unter ihnen hinter vorgehaltener Hand über das Absterben der Boxerin und eine eventuelle

Beteiligung Victorias gesprochen. Doch richtig laut sprach dies niemand aus.

Ein paar Tage gingen durch den Gefängnisalltag, als völlig unerwartet der kleine Schatten der Boxerin an der Heißmangel vor Vick stand. Ernst schaute sie Vick wortlos an, bevor sie dann doch das Gespräch begann. Sie wollte mit Vick alleine unter vier Augen reden. Sie verabredeten sich für den nächsten Nachmittag in Vicks Zelle, ohne darüber zu sprechen, worum es ging. Victoria grübelte den ganzen Abend über das, was der Schatten ihr wohl sagen würde. Ihr kamen aber auch die Gedanken, dass ihre Konkurrentin sich für den Tod der Boxerin revanchieren wollte. Vick nahm sich vor, am nächsten Morgen mit Van über das Treffen zu sprechen.

So kam es, dass Van den kleinen Schatten vor Vicks Zelle nach Waffen oder Ähnlichem filzte. Doch sie war unbewaffnet gekommen und betrat Vicks Zelle. Als Van ebenfalls den Raum betrat, schüttelte der Schatten mit dem Kopf und wies Vick darauf, nur mit ihr alleine sprechen zu wollen. Vick sah Van an und nickte ihr zu. Daraufhin verließ sie die Zelle. Der Schatten zog die Tür zu und die beiden waren nun von außen nicht mehr zu hören gewesen. Der Schatten verlangte von Vick, dass sie und vor allem Van sie für die Zeit in der Justizvollzugsanstalt nicht mehr attackieren und sie unter ihren Schutz stellen würden. Als Gegenleistung würde sie Vick ein wasserdichtes Alibi zur Tatzeit des Anschlages gegen ihre Freundin zusichern. Vick war erstaunt und fragte vorsichtig, wieso gerade sie ihr ein Alibi besorgen würde. Die kleine Frau berichtete ihr, dass sie Vick zu der genannten Zeit beobachtet habe. Vick wäre um diese Zeit in ihrer Zelle gewesen. Sie könnte das Aussagen, wenn Vick ihr ihren Schutz zusagen würde. Jetzt war Vick neugierig geworden und fragte sie, ob sie auch wüsste, wer die wahre Täterin sei. Doch der Schatten hob nur die Schultern und verließ die Zelle. Direkt danach trat Van ein und setzte sich zu Vick auf das kleine Bett. Vick berichtete ihrer Freundin dann, was besprochen worden ist. Van war gar nicht begeistert, zeigte es aber nicht und hörte Vick weiter zu. Zum Schluss der Unterredung wollte sich Vick auf das Angebot des Schattens einlassen.

Zwei Tage später saß Vick mit ihrem Anwalt Jochen Finn in dem Besucherraum des Gefängnisses und klärte ihn über die Neuigkeit auf. Finns Aufgabe war es jetzt, den Staatsanwalt über die Zeugin zugunsten seiner Klientin aufzuklären. Dieser war nach der Neuigkeit von Finn nicht sehr erfreut und rief die Ermittler Sommer und Bussmann zu sich. Die Ermittlungen mussten nun noch einmal bei Null aufgenommen werden. Vick konnte sich durch die Aussage des Schattens erst einmal aus dem Kreis der Verdächtigen verabschieden.
Van dagegen war nicht sehr amüsiert über ihre neue Schutzbefohlene. Was wusste der Schatten von dem Aufeinandertreffen der Boxerin mit ihr? Diese Frage ging ihr einfach nicht aus dem Kopf und sie nahm sich vor herauszufinden, was die kleine Frau noch wusste.
Obwohl Vick und Van weiterhin viel Zeit miteinander verbrachten, spürten beide Frauen, dass der Schatten einen Keil zwischen ihnen gehauen hatte. Das Beisammensein war nicht mehr so warmherzig wie vor dem Tod der Boxerin.
Es dauerte auch nicht lange und Bussmann und Sommer riefen Van zum Verhör in den Besucherraum. Das Katz- und Mausspiel begann von Neuem. Van verlangte sofort nach einem Anwalt und verweigerte ohne dessen Anwesenheit jede weitere Aussage. Die Ermittler suchten im Dunkeln und fragten einfach ziellos in der Hoffnung, auf irgendetwas zu stoßen. Doch Van

war sehr erfahren in Sachen der Verhöre durch die Polizei und so verließen Bussmann und Sommer ohne ein weiterbringendes Ergebnis die Justizvollzugsanstalt. Beide wussten, sie suchen die Nadel im Heuhaufen. Im Auto auf dem Weg ins Präsidium diskutierten Bussmann und Sommer über das weitere Vorgehen in ihrem Fall. Sie beschlossen, den Gefängnisdirektor mit einzubeziehen und über die Beziehungsverhältnisse der Insassinnen zu ihrem Mordopfer auszufragen.

Am Ende der Woche saßen die beiden Kriminalbeamten in Friedrichs Büro. Der Dicke gab sich künstlich höflich und zuvorkommend. Bussmann mit ihrem weiblichen Gespür erkannte seine innere Nervosität und sah kurz danach auf Friedrichs Stirn die ersten Schweißperlen die sich bildeten. Sie fragte sich, warum der Direktor so nervös war? Hatte er etwas zu verbergen? Wusste er vielleicht mehr, als er von sich gab? Sie würde dran bleiben und die richtigen Fragen stellen müssen. Auch Sommer fühlte die Unsicherheit des Büroinhabers und begann seine Fragen zu stellen. Schon nach der dritten Frage wischte sich Friedrich mit dem Hemdsärmel den Schweiß von der Stirn. Er schien aus dem Tritt zu geraten und war selbst der Befragung nicht gewachsen. Jetzt bohrten die erfahrenden Kriminalbeamten präzise nach und der Dicke schnappte sich sein Wasserglas und trank es in zwei Schlucken leer. Danach goss er sich zitternd das Glas mit der auf dem Schreibtisch stehenden Flasche erneut voll. Er antwortete wahrheitsgemäß was die Cliquen und die Insassinnen betrug. Über sich und seine sexuellen Abenteuer mit den Gefängnisinsassinnen verlor er jedoch kein Wort. Die Polizisten verabschiedeten sich nach ungefähr einer Stunde Hände schüttelnd von ihrem Gegenüber und verließen das Büro.

Durch das Verhör und Friedrichs Aussagen hatten die beiden jetzt einiges an neuem Material, was sie aufarbeiten mussten. Doch für beide erfahrenden Ermittler war klar, dies war nicht ihr letzter Besuch bei dem Direktor der Justizvollzugsanstalt gewesen.

Zur gleichen Zeit atmete Friedrich am offenen Fenster frische Luft ein. Er sog die kühle Luft tief durch seine Lungenflügel, hielt diese kurz inne und atmete kräftig wieder aus. Er wiederholte den Vorgang einige Male und fand langsam wieder zu sich. Danach überlegte er, was die Polizisten über ihn und seine Machenschaft hier als Gefängnisdirektor wussten. Friedrich dachte am Schreibtisch sitzend nach und kam zu dem Entschluss, selbst den Tod seiner Insassin aufklären zu wollen. Nur so konnte er die Ermittler von sich selbst fernhalten.

Renate Bussmann saß an ihrem Schreibtisch. Der Tag war lang und der Abend schon längst angebrochen. In ihrem Büro brannte nur die Schreibtischlampe, ansonsten war es in der ganzen Etage der Polizeidienststelle dunkel. Die Bürozeiten waren schon seit Stunden beendet, doch Polizeirätin Bussmann hatte den Fall der Boxerin aufzuklären und stand mit ihrem Partner wieder am Anfang der Ermittlungen. Während sie überlegte, schrieb sie den Namen der Boxerin in der Mitte auf einem Block Dina 4 Papier und umkreiste diesen mit dem Kugelschreiber. Um diesen Kreis schrieb sie nun die Namen der bisher an diesem Fall beteiligten Personen. Van, Vick, Friedrich, der Schatten und ein großes Fragezeichen umkreisten danach den Namen der Boxerin. Bei Vick hatte sie eine Vorahnung. Sie war sich sicher, dass Vicks Alibi durch den Schatten echt war. Doch sie war sich auch sicher, dass Vick mehr wusste als sie angab zu wissen. Van war für sie ohne wirkliches Alibi, doch sie hatte sich sehr erfahren und geschickt durch das Verhör begeben. Trotzdem galt sie als eine der Verdächtigen und Bussmann schrieb mit einem roten Kugelschreiber ein großes Ausrufezeichen hinter Vans Namen.

Danach fragte sie sich, wie die Position des Schattens in diesem Fall war. Angeblich waren die Tote und die kleine Frau ein unzertrennliches Paar in der Justizvollzugsanstalt gewesen. Der Schatten war nach Aussagen anderer Mithäftlinge der Kopf und die Boxerin die Muskelkraft der beiden. Gab es da noch etwas, was noch nicht angesprochen oder entdeckt worden ist, fragte sich die Polizeirätin. Vielleicht einen Streit? Warum gab der Schatten ihrer Feindin Victoria plötzlich ein Hieb und stichfestes Alibi? Wollte sie sich vielleicht damit selbst aus der Schusslinie nehmen? Fragen über Fragen schwirrten in Renate Bussmanns Kopf umher.

Was wusste Friedrich und was hielt er noch unter Verschluss? Dass der Direktor nicht ganz sauber war, sagte ihr ihre weibliche Intuition. So war das Blatt Papier am Ende mit vielen Notizen in unterschiedlichen Farben voll geschrieben und Bussmann schaute auf ihr Kunstwerk. Irgendwo hier lag die Nadel im Heuhaufen und wollte gefunden werden.

In all dem Trubel um den Tod der Boxerin fand ein weiterer Verhandlungstag im Fall um Victoria statt. Vick saß im Besucherraum und auf der anderen Seite des Tisches hatte es sich Jochen Finn bequem gemacht. Beide stimmten sie die Vorgehensweise für den morgigen Tag ab.

Aufgrund des zweiten Falles, in dem Vick beteiligt sein sollte, war der Medienrummel groß und die Zuschauerplätze im Gerichtssaal bis auf den letzten Platz besetzt.

Josefine Hausmann saß in der ersten Reihe direkt hinter Vick und Finn in der Hoffnung, etwas Neues aufschnappen zu können.

Vick sah beim Betreten des Gerichtsaales Hausmann, würdigte ihr aber nach ihrer letzten Zeitungsreportage keinen Blick. In der letzten Reihe, fast unbemerkt und unsichtbar wartete Renate Bussmann auf den Beginn des Prozesstages.

Nachdem der Richter die Verhandlung eröffnete, dauerte es auch nicht lange, bis der Staatsanwalt den Fall der Boxerin und Vicks eventuelle Beteiligung ins Spiel brachte. Finns Einsprüche wurden jedes Mal stattgegeben, doch was gesagt worden war schwirrte jetzt in allen Köpfen der Anwesenden herum. Josefine Hausmann nahm die Äußerungen des Staatsanwaltes auf, beachtete die stattgegeben Einsprüche nicht und strickte sich noch während des laufenden Prozesstages eine Geschichte zusammen, die mit der Wahrheit wenig gemeinsam hatte. Für sie waren nur die Verkaufszahlen ihres Zeitungsberichtes wichtig. So kam es, dass der Graben zwischen Hausmann und Victoria mittlerweile zu einem unüberbrückbaren Hindernis wurde. Noch am gleichen Tag druckte die Abendzeitung mit der Überschrift Doppelmörderin den Artikel von Hausmanns Bericht. Die Öffentlichkeit war mal wieder zwiegespalten und es kam vor dem Gerichtsgebäude zu lautstarken Verbalaktionen der beiden Seiten. Die Polizei griff ein, räumte mit ein wenig Nachdruck den Platz und trennte die beiden demonstrierenden Lager voneinander.

Diese Aktion war dann auch in den Abendnachrichten mit laufenden Bildern und einer Berichterstattung für den Fernsehzuschauer zu sehen. Der ganze Rummel um Vick, der ohne ihr Zutun fabriziert wurde, schlugen auch auf des Richters Gemüt. Er unterbrach den Verhandlungstag und vertagte den Prozess auf nächster Woche.

Ziemlich erschöpft und angeschlagen betrat Vick am späten Nachmittag ihre Zelle. Es dauerte keine fünf Minuten und Van klopfte an ihrer Tür. Sie trat ohne zu warten ein und setzte sich neben Vick auf die Schlafpritsche. Ohne ein Wort zu sagen, saßen die beiden einige Minuten stillschweigend einfach nur da und hielten sich an der Hand. Van unterbrach die Stille, indem sie Vick fragte, wie es gelaufen sei. Victoria schaute ihr in die Augen und klärte ihre Freundin auf. Der Tod der Boxerin erschwerte ihren Prozess jetzt noch mehr. Sie war nicht sicher, ob der Richter sich von den Medien beeinflussen lässt. Zum Schluss sagte sie zu Van noch, dass sie unbedingt herausfinden müssten, wer hinter der Attacke auf die Boxerin stünde. Van blickte ihr in die Augen, ohne mit der Wimper zu zucken und nickte ihrer Freundin einfach nur zu.

Zur gleichen Zeit saß der Schatten im Besucherraum und wurde von Bussmann und Sommer wieder verhört. Das Bügeleisen war mit Sicherheit die Tatwaffe, mit der das Opfer so schwer getroffen wurde und später den Verletzungen wegen, das Leben verlor. Der Schatten war jetzt in Erklärungsnot. Sie schuf für Vick ein Alibi und die Tatwaffe wurde versteckt in ihrer Zelle gefunden. Renate Bussmann ging von einer cleveren Taktik der Verdächtigten aus. Denn wenn sie angeblich Victoria zur Tatzeit beobachtete und ihr so ein Alibi verschaffte, kann sie ja auch nicht die Täterin gewesen sein und hatte automatisch auch ein Alibi. Bussmann war vorsichtig und traute der Frau nicht. Sommer hatte sowieso nie an dieses Alibi geglaubt und versuchte nun durch gezielte Fragen ein weiteres Puzzlestück einsetzen zu können. Am Ende der Unterredung wussten die Ermittler von der Feindschaft Victorias zu der Boxerin und so rutschte sie wieder in die Liste der Hauptverdächtigen ein Stück nach oben.

Die Babyüberraschung

Es war an einem Freitagmorgen. Vick betrat ihr Büro und wunderte sich Thomas dort sitzen zu sehen. Auf seinen Beinen lag die Tageszeitung und er nahm sie in die Hand, um sie Victoria zu überreichen. Vick nahm sie entgegen und faltete sie auseinander. Jetzt lag das Boulevardblatt auf ihrem Schreibtisch und die Titelseite ohrfeigte Victoria kräftig. Dort wurde von der Vaterschaft Felixs zu einer Hostess berichtet. Ein Foto zeigte die beiden in einem Club beim Feiern. Victorias Herz setzte für einen Moment aus und das Blut staute sich in ihrem Kopf. Die Gerüchte waren also wahr. Mit Tränen unterlaufenden Augen las sie den Bericht weiter und der Klos in ihrem Hals wurde immer größer. Ihr Chef saß still da und beobachtete seine Assistentin, als sie versuchte, Felix über ihr Handy zu erreichen. Victorias Ehemann nahm das Gespräch nicht entgegen. Um diese Zeit war er mit dem Club trainieren, doch das hatte sie in diesem Moment vergessen. Ihre Hände zitterten, als sie Thomas die Tageszeitung zurückgab. Bei der Übergabe legte der Pastor seine Hände auf die von Vick und versuchte sie ein wenig durch diese Berührung zu beruhigen. Nach ein paar Minuten, in dem nur Stille herrschte, spürte Thomas, wie das Zittern der Hände seiner Assistentin weniger wurde. Er nahm Victorias Hände jetzt ganz in seinen und drückte sie ganz leicht. Dabei sah er sie an und lächelte ihr seinen Trost zu. In diesem Augenblick war Vick froh, ihn genau in diesem Moment hier bei sich zu haben. Thomas war beruflich als Priester dem Zölibat ergeben und doch war er auch nur ein Mensch aus Fleisch und Blut. Er war groß gewachsen, dunkelhaarig und gut aussehend. Eigentlich ganz nach Victorias Geschmack. War Jesus nicht auch mit einer Frau namens Maria Magdalena zusammen gewesen? Diese Frage spukte plötzlich in Vicks Kopf herum. Sie entzog Thomas, ohne zu wissen warum, ihre Hände. Er sah sie fragend an und ließ sie in Ruhe. Victoria wischte sich die Tränen aus dem Gesicht, stand auf und beschäftigte sich mit ihrer Arbeit. Thomas erhob sich auch und verließ das Büro.

In der Mittagszeit rief Felix dann seine Frau zurück. Das Gespräch war kurz. Er gab Vick gegenüber zu, dass der Zeitungsartikel der Wahrheit entsprechen würde und er am Sonntag für einige Stunden nach Hause kommen werde. Victoria wusste nicht, was sie fühlen sollte. Einfach nur Wut oder doch die Enttäuschung. Vielleicht überrannte sie beides. Sie schloss ihre Augen und fragte sich, wie es jetzt weitergehen sollte. Was hatte Felix vor, war ihre nächste Überlegung. Das Telefon klingelte und holte Victoria wieder aus ihren Gedanken in die Welt der Arbeit zurück.

Am frühen Abend brachte sie Julia ins Bett und las ihr noch eine Geschichte aus einem Kinderbuch vor. Als die Kleine dann eingeschlafen war und Vick sie so unschuldig wie ein Kleinkind eben schläft, dort liegen sah, kamen ihre Gedanken zu Felix und auch die Tränen zurück. Julia war ihr Schatz. Ihr ein und alles. Das Wichtigste in ihrem Leben. Mit Worten war die Bindung zu ihrem Kind nicht zu beschreiben gewesen. Jede Mutter kennt dieses Gefühl zu ihrem Kind oder Kindern. Eine Trennung von Felix wäre sehr hart für sie, doch würde sie diese überleben. Doch Julia ließ sie sich nicht nehmen. Da könne kommen, was wolle. Niemand dürfte ihr die Tochter nehmen, dieser Entschluss stand seit des Kindes Geburt fest. Sollte es zu einer Scheidung zwischen ihr und Felix kommen, dann würde er ohne seine Tochter bei sich zu haben leben müssen.

Durch das Geräusch der Türklingel wurde Vick neben ihrer Tochter liegend geweckt. Sie war dort eingeschlafen. Der Blick auf ihre Armbanduhr, ein Weihnachtsgeschenk von Felix, verriet ihr die Uhrzeit. Es war kurz nach acht am Abend. Jetzt läutete die Türklingel zum zweiten Mal und Victoria erhob sich mühsam aus dem Kinderbett. Vor der Tür stand Thomas und Vick überlegte kurz nicht zu öffnen. Einen Pizzakarton in der Hand wollte er gerade ein drittes Mal schellen, als Vick die Tür dann doch öffnete. Victoria war sehr überrascht, ihn dort stehen zu sehen und wunderte sich noch mehr über die gut duftende Pizza aus den Karton in seinen Händen. Einige Minuten nachdem Vick ihren Boss hinein ließ, saßen beide am Esstisch und verspeisten den italienischen Teigfladen. Victoria hatte dazu eine Flasche Lambrusco geöffnet und goss Thomas und sich zum ersten Mal nach. Felix war bis zum jetzigen Zeitpunkt kein Thema zwischen den Beiden. Der Pfarrer hatte an diesem Freitagabend eine blaue Jeans, angesagte Turnschuhe und ein modisches Shirt an. Er war leger und nicht wie üblich im katholischen Schwarz gekleidet. Er sah gut aus und Victoria prostete ihm mit ihrem Glas Rotwein zu.

Eine zweite Flasche wurde geöffnet und ohne es zu merken, hielt Thomas wieder Victorias Hand auf der Esstischplatte. Vick spürte, wie er ihre Hand leicht mit seiner streichelte und genoss den Augenblick. Sie wusste, wäre er nicht der Gemeindepastor, würde sie jetzt weitergehen und mit ihm im Bett landen. Zu enttäuscht von Felix und Trost suchend, wäre Thomas mit seinem Einfühlvermögen und netten Art der optimale Kandidat. Es kam dann der Punkt an diesem Abend, an dem Vick keinen weiteren Wein mehr trinken hätte sollen. Auch Thomas hätte jetzt besser den Heimweg angetreten. Obwohl es beide besser wussten, blieb Thomas und schüttete die Weingläser noch einmal voll. Victoria erreichte durch den Alkohol einen Level, der sie nicht mehr rational, sondern nur noch gefühlsmäßig handeln ließ. Auch bei Thomas, der eigentlich immer darauf geachtet hatte, seinem Herzen nicht zu gehorchen, sondern das vor Gott abgelegte Gelöbnis einzuhalten, meldeten sich die menschlichen Gefühle nach Liebe und Geborgenheit. Es kam, wie es kommen musste. Der erste Kuss war noch zurückhaltend, doch schnell wurden danach weitere Küsse ausgetauscht und am Ende landeten beide im Schlafzimmer Victorias.

Als Vick dann später wach und nachdenkend alleine in ihrem Bett darüber nachgrübelte, was ihr heute alles passiert war, wusste sie, dass ihre Ehe nicht mehr zu kitten und der Abend mit Thomas schön, aber nicht gut für sie war. Übermorgen würde Felix kommen und die beiden über die Zukunft sprechen müssen. Victoria stand auf, schlich leise zu ihrer Tochter ins Bett und schloss ihre Augen.

Den Samstag verbrachte Vick mit Julia. Sie gingen in den Park, sie spielten im Wohnzimmer zusammen und gemeinsam lasen sie eine Geschichte aus dem Kinderbuch, das Julia so liebte. Irgendwann dann, Vick badete gerade Julia, summte ihr Handy. Ohne auf das Display zu schauen, nahm Victoria im Glauben an Felix das Gespräch an. Doch zu ihrer Überraschung war es nicht Felix, der sie anrief, sondern Thomas. Nach einigen höflichen Sätzen fragte er, ob er vorbeikommen dürfe. Vick wusste, sie hätte mit einer Ausrede Nein sagen sollen, doch über ihren Lippen kam nur ein ganz leises Ja. So verbrachte Victoria den zweiten Abend nacheinander mit Thomas. Ein von Gott erhobenes Gebot heißt, du sollst nicht begehren des Nächsten Ehefrau und beide wussten, sie sündigten schwer und würden im Fegefeuer dafür bezahlen müssen.

Sonntag morgen hielt Pastor Thomas seine Predigt in der fast bis auf dem letzten Platz gefüllten Kirche. Victoria saß mit Julia in der dritten Reihe, war aber mit ihren Gedanken nicht bei Gott, sondern bei Felix. Ihr Gespür sagte ihr, dass es heute zur Trennung mit ihm kommen würde. Eigentlich wollte sie Felix nicht verlieren, doch die Umstände ließen ein weiteres Zusammenleben nicht zu. Obwohl von einem Zusammenleben kann ja gar keine Rede sein, denn seit zwei Jahren lebte sie in München und er in Madrid. Seine Kurzbesuche während der Saison kann sie nicht als Zusammenleben bezeichnen.

Als Victoria nach dem Gottesdienst ihre Haustür aufschloss und mit Julia an der Hand über die Türschwelle trat, stand Felix im Wohnzimmer und erwartete die Beiden schon. Die Begrüßung war zurückhaltend. Weder ein Kuss noch eine Umarmung wurden ausgetauscht. Julia sah ihren Papa an und versteckte sich hinter dem Rücken ihrer Mama. Vick zeigte auf einen der Stühle, die um den Esstisch standen und Felix nahm Platz. Fünf Minuten später setzte sich Victoria mit zwei Tassen Kaffee in den Händen zu ihm. Sie sah in an und ihr kamen die Tränen. Die Minuten vergingen schweigend und wurden zu gefühlten Stunden. Vick wartete auf die Eröffnung durch Felix, doch auch er fand keinen Anfang. Victoria durchbrach dann nach einer ganzen Weile das Schweigen und fragte nur, warum? Felix zuckte nur unbefriedigend mit den Schultern. Danach herrschte wieder Stille. Irgendwann stand Victoria auf, ging ins Schlafzimmer und kam mit zwei Koffern wieder zurück. Sie gab die Gepäckstücke Felix und sagte nur lebe wohl. Ohne weitere Worte zu verlieren, legte Felix den Haustürschlüssel auf den Tisch und verließ das Haus und seine Familie für den Rest seines Lebens. Als die Tür ins Schloss fiel, gab es für Vick kein

Halten mehr. Sie weinte sich die Augen aus und die kleine Julia weinte unwissend mit ihr im Duett.

Thomas wusste um das Gespräch Victorias mit Felix und wartete den ganzen Abend auf ihren Anruf. Doch er starrte, vergebens das Telefon die ganze Zeit an. Er sah Vick erst am Montagmorgen in ihrem Büro bei der Arbeit wieder. Reden wollte Victoria über den gestrigen Tag nicht und vergrub sich in gesuchter Arbeit. Thomas wollte sich aber nicht so einfach abspeisen lassen und nahm sich vor, Vick heute Abend wieder zu besuchen. Im Kindergarten beobachtete er später Julia und erkannte, dass sich die Kleine fröhlich wie immer dort präsentierte. Für Julia würde sich ja auch nicht wirklich etwas ohne Vater ändern, denn sie wuchs in ihrem Leben bis zum heutigen Tag ohne Felix auf. Was aber war mit Victoria fragte sich der Geistliche immer wieder. Je länger und je öfter er über Victoria nachdachte, desto mehr musste er sich eingestehen, sich in seine Assistentin verliebt zu haben. Er selbst stand an einem Punkt der Entscheidung. Doch bevor er sich zu einer zukunftsorientierten Entscheidung durchringen sollte, wollte er zuerst das Gespräch mit Victoria abwarten und ein wenig Zeit verstreichen lassen.
Nervös stand Thomas dann am frühen Abend vor Vicks Haustür. Er atmete drei Mal tief durch und drückte dann den Klingelknopf. Es dauerte ein wenig, bis die Tür geöffnet wurde und die Dame seines Begehren ihn erstaunt ansah. Thomas erkannte an ihren Augen, dass Victoria geweint haben musste. Da sie einfach nur kommentarlos im Türrahmen stand, fragte Thomas, ob er eintreten dürfe. Sie saßen dann bei einer Tasse Kaffee am Esstisch und redeten über Vicks Gefühlslage und über Felix als dessen Verursacher. Der Geistliche behielt seine Gefühlswelt aber noch für sich und wollte seine Assistentin

nicht auch noch zusätzlich damit belasten. Als Seelsorger fühlte er, dass das Gespräch Vick guttat und sie sich ihm öffnete.

Thomas rückte seinen Stuhl nach hinten und wollte gerade den Platz neben Victoria einnehmen, da stand Julia in der Tür und rief ihrer Mutter zu, dass sie nicht schlafen könne. Für Thomas war damit die Unterredung beendet und er musste auf Wunsch Victorias den Heimweg antreten.

Vick dagegen legte sich zu ihrer Tochter ins Bett und nach zwei Minuten schliefen beide friedlich ein.

Thomas dagegen ging auf dem Heimweg das Gespräch noch einmal nach. Vor der eigenen Haustür kam er dann zu dem Entschluss, nicht wirklich schlauer geworden zu sein. Nur die Erkenntnis, dass Vick es jetzt etwas besser zu gehen schien, gab ihm das Gefühl von Zufriedenheit.

Die Wochen vergingen und München lag am ersten März unter einer weißen Schneedecke. Das Datum sprang dieses Jahr vom 28. Februar auf den 1. März, so wurde der 29. Februar, Julias zweiter Geburtstag mal wieder übersprungen. An diesem ersten März saßen Victorias Schwiegereltern in Unterpfaffenhofen bei ihrer Enkeltochter und feierten Julias Geburtstag. Der Geburtstagskuchen war gerade angeschnitten, da klingelte es an der Haustür. Thomas besuchte Julia als eines seiner Schäfchen zum Geburtstag. So bekam auch der Gemeindepastor ein Stück von dem Geburtstagskuchen ab und lernte Felixs Eltern kennen. Die vier Erwachsenen waren in ihrer Unterhaltung vertieft, als sich wieder die Türklingel meldete. Zur Überraschung aller stand Felix ohne Vorankündigung an der Tür und wollte seiner Tochter zum Geburtstag gratulieren. Obwohl die Situation für Victoria unangenehm war, bat sie Felix ins Haus. Zuerst begrüßte er seine Eltern herzlich, dann den anwesenden Pastor und zum Schluss konnte Julia das große Geschenk auspacken. Julia durfte sich über ein vollständiges Puppenhaus mit kompletten Inventar freuen. Seit dem Erscheinen von Felix war die Stimmung bedrückt und Thomas verabschiedete sich als erster. Kurz danach gingen auch Julias Großeltern und nachdem die Kleine ins Bett gebracht wurde, waren Victoria und Felix alleine im Wohnzimmer. Zeit, um sich zu unterhalten. Felix schaute auf die Uhr an seinem Armgelenk und sagte seiner Nochehefrau, dass sein Flug nach Madrid in drei Stunden abheben würde. Ihnen blieb nicht viel Zeit für ihre Unterhaltung. Felix kam direkt zum Punkt und legte Vick die Scheidungspapiere seines Anwaltes auf den Tisch. Victoria ließ die Dokumente unberührt und sah Felix nur schweigend an. Der wiederum redete über den Inhalt der Scheidungsdokumente und hoffte auf die Unterschrift Victorias. Vick, hingegen sah keinen Grund, die Dokumente zu unterschreiben und Felix musste den Heimflug ohne die unterschriebenen Scheidungspapiere antreten.

Direkt nachdem Felix das Haus verlassen hatte, rief Victoria Thomas an. Sie vereinbarten am darauffolgenden Tag gemeinsam die von Felix überbrachten Dokumente einzusehen. So kam es, dass Thomas am frühen Abend wieder zu Besuch bei Victoria war und sie gemeinsam die Papiere besprachen. Nach etwa eine Stunde machte der Pastor den Vorschlag, seinen Anwalt damit zu beauftragen. Victoria nickte dem zu und übergab Thomas die Scheidungsdokumente. Sie war froh, einen Freund wie Thomas an ihrer Seite zu haben.

Es war weit nach Mitternacht, als der Priester Vicks Schlafzimmer verließ. Er stahl sich praktisch wie ein Einbrecher aus dem Haus und war sich sicher nicht gesehen worden zu sein. Doch eines seiner Gemeindemitglieder führte noch seinen Hund aus und erkannte seinen Pastor, wie der aus Victorias Haus schlich.

Es dauerte nur zwei Tage und Victoria saß in der von Thomas vermittelten Anwaltskanzlei. Der Jurist las ihr die einzelnen Sätze in dem von Felix überreichten Dokument vor und erklärte ihr dazu jedes Mal, was dies für sie zu bedeuten hätte. Felix schien sie großzügig auszuzahlen und für Julia monatlich aufkommen zu wollen. Mit diesem Schreiben reichte er die Scheidung beim Familiengericht in München ein. Für Victoria begann nun erst einmal das Trennungsjahr. Der Anwalt klärte sie weiter auf. Zum Schluss erwähnte er dann noch, dass die Kirche keine geschiedenen Leute als ihre Angestellten dulden würde. Diese Aussage des Juristen schockierte Victoria, denn sie würde dann ihre Assistentenstelle in der Gemeinde verlieren. Später sprach sie mit Thomas über die Nichtduldung geschiedener Menschen in der katholischen Kirche. Er nickte nur und bestätigte des Anwalts Bemerkung. Doch er beruhigte Victoria sofort. Für diese Stelle wäre er ja der Verantwortliche und er würde die Scheidung nicht an das Bistum weitergeben.

Thomas und Victoria verbrachten in den nächsten Monaten viel gemeinsame Zeit. Natürlich unter der Oberfläche der beruflichen Zusammenarbeit. Doch die Wirklichkeit sah natürlich anders aus. Die Bindung zueinander konnte man eher als Freundschaft Plus bezeichnen. In der Öffentlichkeit durften sie sich natürlich nur in einem gewissen Abstand zueinander zeigen. München selbst bezeichnet sich als Weltmetropole und zählt als drittgrößte Stadt Deutschlands. Der Vorort Unterpfaffenhofen ist aber ein Dorf in der Stadt und in einem Dorf gab es wenig Geheimnisse unter den Einwohnern. So wurde dann auch irgendwann über das Verhältnis des Pastors mit seiner Büroangestellten geredet. Zuerst waren es nur Gerüchte und Vermutungen, die im Umlauf gebracht wurden, bis das Gerede über die Ortsgrenze von Unterpfaffenhofen gelangte.

Es dauerte auch nicht lange und Thomas wurde zum Bischof befehligt. Dieser redete dann auch gar nicht groß herum und konfrontierte seinen Pastor direkt mit dem Gehörten. Jetzt begann Thomas das Thema herunter zu spielen und log seinen Vorgesetzten an. Wie Petrus vor zweitausend Jahren Jesus verleumdete, so verleumdete Thomas jetzt sein Verhältnis zu Victoria. Der Bischof schien von Thomas Antwort wenig überzeugt, schickte ihn aber wieder nach Hause und überlegte sich sein weiteres Vorgehen. Zum ersten Mal in seiner beruflichen Laufbahn fühlte sich Thomas beim Klerus mächtig unter Druck gesetzt und seine Gedanken rasten wie ein ICE durch seinem Kopf.

In der Nacht in seinem Bett fasste er dann den Entschluss, erst einmal den privaten Kontakt zu Victoria zu unterbrechen. Er hoffte so etwas mehr Ruhe in die Gerüchteküche bringen zu können. Noch mehr aber hoffte er, dass Victoria Verständnis für die aufkommende Situation haben und sein Entschluss verstehen würde.

Vick dagegen fühlte sich nach der Ansage des Pastors wie vor dem Kopf gestoßen. Sie war der Ohnmacht nahe. Zum zweiten Male innerhalb kürzester Zeit wurde sie von einen Mann verlassen. Immer wieder hatte er ihr versprochen, bei ihr zu bleiben und nun brach er sein Versprechen ihr gegenüber. Wieder einmal hatte die Kirche ihr Leben negativ beeinflusst und sie fragte Gott im Gebet, warum? Natürlich war sie eine Sünderin, denn sie war ja noch nicht geschieden und hatte ein sexuelles Verhältnis zu einem im Zölibat lebenden Geistlichen. Ihr ganzer Trost war mal wieder ihre Tochter Julia. Victoria brauchte der Kleinen nur beim Spielen zuzuschauen und ihr Herz öffnete sich.

Es kam aber noch schlimmer. Wieder machte ein Gerücht die Runde. Die Gemeindemitglieder redeten hinter vorgehaltener Hand, dass bald ein neuer Pfarrer die Gemeinde in Unterpfaffenhofen übernehmen würde.

Thomas wusste von nichts, als Victoria ihn auf dieses Gerede ansprach. Jetzt, da es die Spatzen schon von den Dächern zwitscherten, entschied Thomas der Sache auf den Grund zu gehen. Er vereinbarte im Sekretariat des Bistums einen Gesprächstermin mit dem Bischof, den er dann auch mit zehn Tagen Verzögerung bekam. Zehn Tage musste er also im Dunklen verweilen und das Geschwätz der Leute noch ertragen.

Thomas war auf dem Weg zum Bischof, als sich ein Priester ohne Vorankündigung bei Victoria im Büro persönlich meldete. Die Assistentin des Gemeindepfarrers traute ihren Ohren nicht. Vor ihr stand ein siebzigjähriger alter Mann und stellte sich als neuer Pastor der Gemeinde vor. Victoria blieb das Herz für einen kurzen Augenblick stehen. Sie spürte, wie die Farbe aus ihrem Gesicht wich und ihr das Atmen schwerfiel. Währenddessen fragte der neue Gemeindepfarrer, ob Victoria ihn beim Auspacken seines Autos behilflich sein könnte. Thomas dagegen blieb am Abend nur noch Zeit, seine persönlichen Sachen aus der Priesterwohnung zu holen. Er wurde vom Klerus als Missionsleiter auf den afrikanischen Kontinent geschickt. Dort hatte Thomas nun die Aufgabe Gottes Wort an den dort ansässigen Einwohnern zu verkünden. Ihm blieben nur ein paar Minuten, um sich von Victoria zu verabschieden. So stand er am späten Abend zum letzten Male vor ihrer Haustür und wartete, das diese von innen geöffnet wurde. Die Beiden verabschiedeten sich kurz, aber nicht schmerzlos. Nachdem der weinende Thomas das Haus wieder verließ, fielen bei Victoria alle Dämme und sie heulte sich die Augen aus dem Kopf. Sie hatte ihren einzigen wirklichen Freund, ihre Stütze und Seelsorger von jetzt auf gleich verloren. Victoria fühlte sich mal wieder alleingelassen.

Der Direktor

Friedrich saß hinter seinem Schreibtisch und überlegte seine Strategie. Er musste so schnell wie möglich aus der Schusslinie der ermittelnden Beamten. Er kannte die Verhältnisse aller Verdächtigen zu der Boxerin. Natürlich hatte das Opfer viele Feinde unter den Häftlingen, aber wer von denen hätte den Mut aufgebracht gegen einen so übermächtigen Gegner wie die Boxerin eine war, diese Tat zu begehen? Der Dicke schrieb ein paar Namen auf ein Blatt Papier und überlegte zu jedem auf dem Zettel stehenden Namen die Pros und Kontras ab, bevor er ihn durchstrich oder umkreiste.

Es blieben nicht viele Namen über und er ließ die erste Gefangene zu sich rufen. Es war Corinna Meiersbeck, die nur als der Schatten in der Justizvollzugsanstalt bekannt war. Meiersbeck saß ein paar Minuten später in dem Stuhl vor des Direktors Schreibtisch. Die kleine Frau wirkte kindlich, wie sie so da saß. Friedrich stand hinter ihr und legte bei der Befragung seine Hände auf die Schultern der Gefangenen. Nicht zu sehen, was der Dicke hinter ihr vorhatte, machte den Schatten noch nervöser, als sie schon war. Sie spürte seine Hände auf ihren Schultern und wie er seine Finger bewegte. Es war ihr mehr als unangenehm. Alle Fragen des Direktors versuchte sie ehrlich zu beantworten, nur ließ sie ihre und die Schandtaten der Boxerin gegenüber anderen Insassinnen aus. Friedrich dagegen erfuhr nichts Neues und ärgerte sich ein wenig über das Wenige das er nur wusste. Er verlor die Geduld und spielte seine Macht als Direktor des Gefängnisses aus. Der Schatten durfte in Einzelhaft und zwar nach seiner Aussage so lange, bis ihr doch noch etwas einfiel, dass er noch nicht wusste.

Es sprach sich schnell herum, wo der Schatten sich jetzt aufhalten musste und Van ärgerte sich sehr, dass die kleine Frau jetzt außerhalb ihrer Reichweite war.

Nummer zwei durfte dem Direktor nun Rede und Antwort stehen. So fand sich Vanessa in dem Büro wieder, wo sie sich so oft dem Dicken hingab. Leider war Van Friedrich bei dem Verhör haushoch überlegen und der Direktor wurde einfach nicht klüger, was den Fall der Boxerin anging. Seine Laune erreichte einen üblen Höhepunkt und diese Übellaunigkeit wollte er nun an der Gefangenen auslassen.

Vanessa lag noch mit heruntergelassener Hose über den Schreibtisch gebeugt, als sich Friedrich seine Jeans wieder zuknöpfte. Schlauer ist er durch diese Handlung nicht geworden, genauso wenig förderte die Tat seine Stimmung. Die Schließerin begleitete danach Vanessa schweigend zu ihrer Zelle. Van ahnte, dass die Angestellte der JVA über des Direktors Treiben mit den Insassinnen hier Bescheid wissen musste. Also blieb Vanessa im Gang plötzlich unaufgefordert stehen und konfrontierte die Schließerin mit den Vergewaltigungen, die der Boss der JVA hier regelmäßig veranstaltete. Die Schließerin schaute die Gefangene ernst an und zeigte Vanessa mit einer Geste ihrer Hand weiter zu gehen. Doch Van nahm den Befehl der Angestellten nicht an und blieb einfach stehen. Jetzt fühlte sich die Schließerin provoziert und ließ sich zu einer Äußerung hinreißen. Sie zwang Van mit einem Schlag in die Kniekehlen und dem Kommentar, sie wüsste alles, was hier vorgeht, zum Weitergehen.

Als sie Vanessa durch die Tür ihrer Zelle schob, sprach sie noch einen ganz leisen Satz. Jeder hier wisse, dass sie die Boxerin auf dem Gewissen hatte. Eine erneute Frage der Gefangenen ließ sie dann nicht mehr zu und verschwand, ohne ein weiteres Wort zu verlieren.

Die ganze Nacht grübelte Vanessa über die Worte der
Schließerin nach. Woher sollte auch nur irgendjemand wirklich
wissen, was den Tod der Boxerin angeht? Es gab doch keine
Zeugen oder doch? Van war sich plötzlich nicht mehr sicher und
fand in dieser Nacht keinen Schlaf mehr. Auch sie nahm sich
vor, einen eventuellen Zeugen ausfindig zu machen.

Vick durfte den Direktor am folgenden Tag besuchen. Sie gab
dem Dicken immer wieder die gleichen Antworten. Sie war es
nicht und sie wisse auch nicht, wer die Tat begannen hat.
Friedrich wurde erneut nicht schlauer und ließ Vick wieder
abholen. Danach ließ er sich die Gefangenen der damals
diensttuenden Wäscheschicht nacheinander in seinem Büro
bringen.
Es war dann eine von den beiden Frauen, die Vanessa
wegschickte, die ihm den entscheidenden Hinweis gab. Die
Gefangene hatte noch Wäschestärke holen wollen und ging
zurück in den Raum der Heißmangel. Dort sah sie ihre
Vorarbeiterin über die Boxerin gebeugt. Ohne bemerkt worden
zu sein, drehte sie sich aus Angst um und schlich sich
unbemerkt davon. Das war der Hinweis, den Friedrich
benötigte. Zum Dank und zu ihrem Schutz steckte er die Zeugin
in Einzelhaft.

Renate Bussmann nahm den Hörer ihres klingelnden Telefons
ab und war sehr überrascht über den Anrufer. Mit dem Finger
zeigte sie ihrem Kollegen Sommer das Gespräch
mitzuschneiden. Dieser erkannte die Wichtigkeit und folgte
dem Befehl seiner Kollegin.
Friedrich stotterte nervös davon, den Fall aufgeklärt zu haben
und bat die beiden Ermittler, in sein Büro zu kommen. Die

Polizeirätin wollte noch einige Informationen mehr wissen, doch der Dicke hielt sich am Telefon bedeckt.

Eine gute Stunde später präsentierte Friedrich den wartenden Kripobeamten in seinem Büro seine Zeugin. Sommer verwies daraufhin Friedrich aus seinem eigenen Büro. Kurz danach durfte er wieder eintreten und die beiden Ermittler nahmen die Gefangene zur Aussage in die Polizeidienststelle mit.

Friedrich schaute blöd drein. Kein Lob oder Danke kamen über Bussmanns oder Sommers Lippen. Er wollte sich den Ruhm der Aufklärung aber nicht nehmen lassen und kam auf die Idee, die Presse zu benachrichtigen. Josefine Hausmann fiel ihm dabei ein und er wählte ihre Nummer. Die Berichterstatterin witterte mal wieder eine große Story und besuchte den Direktor ein wenig später in seinem Büro.

Der Dicke begrüßte sie sehr zuvorkommend und hoffte durch ihren Zeitungsartikel als die Person, die den Fall der toten Boxerin aufgeklärt hat, von der Öffentlichkeit Anerkennung zu bekommen. Seine Bedingung für die exklusive Story war, dass Hausmann ihn wie einen Helden in ihrem Artikel beschreibt. Die Reporterin nickte dem zu, dachte sich ihren Teil und ließ das Aufnahmegerät bei ihren Fragen mitlaufen.

Renate Bussmann konnte es nicht glauben. Nach Dienstschluss musste sie am Kiosk vor ihrer Wohnung in der Abendzeitung die Titelüberschrift von Hausmanns Bericht lesen. Sie erwarb eine der Zeitungen und las den Bericht noch direkt vor Ort. Im ersten Satz war dann auch zu lesen, dass die Informationen, die den Artikel, füllen von dem Direktor der Justizvollzugsanstalt kämen. Dies war aber der einzige Hinweis auf Friedrich. Ansonsten war der Inhalt genau wie die Aussage der Zeugin im Polizeirevier. Bussmann rief Sommer an und klärte ihn über den Zeitungsbericht auf.

Auch der Staatsanwalt las den Zeitungsbericht und war nicht amüsiert.

Er rief seine Ermittler an und wollte morgen früh sofort mit der Hauptverdächtigen sprechen.

Vanessa wusste von nichts, als sie aus ihrer Zelle in den Besucherraum begleitet wurde. Zuerst dachte sie, der Dicke würde sie wieder sehen wollen. Doch als sie nicht ins Büro geleitet, sondern im Gang rechts zu dem Besucherraum abbog, ahnte sie, dass irgendetwas nicht stimmte. Zu dritt an einem Tisch warteten der Staatsanwalt und die beiden Kriminalbeamten auf sie. Sommer legte Vanessa dann zur Sicherheit Handschellen an und klärte sie über das weitere Vorgehen auf.

Van war überrascht, aber zu erfahren in der Strategie des Verhörens und verlangte ihren Anwalt. Sie gab nur ihre Identität preis und antwortete auf keine der anderen Fragen, die ihr gestellt wurden. Während die Vier nun stundenlang auf Vans Rechtsbeistand warteten, versuchten die Ermittler immer wieder Vanessa zum Reden zu bringen. Doch sie blieb stumm, egal wie sehr der Staatsanwalt ihr drohte oder mit guten Worten zu einer Aussage versuchte zu überreden. Das Warten zerrte an den Nerven aller Beteiligten und so entschied der Staatsanwalt Direktor Friedrich einen Besuch abzustatten.

Während Renate Bussmann ihn begleitete, blieb Sommer im Besucherraum bei der Hauptverdächtigen.

Friedrich schwitzte schon, als die Polizeirätin das Büro betrat. Der Staatsanwalt machte ihn dann noch nervöser und die Schweißflecken im Hemd unter seinen Achseln wurden schnell größer. Mit einem Taschentuch wischte er sich dann die Schweißperlen von der Stirn. Vor ihm auf dem Schreibtisch lagen mehrere Tageszeitungen, die Friedrich nach einem

Artikel, der ihn als Held dastehen lassen sollte, durchsucht hatte. Doch er fand keinen Bericht, wie er sich ihn so sehr gewünscht hatte.

Jetzt saß er hinter seinem Schreibtisch und musste dem ermittelnden Staatsanwalt erklären, warum er in die laufenden Ermittlungen eingegriffen und diese veröffentlicht hat.

Ein paar Meter von Friedrichs Büro entfernt besprach sich Vanessa kurz ohne das Beisein Sommers mit ihren Anwalt. Sommer nutzte die Zeit und gab seiner Kollegin und dem Staatsanwalt Bescheid.

Das Verhör begann dann drei Stunden nachdem Van den Besucherraum betrat. Auf die meisten Fragen antwortete dann der Rechtsanwalt. Vanessa versagte öfters die Aussage, denn im deutschen Rechtssystem braucht sich keine Person selbst belasten. Die Ermittler hatten durch die Zeugin aber genügend Beweise, um Vanessa anklagen zu können. Auf Anraten des Staatsanwaltes wurde sie dann wieder in Einzelhaft gesteckt und durfte erst einmal mit keinem anderen Häftling zusammenkommen.

Im Laufe des Verfahrens sollten später noch andere Aussagen von Insassinnen und Angestellten der JVA gehört und dokumentiert werden.

Victoria war so durch eine zweite Zeugin entlastet worden und galt nicht mehr als Hauptverdächtige in dem Fall der Boxerin. Da Van in Einzelhaft saß, nahm sie ihre Stelle als Vorarbeiterin in der Wäscherei ein. Friedrich entschied sich für sie. Doch der Direktor wollte auch, dass sie Vans Aufgabe in seinem Büro übernahm und das ekelte Vick an. Sie wollte dankend ablehnen, doch Friedrich seiner Macht wieder bewusst, machte sie mit starken Begründungen gefügig. In ihrem neuen Aufgabengebiet durfte sie dann auch sofort unter dem Schreibtisch des Direktors knien und ihn mit ihrem Mund verwöhnen.

Vick hasste den Dicken dafür und schwor sich, ihn dafür irgendwann bei der erstbesten Möglichkeit bluten zu lassen.

In der Nacht auf ihrer Pritsche liegend dachte sie über das Geschehen an diesem Tag nach. Ihr war nun klar, dass Van sie bei ihrer Tat über die Klinge springen lassen wollte. Sie hätte fast eine unberechtigte Mordanklage am Hals gehabt und das nur wegen ihrer besten Freundin Van. Vick überlegte die ganze Nacht und als das erste Tageslicht durch das vergitterte Zellenfenster schien, wusste sie noch immer nicht, wie sie sich in Zukunft Vanessa gegenüber verhalten sollte.

Doch sie saß ja hier ein, weil es eine erste Mordanklage gegen sie gab und der nächste Verhandlungstag war nicht mehr weit entfernt. Sie musste sich nun auf ihren Prozess konzentrieren und alles andere von sich fernhalten.

Bussmann und Sommer vernahmen mal wieder die Zeugin und diese plauderte unter der vorher abgemachten Haftverkürzung wie aus dem Nähkästchen. Es kamen Dinge auf den Tisch, die nicht nur den Todesfall der Boxerin betrafen. Die ganzen Umstände in der JVA spukte sie aus. Bussmanns Gespür hatte sich vorher schon gemeldet und ihr gesagt, dass Friedrich nicht der nette Direktor war, den er immer nach Außen vorgab. Es wurde eine weitere interne Ermittlung gegen den Direktor der JVA eröffnet und nach Zeuginnen gesucht, die die jetzige Aussage bestätigen.

Die Schlinge um Friedrichs Hals zog sich für ihn ein wenig enger zu. Doch dieser ahnte noch nichts über die Ermittlungen gegen ihn.

Der neue Gemeindepastor

Anton Huber, ein viel verbreiteter Name im Alpenraum. Mit diesen Namen stellte sich der neue Pastor in seiner ersten Sonntagspredigt der Gemeinde vor. Er war das genaue Gegenteil von Pfarrer Thomas. Eher sehr konservativ, als liberal modern. Er hielt stark an das alte Kirchenrecht mit seinen Regeln, Verordnungen und Traditionen fest.
Victoria fand von Anfang an keinen richtigen Bezug zu ihren neuen Boss. Der alte Gottesmann war intolerant und narzisstisch veranlagt. Victorias berufliche Beziehung zu ihm war mit einem großen Abstand zu erklären. Im ersten Gespräch der beiden wollte er ihren Familienstand wissen und da Victoria noch nicht geschieden war, sagte sie ihm, dass sie verheiratet wäre. Diese Antwort stimmte ihn erst einmal zufrieden. Danach bot er Victoria an, ihr die Beichte abzunehmen. Jetzt log Vick ihn zum ersten Mal an und behauptete, die Beichte erst vor einigen Tagen bei seinem Vorgänger abgelegt zu haben. Überzeugt war Pastor Huber von der Antwort seiner Sekretärin nicht wirklich, beließ es aber dann dabei. Victoria hatte ein ungutes Gefühl, was die Zusammenarbeit mit Huber anging. Sie vermisste Thomas, seit dieser die Gemeinde verlassen musste.

Die nächsten Wochen und Monate vergingen. Die Arbeit machte Victoria keinen Spaß mehr, doch sie brauchte den Job, um unabhängig zu bleiben. Natürlich war sie finanziell durch die monatlichen Zahlungen Felixs abgesichert und konnte sich sogar als wohlhabend beschreiben. Vick wollte aber auf eigenen Beinen stehen und sich nicht auf Felix verlassen müssen.
Bei der Arbeit fühlte sie sich von Huber beobachtet und kontrolliert. Bei seinem Vorgänger durfte Vick als Assistentin des Gemeindepastors über kleine Summen selbst entscheiden

und unterstützte die vielen kleinen sozialen Gemeindevereine bei ihren Anträgen. Dabei ging es um Kuchen, Bratwürste oder Getränke bei einigen Gemeindefesten. Thomas ließ sich dort immer blicken und spendete über Victoria so aus dem Kirchentopf eine Kleinigkeit für die Festlichkeiten. Bei Huber sah es jetzt plötzlich anders aus. Jede Ausgabe und wenn es nur um einen Euro ging, bedurfte seiner Freigabe. Nur gab er keine Gelder für die Gemeindemitglieder und ihre Anfragen frei. Er führte genaustens Buch über die Einnahmen seiner Kirche. Das Buch über die Ausgaben führte er auch, nur waren die Seiten lange leer. Victoria hielt ihn für einen alten Kauz und hoffte, der neue Pastor würde die Gemeinde schnell wieder verlassen. Diesen Gefallen tat er ihr aber nicht, im Gegenteil, er schien sich hier wohlzufühlen. Der Bischof selbst war dann auch sehr über die monatlichen Überweisungen aus seiner Gemeinde erfreut und lobte Huber mit einem persönlich an ihm geschriebenen Dankesschreiben. Anton Huber schaffte es mit dieser Taktik, sich im Bistum beliebt zu machen. Nach einigen Monaten stand der Bischof voll hinter seinen Mann in Unterpfaffenhofen. Diese Rückendeckung benötigte der Pfarrer auch, denn seine Weste war nicht so rein, wie er es gerne nach Außen hin zeigte.

Huber selbst war es dann auch, der Victoria damit beauftragte, einen Kinderchor in der Gemeinde aufzubauen. Er selbst würde diesen ausgesuchten, sängerisch begabten Kindern Musik und Gesangsunterricht geben wollen. So musste er dann doch einige Euros auf der Ausgabeseite seines Finanzbuches notieren. Natürlich warb er in den nächsten Gottesdiensten für diesen Chor und bat die Kirchengänger um eine angemessene Spende. Zweimal in der Woche trafen sich dann einige Kinder aus der

Gemeinde und versuchten Kirchenlieder auswendig zu lernen. Im zweiten Schritt probten sie diese Lieder unter der Aufsicht Hubers dann zu singen. Der Alte gab sich nur mit dem Besten zufrieden und die Jungen und Mädchen wurden von ihm auch einzeln gefördert. Huber ging in dieser Aufgabe völlig auf und widmete dem Kinderchor viel seiner wertvollen Zeit.

Das Jahr war schnell vergangen und Julias dritter Geburtstag stand an. Victorias Schwiegereltern meldeten ihren Besuch bei ihrer Enkeltochter an und standen pünktlich zum Kaffee und Kuchen vor Vicks Haustür. Als kleine zusätzliche Geburtstagsüberraschung war Felix im Schlepptau seiner Eltern mit nach Unterpfaffenhofen gekommen. Victoria war nicht erfreut, wollte ihrer Tochter aber den Vater nicht nehmen und bot auch Felix zur Freude ihrer Schwiegereltern einen Platz in der Runde an. Als der Opa und die Oma sich mit Julia beschäftigten, erwähnte Felix zu Victoria, dass das Trennungsjahr vorbei wäre. Sie kannte seine Bedingungen und bat sie, die Scheidungsdokumente zu unterschreiben. Vick war erbost. Felix nahm Julias Geburtstag zum Anlass, über die Scheidung zu sprechen. Victoria bat ihm dann nur, sich doch bitte einen anderen Tag dafür auszusuchen. Ihre Stimmung war dahin und sie war froh, als sich Julias Besuch dann auch wieder verabschiedete. Noch am gleichen Abend unterschrieb sie die Dokumente und übergab diese am darauffolgenden Tag an dem von Thomas vermittelten Anwalt.

Ein halbes Jahr später war Victorias Ehe mit Felix geschieden. Ohne dies an die Öffentlichkeit gebracht zu haben, lebte Vick einfach so wie bisher weiter. Anton Huber setzte sie davon nicht in Kenntnis. Der Pastor war weiter im Glauben an Gott und an die Ehe seiner Assistentin.

Mit sechs Jahren wurde Julia dann in der katholischen Grundschule eingeschult. Noch immer war Anton Huber der Gemeindepfarrer. Sein Kinderchor brachte es nun schon zu überregionaler Berühmtheit und seine Gunst zum Bischof ist noch weiter gestiegen. Huber trat mit seinen Kindern jetzt öfter in anderen Kirchengemeinden auf. Der Höhepunkt des Chores war der Auftritt am 2. Weihnachtstag im Dom zu Augsburg. Sogar die größte Augsburger Tageszeitung war damals voller Lob über den himmlischen Gesang von Hubers Chorkindern und widmete ihm eine halbe Seite ihrer Zeitung.
Der Bischof persönlich schüttelte Huber vor dem Photographen der Zeitung werbeträchtig die Hand.
Anton Huber wurde so noch in seinem hohen Alter zum Star seiner Kirche.

Bei Julias Einschulung begrüßte Huber alle Kinder der neuen ersten Klasse und fragte Julia dann ein wenig verwundert, wo ihr Vater sei. Victoria fühlte sich wie vom Blitz getroffen. Ihre Schwiegermutter half ihr dann aus dem Schlamassel heraus. Felix wäre im Trainingslager zur Vorbereitung der neuen Saison und dort unabkömmlich. Überzeugt schien Huber nicht, gab sich aber mit der Antwort zufrieden.
Zum Glück von Victoria war der Alte, wie sie ihn von Anfang an heimlich nannte, ein Mensch der in der Vergangenheit lebte. Internet interessierte ihn nicht, genauso wenig der Sportteil in den Zeitungen. Seine Buchführung machte er noch schriftlich und verwahrte diese in seinem Schlafzimmer auf. So bekam er auch nicht mit, dass Felix erneut den Bund der Ehe eingegangen ist. Die Medien berichteten kaum oder fast überhaupt nicht über das Ereignis und so ging es an den Pastor unbemerkt vorbei.

In der Schule warb Victoria bei den Eltern der Schulkinder für den Kirchenchor. Huber benötigte durch einige Abgänge ein paar weitere Gesangsstimmen für seinen Kinderchor. Victoria machte sich stark dafür, dass der Chor weiter bestehen bleiben sollte und warb aus beruflichen Gründen mit gespielter Begeisterung um weitere Kinder. Zu ihrer Überraschung meldete sich auch Julia bei ihr. Ihre Tochter wäre das jüngste Kind im Chor, wenn sie das Vorsingen überstehen würde. So stand sie dann an einem Nachmittag mit sieben Jahren in der leeren Kirche und sang ein schon oft gesungenes Kirchenlied aus dem Gottesdienst. Huber war von der Stimme Julias begeistert und so wurde Victorias Tochter Mitglied des Kinderchores ihrer Gemeinde. Seit diesem Tag sang Julia oft zu Hause in ihrem Zimmer, in der Küche oder sonst wo, wo es ihr gerade gefiel. Vick war glücklich, ihre Tochter immer fröhlich singen zu hören. Sie wunderte sich nur, dass Julia die Texte auswendig beherrschte, obwohl sie noch gar nicht richtig lesen konnte.

Anton Huber war zufrieden, er hatte seinen Vorzeigechor wieder vollständig. Glücklich machte ihn vor allem die kleine Julia, die mit einem Goldkehlchen von Gott ausgestattet worden ist. Ihre Stimme war rein wie die eines Engels. Er nahm sich vor, Victorias Tochter mit Einzelunterricht im Gesang zu fördern. Er sah es als seine Berufung an Gott zu dienen. Nur dafür glaubte Huber überhaupt auf dieser Welt zu existieren und wie konnte er Gott glücklicher machen, als mit göttlichem Gesang unschuldiger Kinder? Sein Eifer, den Chor in Perfektion singen zu lassen, unterwarf er alles andere. Dem Chor widmete er sein Leben, es war sein Lebenswerk.

Mit strenger Hand führte er die Gesangsübungen mit den Kindern durch und sollte mal eines seiner Chorkinder im Ton daneben gelegen haben, musste es nach dem Unterricht noch zu weiteren Übungen mit ihm die Stimme trainieren. Von Außen bekam der Priester weiterhin Komplimente, doch intern sah die Geschichte etwas anders aus. Nach einigen Monaten musste Victoria wieder für Chorkinder werben. Dieses Mal sogar in den Nachbargemeinden. Viele Kinder wollten nicht mehr in der Kirche singen und verließen Hubers Kirchenchor. Das wiederum ging auf die Qualität des Chores und verärgerte ihn sehr.

Mit neun Jahren hatte Julia dann in der heimischen Kirche ihren ersten Soloauftritt. Sie sang das Ave Maria und den Besuchern des Gottesdienstes standen die Tränen in den Augen.

Doch für Victoria wurde Julias Talent zum Bumerang. In der Gemeinde und auch über ihre Grenzen hinaus war plötzlich die Rede von einem kleinen Mädchen mit göttlicher Stimme. Eine Berichterstatterin einer Münchener Tageszeitung witterte eine Story, saß am nächsten Sonntag in der letzten Reihe des Gotteshauses und hörte Julia im Gottesdienst singen. Josefine Hausmann war von Julias Stimme genauso verzückt wie alle anderen Teilnehmer der Predigt und widmete dem Goldkehlchen einen Artikel in Münchens größter Tageszeitung. Zu ihrer Recherche gehörte dann auch, wer das Goldkehlchen eigentlich war und Hausmanns Weg führte zu Victoria und ihrem geschiedenen Mann Felix.

Anton Huber las natürlich jeden Artikel, wenn es um sein Kirchenchor ging. So auch den von Josefine Hausmann und er erfüllte ihn mit Stolz bis zu der Stelle, als die Reporterin den von Victoria geschiedenen Mann Felix erwähnte. Er holte tief Luft und überflog die Zeilen noch einmal. Immer noch stand dort etwas über seine geschiedene Assistentin. Er konnte es nicht glauben, von einer Angestellten so frech belogen worden zu sein. In seiner Wut setzte er sich an seine Schreibmaschine, einen Computer besaß der Pfarrer nicht und schrieb Victorias fristlose Kündigung. Da er sich in der selbst ausgelösten Hektik zweimal verschrieb, benötigte er drei Ansätze, bis das Schreiben fertig war.

Noch am selben Abend warf er ihr die Kündigung persönlich in den Briefkasten und war ein wenig zufriedener als einige Stunden zuvor.

Victoria schaute am nächsten Morgen nicht in den Briefkasten, denn die Post wäre wie immer erst gegen Mittag an Ort und Stelle. So betrat sie, nachdem Julia von ihr zur Schule gebracht wurde, ahnungslos ihr Büro. Sie war schon gute zwei Stunden in ihrer Arbeit vertieft, als Huber wutentbrannt in ihr Büro gestürzt kam. Völlig hysterisch verwies er sie lautstark aus dem Gebäude. Dazu sprach er ihr ein Hausverbot aus. Victoria wusste gar nicht, wie ihr geschah und beugte sich dem Gebot des Pfarrers. Erst an der frischen Luft auf dem Weg nach Hause registrierte sie, dass ihr gerade gekündigt worden ist.

Daheim griff sie sich das Telefon und rief ihren von Thomas empfohlenen Anwalt an. Victoria musste einige Minuten in der Warteschleife ausharren, bis sich der Jurist meldete. Sie erklärte ihm die Situation und hoffte auf juristischen Beistand von seiner Seite. Doch er lehnte das Mandat ab. Er begründete dies mit einem Interessenkonflikt, denn er wäre ja der juristische Vertreter der Kirchengemeinde, die Victoria gekündigt hat.

Im Internet fand sie dann einen passenden Arbeitsrechtler. Dieser hörte sich ihre Geschichte an und verabredete sich am nächsten Tag mit ihr in seiner Kanzlei in Schwabing.

Der Fachanwalt für Arbeitsrecht hatte Victorias
Kündigungsschreiben vor sich auf dem Schreibtisch liegen und
schüttelte leicht lächelnd den Kopf. Danach schaute er seine
Klientin an und erklärte ihr, dass dieses Kündigungsschreiben
unwirksam sei. Da Victoria kein Einschreiben angenommen und
unterschrieben hat, gab es offiziell auch dieses Schreiben nicht.
Er riet ihr, sich von einem Arzt arbeitsunfähig schreiben zu
lassen. Den Krankenschein bei ihrem Arbeitgeber mit einer
Annahmeunterschrift abzugeben und auf ihr nächstes Gehalt zu
warten. Sollte die Kirche nicht rechtzeitig überweisen, würde er
ihr dann weiterhelfen. Solange sie krank wäre, könnte der
Arbeitgeber sie nicht kündigen und wenn doch, sollte sie sich
sofort bei ihm melden.

Sechs Wochen später saß Victoria mit einer richtigen
Kündigung in der Kanzlei und ihr Anwalt diktierte seiner
Assistentin das Schreiben zur Wiedereinstellung und das Zahlen
des ausgebliebenem Gehaltes.
Das Gehalt blieb weiterhin aus und Victoria ohne Arbeit. Die
Klage ging vor das Arbeitsgericht München. Dort einigten sich
beide Parteien auf eine Abschlagszahlung von sechs
Monatsgehältern und das Kapitel für die Kirchengemeinde zu
arbeiten war damit für Victoria beendet.
Zum wiederholten Male hat die Kirche mit einer negativen Tat
Einfluss auf das Leben Victorias gehabt. Julia dagegen durfte
sich von ihrer Mutter frei entscheiden, weiter für den
Kirchenchor zu singen oder Hubers Baby zu verlassen.
Julia liebte das Singen, deshalb gab es für sie keine
Entscheidung zu treffen, sie blieb dem Chor treu erhalten.
Victoria dagegen suchte monatelang nach einer passenden
Arbeitsstelle, doch der Arbeitsmarkt war schwierig für eine

alleinerziehenden Mutter. Wenn ihr irgendeine Stelle gefiel, passten die Arbeitszeiten nicht mit Julias Schulzeiten überein. So vergingen die Wochen, die zu Monaten und schließlich zu einem Jahr wurden.

Julia besuchte mittlerweile die vierte Klasse und sang zu Hubers Glückseligkeit noch immer für ihn und seiner Kirche. Jetzt, da sie das Lesen erlernt hat, fiel es ihr selbst immer leichter, die Texte für Hubers Lieder auswendig zu lernen. Die Kleine war mit ihren fast zehn Jahren ein wahres Talent, was den Gesang betraf. Sie war Victorias ganzes Glück und Stolz.

Vanessa

Van saß jetzt schon stundenlang beim Verhör und ihr Anwalt neben ihr. Dem Staatsanwalt fehlten eindeutige Beweise und Vanessa gab ihm keine Aussage, die sie mit dem Mord in Verbindung brachte. Die Ermittler hatten nur die eine Zeugenaussage, dass Vanessa über dem Opfer gebeugt gesehen wurde. Dazu sagte ihr Anwalt, dass sie die spätere Tote so aufgefunden und aus Angst als Täterin dazustehen, nicht gemeldet hatte. Laut Vanessas Anwalt käme so höchstens eine Klage wegen unterlassener Hilfeleistung infrage.

Doch die Kriminalbeamten gaben nicht auf und verhörten Van am darauffolgenden Tag erneut. Renate Bussmann war es dann, die das Thema wechselte. Sie sah Vanessa in die Augen und fragte plötzlich und völlig unerwartet nach dem Direktor.

Van war überrascht und verstand die Frage erst nicht. Sie blicke ihren Anwalt an und zuckte mit den Schultern. Der wiederum nickte nur und bat Van zu antworten.

Jetzt war es die Polizeirätin, die das Gespräch so lenkte, dass Vanessa ihr die Antworten auf ihre Fragen gab. Am Ende des Verhöres waren die Ermittler zwar wegen des Mordes nicht viel weiter gekommen, doch hatten sie jetzt zwei identische Aussagen zweier Insassinnen gegen Friedrich.

Ein weiterer Tag verging und Vick wurde in den Besucherraum zum Verhör gebeten. Dieses Mal war Jochen Finn abwesend und Vick mit Bussmann und Sommer alleine. Zu ihrem Erstaunen wurde keine Frage zu dem Tot der Boxerin gestellt. Die Ermittler befragten sie nur wegen Friedrich. Zuerst hörte Vick nur zu und sagte nichts, bis Bussmann von Zeugenaussagen sprach, die den Direktor schwer belasten würden. Jetzt war der Zeitpunkt gekommen, es dem Dicken heimzuzahlen.

Vick beantwortete die ihr gestellten Fragen wahrheitsgemäß und brachte so Friedrich um seinen Job.

Zwei Stunden nachdem Bussmann und Sommer die JVA verlassen hatten, standen sie mit einem Haftbefehl erneut an dem Tor und baten um Einlass. Im Büro des Direktors hielten sie ihm den Haftbefehl unter die Nase und führten ihn in Handschellen ab.

Noch am selben Tag saß ein neuer Mann auf den Stuhl des Direktors und seine erste Handlung war die Vanessa aus der Einzelhaft in ihre Zelle zu entlassen.

Vick schaute überrascht zu ihrer Zellentür, als sie Vans Stimme wahrnahm. Vanessa stand dort in der Tür und lächelte Vick an. Als Victoria zurück lächelte ging Van die drei Schritt auf sie zu und die beiden umarmten sich wie beste Freundinnen es tun. Vergessen war für den Moment das vorher aufgekommene Misstrauen. Mit Küssen auf den Mund holten die beiden nach, was sie tagelang nicht konnten. Erst als sie beide schweigend nebeneinanderlagen, fragte Vick ihre Freundin, wie es mit ihnen weitergehen würde. Van schaute sie erstaunt an und tat, als wüsste sie nicht, was Vick meinte. Jetzt sprach Vick dann endlich aus, was ihr die ganze Zeit den Schlaf raubte. Als sie zum Ende kam, schwor Van, dass sie mit dem Tod der Boxerin nichts zu schaffen hatte. Wer dann, fragte sich Vick selbst.

Bussmann und Sommer fehlten die Beweise und so konnte die Staatsanwaltschaft nur eine Klage auf Indizien gegen Van aufbauen. Doch mit der Aufdeckung von Friedrichs Verfehlungen in seinem Amt als Direktor der JVA gelang ihnen wenigstens ein kleiner Teilerfolg. Renate Bussmann war sich sicher, mit Vanessa die Täterin gefunden zu haben, obwohl das Bügeleisen in Corinna Meiersbecks Zelle entdeckt worden ist. Ihr fehlte aber das Geständnis oder eine Zeugin, die die Tat wirklich mit angesehen hatte. Sie nahm sich vor, Friedrich noch einmal mit ein wenig Druck zu befragen. Vielleicht wusste der Dicke ja doch mehr, als er bisher verriet. Bussmanns Gefühl sagte ihr, dass irgendwo die Antwort für sie versteckt lag und nur darauf wartete, gefunden zu werden.

Vanessa nahm sich vor, den Schatten so schnell wie möglich einen Besuch abzustatten. Natürlich ungesehen von den anderen Häftlingen. Doch die kleine Frau war klug und bewegte sich nie alleine aus ihrer Zelle heraus. Immer wieder beobachtete Van sie in den nächsten Tagen, ohne einen richtigen Augenblick zu erkennen. Mit viel Geduld und ein wenig Geschick war es dann doch irgendwann so weit. In der Wäscherei rollte der Schatten die gebrauchte Wäsche zum Vorsortieren in den Waschmaschinenraum. Die beiden dort arbeitenden Frauen waren gerade mit der fertigen Wäsche in einem anderen Raum zum Stapeln der Bettwäsche in den Regalen unterwegs. Van nutzte die bisher einzige Möglichkeit und schnappte sich den überraschten Schatten, um mit ihr zu reden. Doch die kleine Frau hatte wieder an Selbstbewusstsein dazugewonnen und ließ sich durch Vans Worte nicht einschüchtern. Also half Vanessa mit ihren Händen etwas nach. Eine schnelle Ohrfeige traf Corinnas linke Wange. Blitzschnell kam eine Zweite dazu und der Schatten fiel vor Van auf den Boden. Genau in diesem Augenblick hörte Vanessa, wie die anderen beiden Wäschereiarbeiterinnen zurück in den Raum kamen und half der kleineren Frau Hilfe leistend auf. Meiersbeck bedankte sich bei Van für ihre Hilfe und erklärte den verdutzt dreinschauenden Frauen, dass ihr schwindelig wurde und sie hingefallen sei.

Vanessa klopfte dem Schatten leicht auf die Schulter und verließ die Wäscherei.

Einige Tage vergingen und Victoria saß im Gerichtssaal auf dem Zeugenstuhl, um des Richters Fragen zu beantworten. Die Sitzung war öffentlich und die Stühle halb voll besetzt. Der Medienrummel um Victorias Tat ließ etwas nach. Vick saß da und schaute zum Publikum, da sah sie ihre Schwiegermutter Anna dort sitzen. Felix Mutter erwiderte Vicks Blick und lächelte ihr sanft zu. Diese Geste von Anna war Balsam auf Victorias Wunden. Natürlich brachte es Julia nicht zurück, doch Vick wusste nun, sie war nicht alleine.

Nach der Verhandlung überreichte Finn Vick noch einen Brief, den ihm Anna vorher in die Hand gedrückt hatte. In der Zelle öffnete sie den Brief und begann ihn zu lesen. Zuerst schrieb sie, dass sie Vick immer noch als die Mutter ihrer Enkelin sah. Des Weiteren teilte Anna Vick mit, dass sie vollstes Verständnis für ihre Tat hätte und selbst genauso handeln würde. Beendet hat sie den Brief mit der Zusage, Vick in ihrem Prozess zu unterstützen. Vick las das Geschriebene vier Mal und sah zum Schluss, wie ihre Tränen das Blatt Papier befleckten.

Sie brauchte jetzt dringend Trost und suchte Vans Zelle auf. Victorias Freundin lag auf ihrem Bett und zeigte auf die Seite neben ihr. Vick legte sich daneben und die beiden Frauen hielten sich streichend in den Armen.

Am Abend in der Wäscherei erfuhr Vick dann von dem, was Corinna Meiersbeck passiert war und Vanessa ihr half, wieder auf die Beine zu kommen. Da Vick jetzt die Stelle der Vorarbeiterin besetzte, wurde Van in die Gärtnerei versetzt. So konnte Vick Van an diesem Abend nicht mehr fragen, was genau geschehen war. Noch immer stand der Schatten unter ihrem versprochenen Schutz und Vick dachte nicht daran, ihr gegebenes Wort zu brechen.

Vanessa war sich ihrer Sache ziemlich sicher. Sollte es wirklich eine Zeugin gegeben haben, hätte sie schon eine Mordanklage durch die Staatsanwaltschaft am Hals gehabt. Bisher wurde sie aber nur ohne wirkliche Beweise gegen sie ausgefragt. Die Ermittler stocherten im Dunkeln und hofften durch Zufall einen Treffer zu landen. Doch Vanessa hielt sich für zu klug, um ihnen diesen Treffer zu genehmigen. Bussmann und Sommer saßen ihr gegenüber und wechselten sich professionell mit dem Verhör ab. Vanessa blieb die ganze Zeit der Befragung cool und antwortete in den selben Sätzen wie bei den Verhören zuvor. Von ihr würden die Beamten keine Aussage bekommen, die sie selbst als Täterin belasten würde.
Renate Bussmann blickte die Gefangene an und sah eine selbstsichere Frau. Sie wusste, mit ihrer jetzigen Strategie, bei der Befragung würden sie nicht weiterkommen. Die Erfahrungen mit kriminellen Straftätern sagten ihr aber auch, dass jeder dieser Personen einen Schwachpunkt hatte und diesen galt es bei ihr zu finden.
Als Sommer eine Unterbrechung des Verhöres nutzte, um sich einen Kaffee zu besorgen, war die Polizeibeamtin zum ersten Mal mit der Hauptverdächtigen alleine. Bussmann, als absolute Nichtraucherin, zog eine Schachtel Zigaretten aus der Tasche und bot Vanessa eine an. Nachdem die Gefangene einen kräftigen Zug genommen hatte, schob Bussmann ihr die ganze Schachtel zu. Dabei sah sie ihr die ganze Zeit in die Augen. Es fiel minutenlang kein Wort. Die beiden starrten sich nur gegenseitig an. Vanessa machte einen letzten Zug an der Zigarette und kramte sich einen zweiten Glimmstengel aus der

Packung. Dabei beobachtete Bussmann zum ersten Mal, dass die Finger der Verdächtigen ein wenig nervös zitterten. Sommer dagegen ließ die beiden alleine und trank in aller Ruhe seinen Kaffee und danach einen Zweiten aus. Seine Kollegin jetzt nicht zu stören, gehörte zu der Verhörtaktik der beiden Ermittler. Bussmann nahm den Faden dann wieder auf und startete das Gespräch. Lenkte dieses aber in eine andere Richtung. Sie sprach über Direktor Friedrich und seinen sexuellen Belästigungen. Hörte Vanessa aufmerksam zu, war rücksichtsvoll und zeigte Mitleid mit Friedrichs Opfern. So versuchte sie das Vertrauen der Befragten zu gewinnen. Als es um den Direktor der JVA ging, sprudelten die Antworten nur so aus Vanessa heraus.

Eine halbe Stunde später verabschiedeten sich die beiden Frauen mit einem Handschlag voneinander und Vanessa wurde in ihre Zelle begleitet. Bussmann klärte dann Sommer über ihr Gespräch mit der Verdächtigen auf. Sie glaubte einen Schritt näher an Vanessa herangekommen zu sein.

Nach dem Mittagsessen lagen Vanessa und Vick in Vicks Zelle nebeneinander und Van berichtete ihr von dem Verhör über den Dicken. Vick hörte genau zu und entschloss sich, sollte sie noch einmal drüber berichten müssen, es ihrer Freundin gleich zu tun. Friedrich dürfte nie mehr einen solchen Posten bekommen und sollte für seine Vergewaltigungen büßen müssen, waren Vicks Gedanken, während Van weiter erzählte. Die Boxerin war zwischen den beiden Freundinnen an diesem Tag aber kein Thema.

Renate Bussmann saß in ihrem Büro und sah Friedrich an. Ihr Kollege Sommer war auch anwesend. Er saß hinter Friedrich auf einem Stuhl neben der Bürotür. Der Direktor, gerade von der Polizeirätin mit den Vorwürfen der Gefangenen konfrontiert, stritt alles ab. Er redete von einem Komplott gegen ihn und tat alle Behauptungen als Lügen ab. Nervös knibbelte er an seinen leicht zittrigen Fingern und Bussmann beobachtete ihn seit einigen Augenblicken stillschweigend. So ging sie öfters bei einem Verhör vor. Erst den Verdächtigten mit Zeugenaussagen bombardieren und dann ohne ein weiteres Wort zu verlieren abwarten, wie sich der Verdächtige verhält. Friedrich verlangte nach ein paar Minuten der psychologischen Kriegsführung seinen Anwalt. Daraufhin beendeten die Ermittler das Gespräch und ließen Friedrich wieder in seine Zelle bringen.

Am Nachmittag saß Corinna Meiersbeck im Besucherraum und musste die Fragen von Bussmann und Sommer beantworten. Die vermutete Tatwaffe, mit der die Mitgefangene so schwer verwundet wurde, dass sie ihren Verletzungen erlag, ist in des Schattens Zelle im Spülkasten der Toilette gefunden worden. Auf die Frage, wie das Bügeleisen dorthin gekommen sein könnte, zuckte die Befragte nur mit ihren Schultern. Sommer, der das Verhör dieses Mal führte, machte Meiersbeck klar, dass sie deshalb zu den Hauptverdächtigen zählte. Corinna Meiersbeck fühlte sich unter Druck gesetzt und spürte, wie der Schweiß ihre Achseln nässte. Sie versuchte den beiden Polizisten zu erklären, wie die Boxerin und sie zueinander standen und sie nicht nur ihre Freundin durch die Tat einer anderen Mitgefangenen verloren hätte. Auch würde sie jetzt nicht mehr den Schutz der körperlich so überlegenen Freundin genießen dürfen. Sommer fragte sie daraufhin, unter wessen Schutz sie jetzt stände und Meiersbeck brachte Victoria zurück ins Spiel.

Am Abend saß Bussmann zu Hause in ihrem Wohnzimmer und versuchte das Puzzle zusammenzulegen. Meiersbeck, bei der die Tatwaffe gefunden wurde. Victoria, die mehr als eine Rechnung mit dem Opfer offen hatte oder Vanessa, die durch eine Zeugin schwer belastet und über auf dem Boden liegenden Opfer gebeugt gesehen wurde. Vielleicht wäre ja auch noch jemand Unbekanntes beteiligt und sie nur noch nicht die Spur zu ihr gefunden hätte.

Vanessa wurde ein paar Tage später vom Staatsanwalt des Mordes an einer Mitgefangenen angeklagt. Bussmann war überzeugt, genügend Beweise durch die Zeugin gegen Van zu besitzen, um sie als Täterin verurteilen lassen zu können. Der Staatsanwalt, mittlerweile mächtig unter Druck, war froh, der Öffentlichkeit jetzt mit der Anklage gegen Van die eventuelle Täterin zu präsentieren.

Vanessa war außer sich, als sie von der Klage gegen sie erfuhr. Bussmann rüttelte heftig an ihrem Kartenhaus und sie hatte Angst, es würde einstürzen. Durch die Anklage wäre auch die nächste Anhörung zur vorzeitigen Haftentlassung vom Tisch und sie weiterhin hier Gast in diesem Etablissement.

Das erste Anzeichen

Victoria besuchte nach ungefähr zwei Jahren mal wieder den Gottesdienst an einem Sonntagmorgen. Sie fand den Weg zum Gotteshaus nicht der Predigt wegen. Der Grund war ihre mittlerweile zwölfjährige Tochter. Julia durfte an diesem Tag während und noch nach der Messe mit mehreren Soloauftritten den Kirchengängern ihre Stimme bei den von ihr gesungenen Liedern ins Ohr legen. Diesen Moment wollte Vick sich nicht entgehen lassen und setzte so nach langer Zeit mal wieder einen Fuß in Hubers Kirche.

Julia, ganz in einem weißen Kleid gehüllt, sah für die Kirchengänger aus wie ein vom Himmel herabgestiegener Engel aus. Als sie dann den Gesang des Mädchens hörten, waren die meisten Anwesenden sicher, sie hörten gerade die Stimme eines Engels. Victoria saß weinend vor Rührung und Stolz in der hintersten Reihe. Sie war so glücklich über das Talent ihrer Tochter eine solche Stimme zu besitzen und den Zuhörern mit ihren gesungenen Liedern ein wenig von diesem Glück teilhaben zu lassen. Als Huber dann das halbstündige Konzert seines Schäfchens beendete, gab es von allen Anwesenden minutenlanges Standing Ovation für Julia.

Dieser Tag wurde zu Julias nie mehr erreichten Höhepunkt ihrer Gesangskarriere unter Hubers Leitung.

Victoria wartete an diesem Sonntag zu Hause dann um die Mittagszeit auf ihre Tochter. Das Mittagessen schien zu erkalten. Unpünktlichkeit ist eigentlich keine Tugend Julias und so war Victoria verwundert, als ihre Tochter mit einer guten Stunde Verspätung ins Haus schlich. Die Kleine suchte sofort ihr Zimmer auf und verriegelte die Tür.

Victoria wartete einige Minuten und wollte dann nach ihrer Tochter schauen. Julia war nun in einem Alter angekommen, wo die Pubertät täglich anklopfte und die Launen genauso oft Schwanken ließ.

Sie stand vor Julias Zimmertür und rief ihrer Tochter durch die geschlossene Tür zu, ihr doch zu öffnen. Doch Julia rührte sich genau so wenig wie die Zimmertür. Nach einigen Minuten des guten Zuredens gab Victoria auf und ließ ihre Tochter erst einmal in Ruhe. Vick dachte an das Einsetzen der Blutung bei ihrer Tochter. Julia stand jetzt am Anfang der Reifeentwicklung zu einer jungen Frau. Noch aber war sie ein Mädchen, dessen Entwicklung zu einer Jugendlichen erst den Anfang gefunden hatte. Ihr Körper war eher das eines Kindes als das einer Jugendlichen. Julias Brüste waren noch wie die eines Jungen, flach und klein. Vick wusste um die Stimmungsschwankungen eines pubertären Mädchens und schob Julias komisches Verhalten ihr gegenüber auf diese Phase der Entwicklung.

Es war dann der andere Tag oder genauer gesagt, der andere Abend. Julia stand im Badezimmer vor dem Spiegel über dem Waschbecken, als Vick sie durch die offene Tür sah. Dabei fiel ihr ein dunkelroter Fleck am Popo ihrer Tochter auf. Vick überlegte kurz und fragte Julia dann, was der dunkelrote Fleck zu bedeuten hätte. Julia erschrak ein wenig, denn sie wähnte sich alleine im Badezimmer. Vicks Tochter gab erst keine Antwort und verdeckte den Fleck mit ihrem Handtuch. Daraufhin wurde Vick neugierig und schaute sich den Flecken genauer an. Ihr erster Gedanke war der eines Knutschfleckens, doch das wäre ja zu weit hergeholt. Sie drückte auf die rote Stelle und fragte ihre Tochter, ob dies Schmerzen verursachen würde. Julia schüttelte den Kopf und antwortet, sie müsste sich irgendwo gestoßen haben. Victoria gab sich mit Julias Aussage zufrieden und ließ ihre Tochter im Bad alleine.

Am nächsten Tag schwänzte Julia die Chorprobe und auch drei Tage später ließ sie die Gesangsproben bei Pastor Huber ohne ihre Anwesenheit verstreichen. Jetzt hatte Huber ein Problem. Mit seiner früheren Angestellten war das Verhältnis zerrüttet. Kein Wort hatten sie seit Vicks Kündigung mehr miteinander gesprochen. Huber konnte also nicht telefonisch bei Victoria nach Julias Grund der Abwesenheit nachfragen. Der Geistliche hatte eine Vorahnung und sah seinen Spatz, mit der Stimme eines Engels aus seinen Händen von ihm wegflattern. Er wusste, vor Gott würde er in nicht allzu langer Zeit Rechenschaft ablegen und die Qualen des ewigen Fegefeuers auf sich nehmen müssen. Huber verlangte immer den Perfektionismus von seinen Schülern und ging dabei auch oft mit seiner Strenge zu weit. Auch seinen Hang zu jungen Mädchen oder Knaben konnte er lange unterdrücken. Doch Julia hat es ihm angetan. Jeden Abend vor dem Zubettgehen geißelte sich Huber wegen seiner unkeuschen Gedanken selber und bat Gott um Vergebung. Er selbst war dazu nicht in der Lage. Egal wie sehr Julia gebettelt hatte, er konnte seine Gefühle nicht unterdrücken und gab seinen Neigungen zu ihr einfach freien Lauf. Nach dem letzten Gottesdienst als alle Besucher die Kirche verlassen und die Messdiener sich verabschiedet hatten, war er mit seinem Engel alleine. Er verschloss die Tür zu seinem Büro und lächelte das unschuldige Mädchen an.

Eine gute Stunde später ließ er Julia weinend nach Hause gehen. Vorher nahm er ihr drohend noch das Versprechen ab, mit niemanden über das Geschehen zu reden. Verunsichert marschierte Victorias Tochter nach Hause, schlich sich in ihr Zimmer und zerriss ihr schönes weißes Kleid. Als sie ihre

Mutter durch die Tür zu ihr sprechen hörte, zog sie ihre Bettdecke über den Kopf und wollte so einfach nur alleine sein. Sie hasste den Pastor und nahm sich vor, nie wieder einen Fuß in seine Kirche zu setzen.

Doch Huber gab nicht auf. Der Drang war wieder da. Er beobachtete aus sicherer Entfernung den Ausgang der Schule und folgte Julia, als sie durch die Pforte des Schulgebäudes trat. Als sie sich von ihren Freundinnen an einem Straßenabzweig verabschiedete und alleine weiter ging, sah er seine Chance gekommen. Er legte einen Schritt zu und holte das Mädchen seiner Begierde ein. Huber sprach im ruhigen und netten Ton mit Julia, die ihm ängstlich in die Augen schaute. Er bat sie, wieder zum Gesangsunterricht zu kommen, doch Julia schüttelte weinend den Kopf. Jetzt verlor Huber die Fassung und griff ihr an dem Oberarm, um sie mit sich zu führen. Julia spürte den Schmerz seines Griffes, hatte aber das Glück auf ihrer Seite. Eine sehr fromme alte Dame, die nie eine Messe ausfallen ließ, sah den Pastor und verwickelte den Gottesmann in ein Gespräch. Diese Chance nutzte Julia und verabschiedete sich von Huber. Der wiederum konnte nicht anders und ließ sie in Gegenwart der alten Dame gehen.

Julia rannte das letzte Stück nach Hause und war froh, dem Priester entkommen zu sein. Sie wollte mit ihrer Mutter über den Pastor reden, doch seine Drohungen schüchterten sie so ein, dass sie aus Angst kein Wort verlor.

Victoria fiel das veränderte Verhalten ihrer Tochter auf und machte sich langsam Sorgen. Als Julia sich ein paar Tage nach dem Vorfall auf dem Schulheimweg umzog, erschrak Victoria. Ihre Tochter hatte erneut einen Fleck. Dieses Mal leuchtete dieser dunkelblau von ihrem Oberarm zu ihr herüber.

Vick stellte nun Julia zur Rede und wollte wissen, woher der erneute Fleck kam. Julia überraschte ihre Mutter mit der Lüge einer Rauferei auf dem Schulweg. Vick glaubte ihr und redete ihrer Tochter ins Gewissen, solchen Raufereien in Zukunft aus dem Weg zu gehen.

Aus dem immer lächelnden Mädchen wurde binnen einiger Tage eine in sich zurückgezogene Jugendliche. Julia war nicht mehr der Engel, den alle kannten. Es war dann der Dienstag, als Julia in ihrem Zimmer vor dem Computer hockte. Victoria wunderte sich und wollte sie darauf aufmerksam machen, dass die Chorprobe gleich ohne sie beginnen würde. Julia verpasste nie die Proben oder den Gesangsunterricht. Umso erstaunter war Victoria, als sie Julias Antwort hörte, nie wieder in die Kirche gehen zu wollen. Jetzt bekam die Mutter große Ohren und bohrte nach. Doch Julia schwieg über das Geschehen mit dem Pastor und sagte ihrer Mutter, dass sie keine Lust mehr hätte, im Kirchenchor zu singen.

Victoria wunderte sich über ihre Tochter. Doch sie ließ in diesem Fall Julia selbst entscheiden und akzeptierte ihre Entscheidung. Vick hakte dann noch einmal nach und fragte ihre Tochter, ob sie denn ganz mit dem Singen aufhören oder lieber woanders Gesangsunterricht nehmen wollte. Julia zuckte daraufhin nur mit den Schultern. Sie war unschlüssig und wollte ein paar Tage darüber nachdenken.

Am nächsten Tag klopfte Victoria an des Pastors Bürotür. Der Gang zu ihrer ehemaligen Arbeitsstelle fiel ihr sehr schwer. Auch sie hasste den erzkonservativen Huber mit seiner hochnäsigen Art. Ihre Nachfolgerin im Büro öffnete Vick die Tür und ließ sie hinein. Der Pastor war aber noch nicht anwesend und Victoria nahm auf einem Stuhl platz. Die beiden

Frauen unterhielten sich über den Klatsch in der Gemeinde, als Huber durch die Tür schritt. Erschrocken und sehr überrascht wirkte er, als er Victoria dort sitzen sah. Seine Angst konnte er aber vor Julias Mutter unterdrücken und fragte mürrisch nach dem Grund ihrer Anwesenheit.

Vick sah den Kerl, der sich Gottesmann nannte, an und Übelkeit stieg in ihr auf. Er war einfach nur ein unsympathischer, eingebildeter Mann. Deshalb machte Victoria es auch kurz und meldete ihre Tochter vom Chorunterricht ab.

Huber nahm Victorias Aussage kommentarlos hin. Er murmelte etwas Unverständliches in seinem Bart und zeigte zur Ausgangstür. Vick verließ das Büro, verabschiedete sich von der Sekretärin im Vorzimmer und machte sich auf dem Weg nach Hause.

Nachdem die Tür geschlossen und Vick aus dem Büro war, schleuderte Huber seine leere Kaffeetasse gegen die Wand. Innerlich brach bei ihm gerade ein Vulkan aus. Er konnte und wollte das von Victoria Gesagte so nicht hinnehmen. Huber streckte seine Beine unter dem Schreibtisch aus, klopfte mit den Fingern auf die Oberfläche seiner Tischplatte und überlegte, wie er seinen Engel wieder in seine Obhut bekommen kann. Ihm fiel keine Lösung ein und er war kurz vor der Aufgabe, als seine Sekretärin anklopfte und auf seinem Ja hin die Tür öffnete. Hubers Angestellte legte ihm einige Blatt Papier auf dem Tisch und verschwand wieder. Er war im Moment nicht fähig, irgendwelche Dokumente zu bearbeiten. Huber starrte mit leerem Blick auf das vor ihm hängende Kreuz an der Wand und versuchte seine Gedanken neu zu ordnen. Es gelang ihm aber nicht. Wütend schnappte er sich das erste Blatt von dem Haufen vor ihm und schaute eher desinteressiert darauf. Das zweite Blatt erheiterte ihn dann wieder. Auf einen Schlag hatte er wieder gute Laune. Die von der Sekretärin hingelegten Papiere beinhalteten die Kinder, die zur nächsten Kommunion und zur nächsten Firmung zugelassen werden sollten. Auf der Liste zur Firmung stand auch Julias Name und Huber fand sein Lächeln wieder.

Mit gehangen, mit gefangen

Vick saß im Gericht und erzählte dem Richter und allen Anwesenden vom ersten Verdacht, den sie damals bemerkte. Der Richter hörte aufmerksam zu, doch die Medienvertreter schrieben sich die Finger wund. Der Prozess fing jetzt für sie an, interessant zu werden. Victorias jetzige Erzählungen waren der Stoff, der ihren Storys die Würze gab. Josefine Hausmann hatte diesen Stoff jedoch schon Wochen zuvor veröffentlicht und wusste nichts Neues zu schreiben. Eigentlich hätte Victoria auch aus ihren Zeitungsartikeln vorlesen und des Richters Fragen beantworten können.

Für Vick war die Aufarbeitung der Vergangenheit um ihre Tochter jedoch zu fiel und sie verfiel in einen Weinkrampf. Der Richter hatte Mitleid mit ihr und unterbrach die Sitzung für eine Stunde.

Renate Bussmann, die unter den Prozesszuschauern saß, kam die angeordnete Pause recht. Sie sammelte die letzten Puzzleteile, um den Fall der toten Gefangenen zu lösen.

Victoria tat ihr im Endeffekt ein wenig Leid, natürlich leben wir in einem Rechtsstaat und Selbstjustiz steht außer Frage, trotzdem hatte sie Verständnis für die Angeklagte. Im Geiste würde jede Mutter so handeln wollen, wie es Victoria in der Praxis umgesetzt hat. Viele Frauenverbände und Mitbürgerinnen forderten auch in ihren Protestbewegungen die Freilassung Victorias. Doch jeder hier im Saal oder auch in der Bevölkerung wusste, eine Freilassung käme nie infrage, es ging hier nur um die Höhe der Verurteilung. Bussmann wollte ihren Fall nicht diesen hier beeinflussen lassen, denn wenn die Angeklagte auch noch in einem zweiten Todesfall verwickelt wäre, würde dies mit Sicherheit das Strafmaß erhöhen. Im Gegensatz zu Sommer war Renate Bussmann von der Unschuld

Victorias im Fall der Boxerin überzeugt.

Am Ende eines langen Tages stand Vick wieder in der Gefängniswäscherei und beaufsichtigte die Arbeiten. Erschöpft fiel sie danach in ihrem Bett und schlief sofort ein.

Am anderen Morgen warteten Sommer und Bussmann schon früh auf Victoria. Zuerst befragten die Ermittler sie wegen der Taten des ehemaligen Direktors der JVA. Wie Vanessa vor ihr, berichtete Vick wahrheitsgemäß über die Vergewaltigungen und Erpressungen Friedrichs. In ihrem Redefluss bemerkte Victoria erst gar nicht, wie Renate Bussmann das Thema und den Fall gewechselt hatte. Die letzten Fragen betrafen nämlich die tote Mitgefangene. Als Vick dies bemerkte, war es schon zu spät und sie hatte Vanessa und den Schatten benannt. Jetzt war es Sommer, der plötzlich nicht mehr so nett die Fragen stellte und er sie darauf aufmerksam machte, durch Zurückhaltung von Informationen mit in den Fall hineingezogen zu werden. Wobei die Klärung des Falles mit ihrer Aussage sicherlich auch den Prozess gegen sie positiver gestalten würde.

Bussmann nickte und sprach weiter. Der Staatsanwalt würde seinen Kollegen dann bitten, das geforderte Strafmaß gegen sie im Fall des Pastors auf ein Minimum zu reduzieren.

Victoria bat die beiden um eine Nacht zur Überlegung.

Bussmann nickte dem zu und die drei verabredeten sich für den nächsten Morgen.

Am Abend lag Vick alleine in ihrer Zelle und wog die Pros und Kontras ab. Van hatte sie auflaufen lassen, als sie unter Hauptverdacht bei der toten Boxerin stand. Sie wusste, dass es Vick nicht war und sagte nicht zu ihrer Unschuld aus.

Am nächsten Morgen bat Vick ihre Freundin Van um ein Gespräch. Keine drei Minuten später saßen die beiden Frauen in Vicks Zelle und blickten sich tief in die Augen. Victoria nahm Vans Hand und sagte zu ihr, sie solle ihr bestätigen, nichts mit dem Tod der Boxerin zu tun zu haben.

Sie nannte Van auch den Grund ihrer Frage. Bussmann würde auf sie warten und erwartet eine Antwort. Vans Teint verblasste ein wenig. Ihre Gesichtsfarbe wurde schneeweiß. Sie sah Vick ernst an und schüttelte nur den Kopf. Danach stand sie auf und verließ Vicks Zelle. Vick dagegen sah ihr mit Tränen in den Augen nach. Sie wusste, dies war der Moment gewesen, der ihre Freundschaft zerstören würde.

Bussmann erwartete Victoria dann mit einer ganzen Portion Ungeduld. Heute würden sie und Sommer in dem Fall vielleicht einen Schritt weiter kommen. Doch auch Victoria konnte ihr keine Täterin präsentieren. Alles, was sie aussagte, waren reine Vermutungen und Spekulationen. Bussmann konnte ihre Enttäuschung nicht verbergen. Sie hatte sich mehr über das Gespräch mit Victoria versprochen. Die beiden Ermittler kamen in dem Fall einfach keinen Schritt weiter. Bussmann bezweifelte, dass die Indizien, einen Richter überzeugten, irgendjemanden zu verurteilen. Was hatten sie bisher, fragte sich die Polizeirätin. Die angebliche Tatwaffe ohne Fingerabdrücke. Mehrere Personen, die mit der Toten auf dem Kriegsfuß standen. Vanessa, die über das Opfer gebeugt gesehen wurde. Plötzlich kam Bussmann noch eine Idee. Vielleicht sollten sie die Wäsche aller Verdächtigten untersuchen lassen. Sie ließ sich vom Direktor eine Liste mit den ausgegebenen nummerierten Kleidungsstücken geben und forderte als erstes die Gefängniskleidung von Vanessa zur Untersuchung an. In ihrem Wäschefach lagen zwei Hosen und Sweater gewaschen und fein einsortiert auf das Ermittlerteam.

Vanessa wurde aufgefordert, ihre tragende Gefänginskleidung abzulegen und bekam neue Wäsche zum Anziehen. Im Kriminallabor würden die Kleidungsstücke dann in den nächsten Tagen untersucht werden.

Vanessa war verwundert über die Maßnahme der Direktion, ihre Kleidungsstücke auszuziehen und abzugeben. Sie vermutete, Vick hätte sie verraten und suchte ihre Freundin in ihrer Zelle auf.

Victoria sah Van in die Zelle treten, stand aus ihrer Pritsche auf und sah nur noch, wie Vanessa mit der Faust ausholte, bevor sie der Schlag mitten auf die Nase traf. Das Geräusch der brechenden Nase war so laut, dass jeder hätte denken können, an einer dicken Eiche wäre ein Ast abgebrochen. Das Blut spritzte im hohen Bogen aus beiden Nasenlöchern und der Schmerz war unerträglich. Rücklings fiel Vick auf ihre Liegestätte. Als sie merkte, dass Van ihr noch einmal einen Schlag versetzen wollte, trat sie mit ihrem rechten Bein nach ihr und traf sie völlig unerwartet in den Unterleib. Daraufhin stürzte die Angreiferin zu Boden und keuchte schmerzhaft nach Luft. Vick sprang von ihrem Bett auf die am Boden liegende Gegnerin. Ihr Blut besudelte Vanessas Gesicht und Oberkörper. Vick schlug mit der Faust immer wieder auf die Nase ihrer früheren Freundin. Jetzt vermische sich das Blut der beiden und verteilte sich in der ganzen Zelle.

Der Tumult vor der Zelle brach neue Rekorde. Jede der Insassinnen wollt einen Blick auf die Schlägerei werfen. So kamen die Wärter schnell dazu und trieben die Zuschauer zur Seite. Die beiden sich raufenden Frauen wurden voneinander getrennt und in die Krankenversorgung gebracht. Zur Sicherheit blieben zwei breitschultrige Wärter bei den beiden Frauen sitzen.

So endete die feste Freundschaft zwischen Vick und Van. Auch die Gruppe der beiden Freundinnen spaltete sich und teilte sich zwischen Van und Vick auf. Aus den zuvor besten Freundinnen wurden so erbitterte Feindinnen.

Nach der Erstbehandlung durch einen Arzt durften die beiden Frauen, getrennt voneinander dem Direktor Rede und Antwort stehen. Zur Belohnung wartete auf sie bis auf Widerruf die Isolationshaft oder wie es der Direktor Schutzhaft nannte.

Vick saß nun da in Einzelhaft und atmete durch den Mund. Ihre Nase war so geschwollen, dass sie nicht mehr über diese Luft holen konnte. Jetzt da sich der Adrenalinspiegel wieder auf Normalstand reduziert hat, war der Schmerz bei jedem Herzschlag unerträglich.

In der Nachbarzelle erging es Van ähnlich. Auch sie zog sich in ihr Schneckenhaus zurück und leckte sich die Wunden.

Nicht nur die Nase schmerzte Vick. Der noch größere Schmerz war der, dass Vick Van als wirkliche Freundin verloren hatte. Sie hatte ihr Herz und ihre Seele mit ihr geteilt. Diese Trennung war der wirkliche Schmerz, den Vick verkraften musste.

Der Firmenunterricht

Die Sonne schien über den bunten Blätterwald im Oktober. Der Wald zeigte sich in Grün, Gelb, Rot und braunen Farben. Indiansummer nennen die Nordamerikaner diese schöne Jahreszeit. Julia hingegen fühlte sich eher wie ein verbrannter Wald nach einer Jahrhundertdürre. Victoria gab den Druck der Gemeinde und der Schule nach. Sie ließ zum ersten Mal Julia nicht selbst entscheiden. Ihr Kind sollte auch der Familie zuliebe die Firmung erhalten. Julia wehrte sich verzweifelt, doch alles Geschreie, Geweine und Gefluche half nichts. Vick schickte sie zu Hubers Unterricht. Sie ahnte damals nicht, dass dies der größte Fehler ihres Lebens werden sollte.
Mehrere Tage lang sprachen Mutter und Tochter kein Wort miteinander. Egal wie sehr sich Victoria auch bemühte, Julia ließ sie nicht an sich heran. Doch dies war erst der Anfang. Mit jedem Tag, in dem der erste Unterrichtstag näher kam, entfernte sich Julia mehr von ihrer Mutter.

Pastor Huber las die Namen der am Unterricht teilnehmenden Kinder vor und begrüßte die Jugendlichen mit einem fröhlichen Lächeln.
Julia saß in der letzten Reihe weit weg von dem redenden Pastor. Sie hasste den dort erklärenden, ganz in Schwarz gekleideten Gottesmann. Schwarz war der Tot, das Ende, der Winter und eben der Pastor ihrer Gemeinde immer gekleidet. Dieser Mann redete vom Licht des Herrn im Himmel und war selbst der Diener des Satans. Julia verstand Gott nicht mehr und fragte sich selbst, warum der Erschaffer der Welt und des Universums zuließ, dass Huber seinen Taten in seinen Namen nachgehen konnte.

Huber bat Julia dann auch sofort nach dem Unterricht noch eine Minute sitzen zu bleiben. Er hatte seiner Meinung lange genug gewartet und wollte keine Zeit mehr verstreichen lassen. Er sah das ängstliche kleine Mädchen und seine Lust steigerte sich noch mehr. Huber wusste, heute Abend würde er beim Geißeln Buße tun und Gott um Verzeihung bitten. Aber erst heute Abend und er beendete den Unterricht ein paar Minuten vor der normalen Zeit.

Victoria wartete schon eine dreiviertel Stunde auf ihren kleinen Schatz. Hatte sie doch einen Bub der Unterrichtsgruppe aus der Nachbarschaft schon längst auf dem Nachhauseweg gesehen. Als Julia dann endlich zu Hause eintraf, rannte sie die Treppe in ihr Zimmer hoch und verschloss mal wieder die Zimmertür. Victoria fühlte sich plötzlich in ihrer Kindheit zurückversetzt. Auf einmal waren die so weit verdrängten Gefühle eines kleines Mädchens wieder da. Aber es konnte doch nicht sein, dass dies wieder geschehe, dachte sie noch und klopfte an Julias Zimmertür. Die Tür öffnete sich nicht und Vicks Zweifel erhöhten sich im Minutentakt. Mit einem großen Schraubendreher öffnete sie dann die Tür und sah ihre Tochter weinend in ihrem Bett liegen. Tröstend setzte sie sich zu ihr und fing an zu reden. Mit Tränen in den Augen hörte sie ihrer Tochter zu und verdammte sich selbst zuvor nichts bemerkt zu haben.

Sie griff danach zum Telefon und rief die Polizei. Eine Stunde später war Julia mit ihrer Mutter im Münchener Krankenhaus zur Untersuchung. Im Beisein einer Kriminalpsychologin warteten sie dann auf den Bericht der untersuchenden Ärztin. Victoria redete zuerst alleine mit der Medizinerin und bekam von ihr zum Abschluss einen Untersuchungsbericht. In diesem Dokument wurde schriftlich festgehalten, dass Julia sexuellen

Verkehr hatte. Victoria fehlten die Worte und übergab der Kripobeamtin kommentarlos den Bericht, während sie sich zu ihrer Tochter setzte. Die Psychologin sah Mutter und Tochter weinend in den Armen sitzend und kramte ihr Handy aus der Tasche. Dabei ließ sie Julia und Victoria nicht aus den Augen. Ihre Berufserfahrung sagte ihr jetzt genau auf jedes Detail zu achten. Alles könnte später vor Gericht wertvoll werden. Sie klärte den Kollegen über das Ergebnis der Untersuchung auf und keine zwei Minuten später war ein Streifenwagen zu Anton Huber unterwegs.

Pastor Huber saß an seinem Schreibtisch und arbeitete an seiner nächsten Sonntagspredigt, als er die Schattierungen des Blaulichtes an der gegenüberliegenden Wand wahrnahm. Direkt danach läutete die Türklingel. Schwerfällig erhob sich Huber und schlich zur Haustür. Verwundert über die Frage eines der beiden Polizisten, ob er Pastor Huber wäre, nickte er dem bejahend zu. Daraufhin holte der fragende Polizeibeamte eine richterliche Verfügung aus der Tasche und hielt sie dem Geistlichen vor die Nase. Ohne seine Brille sah Huber jedoch nichts und fragte die beiden Polizisten, seine Lesebrille holen zu dürfen. Damit Huber die Tür nicht zuziehen konnte, stellte einer der beiden Streifenpolizisten seinen Fuß in die Tür und erlaubte dem Pastor seine Brille zu holen.
Als der Mann Gottes nach einer Minute nicht zurück war, beraten die beiden Beamten die Pastorenwohnung. Der alte Mann nutzte diese ihm gelassene Minute, um aus dem Fenster des Büros in den Garten zu gelangen. Einer der beiden Polizisten jagte den Flüchtenden noch nach, sah ihn aber der Dunkelheit wegen nicht mehr. Der andere Uniformierte verständigte über Funk die Zentrale und berichtete über des

Pastors Flucht. Sofort wurde eine Fahndung mit mehreren Streifenwagen in dem Gebiet um Unterpfaffenhofen eingeleitet, doch Huber wurde nicht gefunden.

Anton Huber gelang die Flucht. Victorias Tochter Julia war in psychologischer Betreuung und Victoria machte sich selbst die größten Vorwürfe, die Angst und Verzweiflung ihrer Tochter nicht richtig gedeutet zu haben. Die nächsten Tage stand sie den ermittelnden Polizeibeamten mit ihren Aussagen zur Verfügung. Immer wieder wurden ihr die gleichen Fragen gestellt und immer wieder gab sie die gleichen Antworten. Das Schlimmste für Victoria waren aber die Fragen und die Antworten ihrer Tochter. Auch Julia musste ihre Aussagen protokollieren lassen und durchlebte so das Märtyrertum noch einmal. Es war schrecklich, Julia hilflos erzählen zu hören, was Huber ihr antat. Immer wieder musste die Aussage unterbrochen werden, weil Julia weinte und nicht mehr weiterreden konnte. Mit jeder Minute des Zuhörens wuchs der Hass auf Huber in Victoria weiter. Dieser Hass erfüllte dann Vicks ganzes Universums und sie wollte juristische Genugtuung. Huber durfte einfach nicht davonkommen, waren ihre einzigen Gedanken.

In der Gemeinde fiel der Kommunionsunterricht genauso wie der Firmenunterricht in der Woche aus. Der Pastor war verschwunden und die Gerüchte fanden den Weg von Haus zu Haus. Das Meiste war erfunden, doch irgendwann traf dann doch jemand den Nagel auf dem Kopf und die Lawine war nicht mehr aufzuhalten.

Nicht nur die Polizei suchte nach Huber, auch der Bischof schickte seine Leute los, um den Pastor zu finden. Einen weiteren Skandal um Kindesmissbrauch in der katholischen Kirche konnte der Vatikan nicht gebrauchen.

So kam es, dass ein Angestellter des Bistums bei Victoria vor
der Haustür stand und mit ihr über das Geschehen reden wollte.
Vick konnte diese Unverfrorenheit nicht verstehen und knallte
dem Mann die Tür vor der Nase zu. Dieser machte sich dann
auf dem Weg zu anderen Kindern der Gemeinde und schellte
bei dessen Eltern an den Türen. Viele wollten nichts dazu sagen,
doch andere baten den Mann des Bischofs herein und redeten
mit ihm. Eine Woche später hatte der Bischof erst einmal, was
er wollte. Kein anderes Kind in Hubers Gemeinde wurde von
dem Pastor belästigt. Darauf ließ sich die Verteidigung des
Theologen aufbauen. Doch noch immer fehlte von Huber jede
Spur.
Auch die Polizisten stapften im Dunklem. Nach einer Woche
wurde Interpol mit eingeschaltet. Jetzt wurde Huber mit
internationalem Haftbefehl gesucht.

Die Flucht

Nach seiner Flucht aus dem Fenster in den Garten kroch Huber durch ein Loch in der Hecke in den gegenüberliegenden Nachbargarten. Von dort aus ging er mit schnellem Schritt die Straße herunter und nahm den zufällig vorbeikommenden Bus zum Hauptbahnhof. Dort hatte er seine Flucht schon vorbereitet und in einem Schließfach Papiere, Geld und einen kleinen Koffer mit Kleidung deponiert. Er nahm den ersten Zug und fuhr über Zürich nach Genua. Dort entkam er dann mit einem Frachter nach Alexandria. Nahm dort den Zug in den Süden Ägyptens, fuhr als Mitfahrer eines klapprigen LKW`s über die Grenze des Sudans und schlug sich dort bis in den Kongo durch.
Dort war er als junger Priester in einer Mission angestellt. Jetzt arbeitete dort ein anderer Geistlicher, er war ein theologischer Ziehsohn Hubers und gab ihm in der Mission Unterschlupf. Hubers Flucht dauerte 44 Tage bis er im kongolesischen Dschungel endlich sein Asyl fand.

Kriminalkommissar Burgholz vom bayrischen Landeskriminalamt bekam die Order Anton Huber aufzuspüren und somit lag die Akte jetzt auf seinem Schreibtisch. Burgholz ärgerte sich über den neuen Auftrag, denn er hatte noch genügend andere Fälle zu lösen. Der Papierkram stapelte sich mittlerweile auf seiner Schreibtischplatte. Er brauchte einen halben Tag, um sich in die Berichte einzulesen. Danach stand er auf, ging in die Tiefgarage des Polizeipräsidiums und fuhr mit dem Wagen zu Hubers letzten Wohnsitz. Dort inspizierte er die Wohnung und rekonstruierte in Gedanken die Flucht des Pastors. Jetzt im hellen Tageslicht, sah Burgholz das Loch in der Hecke zum Nachbargrundstück, für ihn war sofort klar, hier ist die Stelle, die Huber zur Flucht genutzt hat. Er ging um den Block und stand vor dem Nachbarhaus. Der Kommissar schaute nach rechts und dann nach links. Huber wird den rechten Weg gelaufen sein, denn links wäre er das Risiko eingegangen, einem der beiden Streifenpolizisten in die Arme zu laufen. Also nahm Burgholz den rechten Weg. Keine fünfzig Meter weiter blickte der Ermittler dann auf den Fahrplan der Bushaltestelle und schrieb sich die Abfahrtzeiten in seinem Notizblock auf. Er blätterte ein paar Seiten zurück und sah, dass der Fluchtzeitpunkt im Protokoll der beiden Polizeibeamten mit einer der Buszeiten an dieser Haltestelle übereinkommen könnte. Burgholz saß zehn Minuten später in einem der Busse der selben Linie und fuhr durch München. Am Hauptbahnhof war dann Endstation und der Kommissar stieg als Letzter aus dem Bus. Er notierte sich seine Ermittlung und wollte am nächsten Tag den Busfahrer ausfindig machen, der eventuell Huber hierhin gefahren hatte. Zuerst aber besuchte er die Kollegen der Bahnhofspolizei und wollte die Videoaufzeichnungen des Fluchtabends sehen. Ihn interessierte nur die Zeit, an dem Huber am Bahnhof angekommen sein könnte. Es dauerte nicht lange und er sah, wie der Flüchtende mit einer Tasche in die Toilettenräume verschwand. Das war das letzte Lebenszeichen, das Burgholz von dem Pastor ausmachen konnte. Egal wie sehr er auch den Rest des Videos studierte, kein schwarz gekleideter Geistlicher verließ den Sanitärraum. Er sah sich die Toiletten noch an, fand aber keine Spur von Huber.

Am nächsten Tag konnte der Busfahrer Burgholz bestätigen, dass ein Mann in Priesterkleidung den Bus bestiegen hatte. Wo er aber ausgestiegen war, daran konnte der Busfahrer sich nicht erinnern.

Trotzdem war Burgholz für zwei Tage Arbeit mit dem Verlauf der Ermittlung zufrieden und überlegte an seinem Schreibtisch die nächsten Schritte.

Das er in einer Sackgasse stecken würde, wusste der Kommissar zu diesem Zeitpunkt noch nicht.

Während dieser ganzen Zeit zog sich Julia stets weiter in sich zurück. Victoria verlor immer mehr die Bindung zu ihrer Tochter. Julia sprach nicht mehr und funktionierte nur noch apathisch. Sie besuchte weder die Schule noch ging sie vor die Haustür. Nachts musste das Licht in ihrem Zimmer an bleiben und oft nässte sie ins Bett. Victoria wusste nicht mehr, wie sie zu ihrer Tochter vorstoßen konnte. Sie suchte professionellen Hilfe auf und fand diese bei der Kinderpsychologin Frau Moser. Frau Moser machte einen netten und einfühlsamen Eindruck. Ihr erstes Treffen fand in Julias Zimmer ohne Victorias Anwesenheit statt. Das Zusammensein der Psychologin mit Julia dauerte fast drei Stunden und Victoria saß in der ganzen Zeit im Wohnzimmer und knibbelte an ihren Fingernägeln.

Nicht nur Kommissar Burgholz suchte verzweifelt Anton Huber. Auch der Bischof setzte seinen besten Investigator auf Hubers Spur. Hubers Akte im Bistumssitz war jedoch wesentlich dicker als die, mit der Burgholz arbeiten musste und so hatte die Kirche einen guten Vorsprung der Polizei gegenüber. Des Bischofs Mann kannten die Insider nur als Mr. Stone. Er kam zu den Namen, da er nie irgendwelche Gefühle nach außen zeigte. Wie ein Stein eben. Stone maß fast zwei Meter und wog an die 120 Kilogramm. Ein Kraftpaket im Namen Gottes. Er erledigte seine Aufträge gefühlskalt und ohne Regung oder Mitleid. Stone sah sich die Videos vom Bahnhof an. Im Gegensatz zu Burgholz war er jedoch erfolgreicher. Die Aufnahmen hatte er sich auf einem nicht legalen Weg besorgt. Er beobachtete die Leute, die aus dem Toilettenraum austraten und erkannte danach drei Männer, die keine zwei Minuten später in verschiedene Züge stiegen. Der erste Zug war die Regionalbahn nach Augsburg. Der zweite Zug, der ICE nach Berlin und zu allerletzt fuhr einer in die Schweiz nach Zürich. Mit einem gefälschtem Europol Ausweis bediente sich Stone auch hier der Videoüberwachung und studierte die aussteigenden Fahrgäste. Sein Mann hielt sich zwei Stunden in einem Bahnhofsbistro auf und stieg dann in den Zug mit der Endhaltestelle Genua. Danach verlor aber auch er die Spur Hubers.

In Rom oder besser gesagt, im Vatikanstaat checkte Stone dann im Computer tagelang die Züge, die Airlines und die Fähren, die an diesem und am nächsten Tag Genua verließen. Doch er fand weder irgendwelche Tickets, die Huber kaufte, noch benutzte er eine Kreditkarte.

Stone überlegte, wie er vorgehen würde. Huber war clever vorgegangen, doch Stone war sicher, er würde ihn finden. Persönlich war es ihm egal, was der Flüchtling verbrochen hatte. Stone dachte darüber nicht nach. Für ihn war es nur wichtig, den Auftrag schnell zu erledigen. Da er aber nicht weiterkam, war von schnell nicht mehr die Rede und das nagte an seinen Nerven. Geduld war eine Tugend, die der Hüne nicht besaß. Er studierte noch einmal die Akten. Freunde, Verwandte und die kirchlichen Stationen Hubers überprüfte er. Zwei Wochen dauerte seine Recherche und der Bischof wurde täglich ungeduldiger. Als er alle Mittelmeerhäfen über eine geheime Software überprüfte, stieß er durch Zufall in Alexandria auf die Einreise eines Anton Müller. Da es die heißeste Spur war, die

Stone hatte, nahm er den nächsten Flug nach Kairo und dort den Zug nach Alexandria. Er hatte auch noch Glück. Die Zollpapiere, die er durch die Zahlung von 200 US Dollar an den Zöllner einsehen konnte, bestätigten die Einreise eines Anton Müller mit dem Frachter aus Genua. Und das Glück war für Stone noch nicht aufgebraucht. Der Frachter lag noch im Hafen und wurde gerade beladen. Der Kapitän stand an der Reling und beobachtete das Geschehen. Stone ging ohne zu warten an Deck und stand plötzlich neben dem erstaunten Schiffsführer. Zuerst wollte der Kapitän den für ihn fremden Mann von seinen Matrosen von Board begleiten lassen, doch Stones Bündel an grünen 100 Dollar Noten in der Hand hielten ihn zurück. Zwei Minuten später war der Kapitän 500 Dollar reicher und Stone hatte die Bestätigung dank einer Fotografie, dass Huber hier von Board ging.

Im Hotel sah er sich noch einmal die Akte an und fand auf den ganzen afrikanischen Kontinent nur eine von Hubers früheren Stationen. Er musste in den Kongo.

Kriminalkommissar Burgholz musste zum Rapport. Der Staatsanwalt hatte die Öffentlichkeit im Nacken sitzen und konnte nichts Neues berichten. Diesen Druck gab er an den Kriminalbeamten weiter. Burgholz verließ das Büro des Staatsanwaltes mit der Last auf seinen Schultern, den Fall endlich aufzuklären. Alle anderen Akten, die er zurzeit bearbeitete, sollten aufgeschoben werden. Burgholz saß nun an seinem Schreibtisch und überlegte seine Vorgehensweise. Er blickte auf die Akte und sah, wie dünn sie war. Wirklich viel wussten sie nicht über Huber. Plötzlich funkte es bei ihm. Mit Sicherheit hat Anton Hubers Arbeitgeber, die katholische Kirche, auch Akten über ihre Angestellte. Burgholz machte sich sofort auf den Weg zum Bistum, um im Sekretariat des Bischofs Hubers Akte einsehen zu dürfen.

Dort angekommen schickte der Assistent des Bischofs Burgholz dann wieder nach Hause. Akteneinsicht sollte er nur mit einem richterlichen Beschluss bekommen. Als erfahrender Polizist sagte ihm sein Gespür, dass wenn er jetzt ginge, wäre Hubers Akte nicht mehr da. Er sah den Sekretär an, blieb vor ihm stehen und wählte die Nummer des Staatsanwaltes. Eine halbe Stunde später spukte das Faxgerät des Bischofs den richterlichen Beschluss aus. Verärgert, aber mit einem künstlichen Lächeln übergab der Sekretär Burgholz Hubers Akte, die wesentlich dicker als die der Polizei war. Huber durfte sie aber nur einsehen und nicht mitnehmen. Mit dem Handy fotografierte er die Seiten ab, während er sie dabei studierte.

Am nächsten Morgen stand der Kommissar vor seiner Pinnwand und spickte kleine Zettel mit Informationen an diese. Was ihm auffiel, war, Huber war viel herumgekommen, aber außer in einem Dorf im Kongo war er nirgendwo besonders lange von der Kirche eingesetzt. Es gab auch immer wieder Lücken von mehreren Wochen. Entweder war die Akte unvollständig oder der Bischof hatte einige Geheimnisse über seinen Angestellten. Hubers vorletzte Gemeinde befand sich im Münsterland. In einer kleinen Stadt im Kreis Borken. Der Computer und das Internet gaben aber keine wichtigen Hinweise, die Burgholz weiterhelfen könnten. Also nahm er den ICE von München nach Essen und von dort einen Leihwagen, um nach Borken zu kommen. Er quartierte sich auf dem Land in einer kleinen Pension ein und aß am Abend in der Gaststätte gegenüber der Kirche sein Abendessen. Nach dem Essen bestellte er sich ein zweites Bier und beobachtete die einheimischen Dorfbewohner, die hier ihr Feierabendbier genossen. Burgholz bestellte dann mit seinem dritten Bier eine Runde für die sieben anderen Gäste mit. Die bedankten sich, indem der Bayer sich zu ihnen setzen durfte. Mit der Zeit wurde die Runde schnell kleiner und als dort mit Burgholz nur noch ein Münsterländer am Tisch saß, versuchte es der Kommissar. Er erzählte dem Fremden, dass Anton Huber jetzt Pfarrer in seiner Gemeinde wäre und ihm den Tipp gegeben habe, in seinem Urlaub in Nordrhein-Westfalen auch dieses Städtchen zu besuchen. Er sollte den alten Gemeindemitgliedern auch Grüße von Huber ausrichten.

Der Einheimische schaute Burgholz betrunken an und schüttelte nur den Kopf. Als er den Mund öffnete und zu reden beginnen wollte, stand der Wirt hinter ihm und schickte ihn nach Hause. Der Gastwirt gab seinen Gast dann noch den Tipp, niemanden hier zu erzählen, dass er Pastor Huber kennen würde. Jetzt bekam Burgholz große Augen und Ohren. Er hakte nach, doch der Gaststättenbetreiber blieb stumm. Der Kommissar bezahlte seine Rechnung und stieg leicht angetrunken die Treppe zu seinem Zimmer hinauf. Es gab hier also ein dunkles Geheimnis um Anton Huber, dass aufgelöst werden sollte. Doch Burgholz kam in den nächsten beiden Tagen nicht weiter. Die Bewohner waren hier Fremden gegenüber genauso verschlossen wie in seiner bayrischen Heimat. An seinem letzten Abend nahm er wieder in der Gaststätte sein Abendessen ein. Doch dieses Mal blieb er alleine an seinem Tisch sitzen. Keiner der Dorfbewohner winkte ihn zu sich an den Tisch. Burgholz zahlte und verließ das Lokal, nur um sich im Schatten der Kirche zu stellen und den Eingang des Wirtshauses unbemerkt zu beobachten. Fast zwei Stunden stand er sich die Beine in den Bauch und sah die Tür sich öfter öffnen und schließen, bis endlich der Mann die Schankstube verließ, auf den der

Kommissar gewartet hatte. Es war der Gast, der letztens reden wollte und vom Wirt nach Hause geschickt wurde. In der Dunkelheit folgte Burgholz ihn ein paar Meter und sprach den Fremden dann einfach an. Aber erst als Burgholz ihm einen kleinen Schoppen Korn vor die Nase hielt, fand das Gesicht des Einheimischen sein Lächeln wieder.

Auf einer Bank an einer Bushaltestelle leerte der Mann das Schnapsfläschchen und wurde immer redseliger. In dieser Nacht erfuhr Burgholz dann das Geheimnis über Huber hier im Dorf.

Gefängniskleidung

Vanessa war froh, so etwas Ähnliches vorausgesehen zu haben. Noch am Abend des Todes der Boxerin trennte sie in der Wäscherei ihre Wäschenummer aus dem Sweater und tauschte diesen mit der von Corinna Meiersbeck aus. Die Kleidung lag zwar frisch gewaschen in den Wäscheregalen, doch im Polizeilabor würden die Angestellten sicher noch irgendwie das Blut des Opfers an dem Stoff analysieren können. Sollte es so kommen, wäre dann der Schatten die Hauptverdächtige.

Van fühlte sich von Vick verraten. Eine ungehörige Wut stieg in ihr auf. Vick war ihre Freundin, Seelenverwandte und Liebhaberin. Immer wieder stellte sie sich die Frage, wie es so weit kommen konnte. Dabei standen ihre Gedanken in Zwietracht. Ihr Herz sprach ihr zu, mit Vick die Friedenspfeife zu rauchen, doch ihr Stolz verbot ihr das. Sie entschied, auf die Reaktion Vicks zu warten. Sollte sie den ersten Schritt auf sie zukommen, dann würde ihre Eitelkeit ihr nicht mehr im Wege stehen.

In der anderen Zelle lag Victoria auf ihrer Pritsche und dachte über die letzten Tage nach. Auch sie fühlte sich von Vanessa hintergangen. Ihre Freundin war nicht bereit gewesen, für sie als Unschuldige eine Lanze zu brechen. Wie sollte es nun weitergehen, fragte sich Vick. Der Bruch mit Vanessa tat ihr leid und sie wünschte sich ihre Freundinnen zurück. Doch sie hatte das Gefühl, der entstandene Riss war unüberbrückbar. Sie entschloss sich auf ein Zeichen von Vanessa zu warten.

Sommer trat ins Büro und legte seiner Kollegin Bussmann den Laborbericht auf den Schreibtisch. Die Polizeirätin schaute ihn

über das Gestell ihrer Lesebrille an und wartete auf seinen Kommentar. Sommer aber schwieg und zeigte auf den Bericht. Renate Bussmann überflog das Papier und las das überraschende Ergebnis. Es wurden tatsächlich noch DNA-Spuren des Opfers an der Kleidung gefunden und der Sweater hatte die Kleidernummer von Corinna Meiersbeck.
Für den Staatsanwalt war nun die Sache klar. Der Sweater von Meiersbeck mit den DNA-Spuren der Boxerin. Dazu die Tatwaffe, die in ihrer Zelle gefunden wurde. Er bereitete jetzt mit den gesammelten Beweisen eine Mordanklage gegen Corinna Meiersbeck vor.

Der kleine Schatten, der sie ja eigentlich gar nicht mehr war, traute ihren Ohren nicht, als sie aus ihrer Zelle in den Besprechungsraum geholt wurde. Bussmann las ihr die Anklage vor und wartete danach auf die Reaktion der Gefangenen. Meiersbeck sprach von ihrer Unschuld und wollte einen Anwalt sprechen.
Da die Wände der JVA Ohren hatten, ging der Verdacht der Ermittler im Eiltempo durch die Gänge der Haftanstalt und erreichte auch Victoria und Vanessa. Letztere konnte es kaum glauben, denn wenn dies stimmen würde, hätte Vick sie gar nicht bei den Ermittlern an den Pranger gestellt und sie ihr zu Unrecht die Faust ins Gesicht geschlagen. Vans Gedanken rasten durch ihren Kopf. Fragen über Fragen stellte sie sich selbst, doch die alternativ richtige Antwort blieb ihr fern. Sie verfluchte sich dabei selbst und sah in dem Spiegel über ihrem Waschbecken, wie sich eine Träne den Weg aus ihrem Augenlid über die Wange zum Fußboden suchte. Sie wusste, dieses Mal müsse sie über ihren Schatten springen und Victoria die Friedenspfeife reichen.

In der Hoffnung, ihre frühere Freundin würde das Angebot einer Versöhnung annehmen, erhob sich Vanessa nach der Einzelhaft und suchte Victorias Zelle auf.

Vick stand vor dem Waschbecken und begutachtete die zurückgebliebenen Blessuren in ihrem Gesicht, als sie in ihrem Rücken Vanessa hinter sich stehen sah. Blitzschnell drehte sie sich um und wartete auf Vanessas Angriff. Doch der blieb auch nach wenigen Sekunden aus und Vick entspannte sich. Als Van sie dann anlächelte und einen Schritt auf sie zukam, war das Eis gebrochen. Vick breitete ihre Arme aus und die beiden Frauen drückten sich umarmend fest aneinander. Minutenlang hielten sie sich bewegungslos fest und sprachen kein Wort. Erst als Vick den Mund Vanessas an ihrem Hals spürte, ließ sie sich fallen. Die beiden küssten und liebten sich danach, ohne über die Vorkommnisse gesprochen zu haben.

Meiersbeck saß mit ihrem Strafverteidiger an einem Tisch und erfuhr gerade von den belastenden Beweisen gegen sie. Der Schatten hörte zu und schüttelte immer wieder mit dem Kopf. Sie war doch unschuldig und das wiederholte sie zu ihrem Anwalt mehr als einmal. Doch der Jurist hielt sich an den Fakten und fragte seine Mandantin nach einem Alibi. Sie hatte zwar mit ihrer Aussage Victoria ein Alibi gegeben, dass die Ermittler jetzt noch infrage stellten, doch sie selbst stand nun ohne ein überzeugendes Alibi da.

Victoria war glücklich, dass der Tot der Boxerin sie nicht mehr belasten würde. Froh aber war sie auch über die Unschuld Vanessas. Das schlechte Gewissen plagte sie sogar, weil sie ihre Freundin verdächtigt hatte. Jetzt verstand sie auch, warum der Schatten ihr ein Alibi gegeben hatte. Mit ihrer Aussage, sie zur Tatzeit beobachtet zu haben, wollte Meiersbeck sie sich selbst ein Alibi beschaffen. Vick fragte sich nur, was für ein Motiv hatte sie? Waren die beiden in einen Streit geraten und sie hatte aus dem Effekt gehandelt?

Doch das alles mussten die Beamten der Kriminalpolizei herausfinden und war nicht mehr Vicks Problem. Sie konnte sich jetzt wieder ohne Ablenkung auf ihren Mordprozess konzentrieren und das war mehr als nötig. Der Prozess zog sich schon mehr, als es der Öffentlichkeit recht war in die Länge. Die Medien riefen nach einem Urteil und der Druck auf den vorsitzenden Richter wuchs stetig an. Jochen Finn, Victorias Anwalt, würde in seinem Schlussplädoyer Totschlag fordern. Die Staatsanwaltschaft dagegen wollte eine Verurteilung wegen Mordes. Dazu kam der unerlaubte Waffenbesitz einer Handschusswaffe. In der Öffentlichkeit zeigten die meisten Bürger bei den vielen Umfragen verschiedener Institute Verständnis mit der Tat Victorias.

Aufgespürt

Kommissar Burgholz saß wieder an seinem Schreibtisch und wartete auf den vorgeladenen Bischof. Er hatte Fragen und wollte von dem Kirchenmann Antworten. Der Bischof kam dann verspätet in Burgholzs Büro. Im Schlepptau seinen Anwalt, der auf die Einhaltung des Bischofs Rechte achtete. Burgholz erkannte sofort die ausgestrahlte Arroganz des ganz in Schwarz gekleideten Mann Gottes. Seine erste Frage an den Bischof war die, wo sich Anton Huber befinde. Der Bischof sagte die Wahrheit. Er wusste es nicht. Burgholz fragte daraufhin, warum der Priester als pädophiler Wiederholungstäter von dem Bistum erneut als Pastor einer Gemeinde eingesetzt wurde. Die Antwort des Bischofs kam schnell wie ein Geschoss zurück. Anton Huber wurde nie als Kinderschänder angezeigt oder verurteilt. Diese Aussage war zwar wahr, aber Anton Huber verging sich trotzdem an seine jüngsten Schäfchen. Das erfuhr der Kommissar nämlich am letzten Abend im Münsterland.
Wieder konterte der Bischof, dass es dafür keine Beweise gäbe. Spekulationen und Gerüchte, aber keinen handfesten Beweis und keinen aussagewilligen Zeugen. Die Unterhaltung endete dann mit Burgholzs Bitte, wenn sich Huber bei dem Bischof melden würde oder er wüsste, wo sich der Fliehende aufhält, ihn das wissen zu lassen.

Stone schaute auf sein Handy. Es zeigte eine Außentemperatur von über vierzig Grad Celsius an. Die Sonne brannte ununterbrochen auf ihn herab. Stone nahm seinen Hut ab und wischte sich den Schweiß von der Stirn. Sein blondes Haar klebte feucht an seinem riesigen Kopf. Er stand an einem kleinen Bahnsteig in einem Dorf mitten im Kongo. Er schaute nach rechts, dann nach links. Er suchte ein Gasthaus für die Nacht. Als er die Holzbaracke, die als Bahnhofsgebäude diente, verließ und durch den Ausgang auf die staubige Hauptstraße trat, erblickte er schräg gegenüber das einzige Hotel dieser Ortschaft. Hotel Imperial. Der Name sagte weniger über das Hotel aus, als die Bretterbude hergab. Trotzdem für Stone die einzige Gelegenheit, die Nacht nicht im Freien verbringen zu müssen. Die Theke des Etablissements diente als Rezeption und Wirtshausbar zugleich. Stone erwarb eines der drei kleinen Zimmer über den Tresen und machte sich dort für das Abendessen frisch. Der Barkeeper bewirtete ihn und besorgte Stone für den nächsten Tag einen Mann mit einem Auto als Führer.

Der Fahrer stand dann auch pünktlich um acht Uhr am anderen Morgen vor dem Hotel und öffnete seinem europäischen Gast die Tür beim Einsteigen in den alten Mercedes 200 D Baujahr 1976. Der Diesel ratterte beim Start wie eine alte Nähmaschine und hatte mit Sicherheit schon mehr als zwei Millionen Kilometer auf dem Buckel. Der Fahrer, ein Einwohner der Ortschaft, kannte die Mission, zu der sein Gast wollte und freute sich tierisch über den verdienstvollen Job an diesem Tage. Der Lohn für diese Fahrt brächte ihn so viele Dollar wie sonst in einem ganzen Monat ein. Als der blonde Fremde ihm dann noch das Angebot machte, die Nacht und den nächsten Tag für ihn zu fahren, nahm er mehr als gerne an.

Anton Huber fühlte sich in Sicherheit. Hier im grünen Dschungel des Kongos war er unter Freunden. So bewegte er sich auch frei um das Dorf herum. Er saß an einem kleinen Fluss nahe der Mission und sah den nackten Kindern beim

Spielen in dem Nass begeisternd zu. Hier störte es niemanden, wenn er sich den Kindern auf seine Art näherte.

Was er nicht wusste oder bemerkte, war, dass Stone ihn aus sicherer Entfernung seit einigen Stunden beobachtete. Der Mann des Bischofs wartete geduldig auf seine Gelegenheit. Seine Chance ergab sich, als die Sonne langsam unter ging und Huber sich mit einem kleinen Mädchen von der Stelle am Fluss ins dichte Grün entfernte.

Stone folgte ihn geräuschlos in das Gebüsch. Dort sah er das ängstliche Kind vor Huber stehen. Der Geistliche drehte sich um und das Letzte, dass er sah, war das Gesicht des blonden Hünen, danach spürte er einen Stich im Hals und die Welt vor seinen Augen wurde schwarz.

Für noch ein paar grüne Bucks extra fasste Stones einheimischer Fahrer mit an und verstaute Huber in den Kofferraum seines Autos. Vom Flughafen Kinshasa, der Hauptstadt des Kongos, gab Stone mit den Dokumenten des Vatikanstaates den Sarg mit dem Leichnam eines Priesters zur Überführung auf. Auch hier halfen ein paar Dollar lästige Fragen nicht beantworten zu müssen. In Rom half dann der Kirchenstaat, den Sarg am Zoll vorbei zu schleusen. Zwei weitere Tage später fuhr Stone auf das Grundstück des Bischofs und übergab das Paket an seinem Auftraggeber.

Als Huber mit unerträglichen Kopfschmerzen aufwachte und die Augen öffnete, fand er sich an einem Bett gefesselt in einem kalten Kellergewölbe wieder.

Julia war während der letzten Wochen in einer anderen Welt untergetaucht. In diesem, ihrem eigenen Universum ließ sie niemanden aus ihrem wirklichen Leben hinein. Auch nicht ihre Mutter Victoria. Vick dagegen wurde immer verzweifelter. Ihr Hass auf Anton Huber, die Kirche und seinen Beschützern wuchst mit jeden weiteren Tag ins Unermessliche an. Sie schien ihre Tochter verloren zu haben. Trotz der professionellen Hilfe der Kinderpsychologin Moser drang niemand zu Julias Inneres vor.

Das Mädchen blieb einfach verschlossen. Sie lag in der Kinderpsychiatrie München auf ihrem Bett und starrte den ganzen Tag nur die Decke an. Es kam dann noch der Tag, an dem sie zwangsernährt werden musste. Für Victoria war es der reinste Horror, ihre Tochter so verloren zu sehen. Dieser Tag war auch der Tag, als plötzlich Felix vor ihrer Haustür stand. Julias Vater war außer sich und wütend, denn er erfuhr von seinen Eltern über das Erlebte seiner Tochter. Felix konnte es nicht begreifen, dass seine Ex-Frau ihn nicht mit einbezogen hatte. So gab ein Wort das Andere und der Streit zwischen den beiden weitete sich aus. Victoria musste sich sehr zusammenreißen. Jahrelang interessierte es Felix nicht, was mit ihnen war und nun bombardierte er sie mit Vorwürfen. Als der Ton rauer und lauter wurde, bat Vick Felix, das Haus zu verlassen. Er meinte sich verhört zu haben, denn das Haus gehörte doch eigentlich ihm. Trotzdem machte er kehrt und verließ sein früheres Zuhause, um nicht handgreiflich zu werden.

Julia hingegen kapselte sich immer mehr aus der wirklichen Welt ab. Weder die Psychologin Moser noch Victoria oder irgendjemand anderes drangen zu ihr vor. Aus dem immer fröhlichen, kleinen und singenden Mädchen ist nur noch eine traumatisierte Jugendliche übrig geblieben. Felix war schockiert. Er stand nun schon über eine Stunde vor dem Bett seiner Tochter und was tat Julia? Sie schaute einfach durch ihn hindurch. Sie reagierte nicht auf die Fragen ihres Vaters, noch schien sie ihn überhaupt wahrzunehmen. Moser schickte Felix dann wieder aus Julias Zimmer und beendete seine Besuchszeit. Mit Tränen in den Augen verließ Felix die Klinik, griff zu seinem Handy und rief Victoria an. Beide redeten jetzt ruhig und vernünftig miteinander. Sie verabredeten von nun an, gemeinsam alles Nötige zu tun, um Julias Heilungsprozess zu unterstützen.

Anton Huber war wieder bei vollem Bewusstsein. Noch immer war er an seinem Bett fixiert und zog seit Stunden erfolglos an den Bändern, die ihn zum Liegenbleiben verdammten. Er rief und schrie nach jemandem, doch niemand ließ sich bei ihm blicken. Erst nachdem seine Kräfte ihn verließen, öffnete sich die Tür des Verlieses und der blonde Hüne betrat den Raum. Er hielt dem Gefangenen die Nase zu und überschüttete seinen Mund mit einer Flasche Wasser. Huber war so gezwungen zu trinken. Als die Flasche leer war, ging Stone ohne ein Wort zu verlieren, wieder hinaus. Huber schrie ihm noch hinterher, doch Stone schien dies nicht zu interessieren. Huber lag wieder stundenlang in seiner Gefangenschaft. Er hatte das Zeitgefühl verloren. Der Raum, in dem er lag, war fensterlos und ließ kein Tageslicht herein. Huber wusste nicht, welche Tageszeit gerade bestand. Er kämpfte schon seit einiger Zeit dagegen an sich zu benässen und verlor den Kampf.
Ganze drei Tage ließ ihn der Bischof dort unten unwissend alleine. Danach ließ er ihn mitten in der Nacht von Stone holen. Der Mann des Bischofs drückte Huber in einen Stuhl in irgendeinem Büro des Bistumssitzes und blieb hinter Huber stehen. Einige Minuten später betrat der Bischof den Raum und die Befragung seines Angestellten begann. Bei manchen Fragen des Kirchenmannes musste Stone ein wenig nachhelfen, um Hubers Erinnerung zu wecken und eine Antwort zu erhalten.

Dreißig Minuten später bezog Huber sein neues Zimmer. Auf dem Bett lag frische Kleidung und er konnte sich umziehen. Es gab sogar ein Fenster, das aber war von außen vergittert. Der Vollmond lachte Huber, der herausschaute an und der Pastor wusste, es war mitten in der Nacht. Stone öffnete die Tür und stellte Huber etwas zum Essen und Trinken auf dem Tisch. Danach verschloss er die Tür wieder von außen. In den nächsten Wochen sollte dieser Raum Hubers zuhause sein. Huber sah sich um. Ein Bett, ein Stuhl, ein kleiner Tisch mit Schublade, eine Toilette und ein Waschbecken war das Inventar von seinem neuen Zuhause. Mehr aus Neugier zog er die Tischschublade auf und sah dort eine Flugram liegen. Diese Peitsche war das Einzige, dass der Bischof ihm gestattete. Huber würde sich nun täglich geißeln und Gott um Vergebung seiner Sünden bitten dürfen.

Burgholzs Recherche im Fall Anton Huber stagnierte. Der Priester war spurlos verschwunden und für ihn unauffindbar. Wie vom Erdboden verschluckt. Er stand vor der Bürowand und schaute sich die darauf festgeklebten Notizen an. Der Kommissar suchte nach einer Lösung. Irgendein Detail, dass er vielleicht übersehen hatte. Minutenlang suchte er seine Notizen ab. Doch solange er auch suchte, er fand keine weitere Spur, die den Aufenthaltsort von Anton Huber preisgeben konnte. Burgholz setzte sich hinter seinem Schreibtisch und studierte zum wiederholten Male die Akte Huber. Plötzlich sah er einen Hinweis, den er bisher ausgelassen hatte. Anton Huber hatte noch eine Schwester, die in Nürnberg wohnte. Die Frau war verwitwet und lebte alleine.
Am nächsten Morgen saß der Kommissar im ICE von München nach Berlin, der auch in Nürnberg halt machen würde. Zur

Mittagszeit stand er dann in der Straße und beobachtete aus einiger Entfernung das Haus von Hubers Schwester. Die Hoffnung, den Geflohenen hier vielleicht zufällig über den Weg zu laufen, erfüllte sich nicht und Burgholz klingelte eine halbe Stunde später an der Haustür.

Eine kleine alte, sehr zerbrechlich wirkende Frau öffnete die Tür. Nachdem Burgholz sich vorstellte und ihr sagte, dass er ihren Bruder suchen würde, bat sie ihn hinein. Die Einrichtung und das Haus selbst schrien laut nach einer Renovierung. Das ganze Mobiliar schien noch aus den 1950er Jahren zu sein. Was dem Ermittler auffiel, waren die vielen Kruzifixe an den Wänden der Räume. Die Dame schien sehr gläubig zu leben. Sie bot dem Polizisten einen Platz auf der alten Couch an, auf der er sich setzen sollte. Kurze Zeit später stellte sie sich und ihm eine Tasse Kaffee auf dem Wohnzimmertisch. Dazu öffnete sie eine Packung Kekse, die Burgholz nicht anrührte. Er hatte das Gefühl, die alte Dame hatte schon jahrelang keinen Besuch mehr empfangen dürfen und war froh über die Abwechslung in ihrem Leben. Der Kaffee schmeckte furchtbar und Burgholz nippte nur daran. Hubers Schwester erzählte ihm aufgeregt das ganze Leben ihres Bruders. Sie schien glücklich darüber zu sein, endlich jemanden hier sitzen zu haben und sich unterhalten zu können. Als Burgholz dann am Nachmittag aufstand, um sich zu verabschieden, war seine Tasse noch halb gefüllt und der Kaffee kalt.

Die Wochen vergingen und Julias Zustand änderte sich nicht wirklich. Auch Anton Huber durfte das Zimmer nicht verlassen. Der Bischof hielt ihn dort verschlossen. Die einzige Änderung in Hubers täglich gleich ablaufender Gefangenschaft war die, dass Stone nicht mehr zur Tür hereinkam, sondern eine andere Angestellte des Bischofs. Sie brachte ihm zu essen und zu trinken und wechselte ab und zu die Bettwäsche. Huber war verzweifelt. Sein psychischer Zustand war mittlerweile instabil. Die einzige Beschäftigung, die er seit Wochen nachgehen durfte, war die, über seine Sünden nachzudenken.

Doch seine Chance, dem zu entfliehen, kam. Die Angestellte der Kirche ließ den Schlüssel im Türschloss stecken und wechselte die Bettwäsche. Huber nutzte die Möglichkeit und zog den Schlüssel aus dem Türschloss. Mit der gebrauchten Bettwäsche knebelte und fesselte er die Frau und verließ sein Gefängnis.

Es ging dann leichter als von ihm vermutet. Auf dem Weg zum Ausgang seines Gefängnisses sah er niemanden und was eigentlich noch wichtiger war, ihn sah niemand. Draußen angekommen, beeilte Huber sich, die Distanz vom Bischof zu sich so schnell wie möglich zu vergrößern. Sein Problem war nur, er hatte kein Geld in den Taschen. Huber überlegte, was er machen sollte. Ohne liquide zu sein, war es schwer, irgendwohin zu kommen. Viele Möglichkeiten hatte er ja sowieso nicht. Nun saß er am Bahnhof und wartete auf den erstbesten Zug, der weiterfuhr. Als die Ansage die Regionalbahn nach Nürnberg ankündigte, erinnerte er sich an seine Schwester. Über ein Jahrzehnt war der letzte Kontakt zu ihr her. Trotzdem war sie für ihn die wohl beste Alternative für einige Zeit von der Bildfläche zu verschwinden.

Als der Zug anrollte, saß Huber ohne Ticket in der Bahn und hoffte ungeschoren nach Nürnberg zu gelangen. Er schaute aus dem Fenster des Waggons und beobachtete gedankenverloren die vorbeiziehenden Landschaften. Plötzlich bemerkte er eine Hand auf seine Schulter. Huber war kurz eingenickt und hatte nicht mehr mitbekommen, dass der Zugbegleiter die Fahrkarten kontrollierte. Ohne Geld und Ausweis hatte er jetzt ein Problem.

Hubers mitleidiges Wimmern beeindruckte den Kontrolleur überhaupt nicht. Da er auch noch einer anderen Glaubenszugehörigkeit angehörte, rief der Zugbegleiter über Funk die Bahnhofspolizei des nächsten Bahnhofes. So saß Huber plötzlich in der Polizeidienststelle der Bahnhofspolizei in Fürth und nicht bei seiner Schwester in Nürnberg.
Die Beamten tippten seinen Namen in den Computer und die Software zeigte ihnen an, dass Anton Huber mit einem internationalen Haftbefehl gesucht wurde. Der verhörende Beamte griff zum Telefon und wählte die im Haftbefehl angegebene Nummer des Kollegen Burgholz.

Der Bischof war außer sich und entließ wütend die Angestellte, die von Huber überwältigt wurde. Er drückte auf eine Taste seines Handys und an der anderen Seite der Leitung meldete sich Stone. Schnell klärte der Geistliche den blonden Hünen auf und bat ihn, Huber zurückzubringen.
Stones erste Handlung war die, dass er Hubers Name in ein nicht legales Programm seines Notebooks eingab. Keine zwei Sekunden später wusste der Mann des Bischofs, wo Huber sich aufhielt. Jetzt war es nicht mehr so einfach, den Priester einzufangen und dies besprach er mit dem Bischof am Telefon.

Wegen erheblicher Fluchtgefahr ließ Burgholz Huber dann in Zwangshaft setzen. Der Pastor stritt beim Verhör die erhobenen Vorwürfe gegen ihn ab und verlangte einen Anwalt. Burgholz oder besser gesagt, der ermittelnde Staatsanwalt hatte jetzt das Problem, dass Julia im Moment gesundheitlich keine Aussage machen konnte. In der einzigen Aussage des Opfers sprach sie über ein besonderes Merkmal unter Hubers Bauchnabel. Der Priester sollte dort ein merkwürdiges Muttermal besitzen und die Überprüfung eines Arztes bestätigte dieses. Somit war klar,

Huber hatte sich auf alle Fälle dem Mädchen mit seinem nackten Genitalbereich gezeigt. Mit diesem Indiz baute der Staatsanwalt die Anklage gegen Huber auf.

Die Verhandlung

Jochen Finn wartete auf seine Mandantin im Besucherraum der JVA. Victoria und er wollten Vicks Zeugenaussage durchsprechen. Der Prozess nahte sich jetzt dem Ende zu. Eine Tendenz des Urteils war bisher für niemanden vorauszusehen. Deshalb machte Finn seiner Mandantin klar, dass ihre Aussage gewichtig sein und das Urteil des Gerichts zu beiden Seiten beeinflussen könnte. Das Medieninteresse stieg zum Schluss des Prozesses wieder an. In der Öffentlichkeit hatte Victoria viel Zuspruch bekommen und dies war bis zum heutigen Zeitpunkt ungebrochen.

Finn legte ihr am Ende ihrer Besprechung noch ein neues Kostüm und neue Schuhe für die Verhandlung auf den Tisch. Danach verabschiedeten sie sich und Vick wurde wieder in ihre Zelle geführt. Der Tag wurde lang und länger und wollte einfach nicht in die Nacht übergehen. Vick war nervös und ging die letzten Monate mit ihrer Tochter noch einmal in ihrem Kopf durch. Der Abend begann und wurde von der Nacht abgelöst. Victoria lag schlaflos in ihrem Bett und schaute durch das Fenster in den Sternenhimmel hinauf. Sie dachte an ihre Tochter. Vielleicht war ja einer der glänzenden Sterne das Licht, dass Julia ihrer Mutter heute Nacht aus dem Himmel schickte. Victoria fühlte, wie ihre Augen feucht wurden. Die Tränen der Trauer um ihr totes Kind kullerten ihre Wange herunter und benässten das Kopfkissen. Vick fragte sich zum wiederholten Male, warum das alles ihr passiert war. Warum war Gott ihr gegenüber so ungnädig und bestrafte sie so in ihrem Leben? Warum holte er ihre Tochter so früh zu sich? Der Zug der Fragen transportierte ihre Gedanken durch ihren Kopf und ließ sie nicht wirklich einschlafen. Mit dem Sonnenaufgang fielen ihr dann doch die Augen zu und sie schlief noch eine gute Stunde.

Ohne gefrühstückt zu haben, sie war einfach zu nervös, betrachtete sie ihr Gesicht im Spiegel. Von der Müdigkeit gezeichnet, versuchte sie mit ein wenig Make-Up die dunklen Augenringe zu übertünchen. Auch ihre Figur war nicht mehr so wie vor der Haft. Der BH war nicht mehr ausgefüllt und der Rock des Kostüms auch nicht prall aussehend. Victoria hatte einiges an Gewicht verloren. Ihre fraulichen Proportionen gaben nun der Erdanziehung nach. Trotzdem versuchte sie sich ihre Unsicherheit nicht anmerken zu lassen und trat schauspielerisch selbstbewusst auf. Mit hochgezogenen Schultern und sicheren Schritt lief sie neben ihrer Wachbegleitung in Handschellen durch die Menschenmenge in das Gerichtsgebäude. Dort befreite einer der Wachhabenden sie von den Handfesseln und Victoria nahm neben ihren Anwalt platz. Sofort begannen die Gerichtszeichner mit ihren Stiften auf ihren Zeichenpapieren herum zu malen. Die Plätze der Zuschauer waren alle besetzt und als das Schwurgericht eintrat, standen alle gleichzeitig auf, um sich auf ein Zeichen des vorsitzenden Richters wieder zu setzen. Der Verhandlungstag wurde eröffnet und Victoria in den Zeugenstand gerufen.

Der Richter übergab das Wort an den Staatsanwalt und dieser begann mit seiner Vernehmung.

Sichtlich nervös spürte Victoria alle Augen der Anwesenden auf sich blicken. Ihre Achseln wurden feucht und ihre Hände zitterten ein wenig, doch genügend, dass es alle mitbekamen. Der Richter ließ ihr im Zeugenstand ein Glas Wasser vom Gerichtsdiener bringen. Dankend nahm sie einen großen Schluck. Danach setzte der Staatsanwalt erneut mit seiner Befragung an und Victoria antwortete mit zittriger Stimme.

160

Nach zwei Stunden Marter durch den Staatsanwalt hatte der vorsitzende Richter erbarmen mit der Angeklagten und unterbrach die Sitzung bis zum Nachmittag. Victoria wurde von einem Justizangestellten in einem abschließbaren Raum begleitet und nahm dort zusammen mit Jochen Finn das Mittagessen ein. Der Strafverteidiger war mit den Antworten seiner Mandantin zufrieden und bereitete sie auf den Nachmittag im Zeugenstand vor.

Erleichtert saß sie am Abend in ihrer Zelle auf dem Bett und ließ den anstrengenden Tag noch einmal Revue passieren. Doch lange blieb sie nicht alleine, denn Van klopfte an die noch offenstehende Zellentür. Mit der Frage, wie es gelaufen wäre, begrüßte sie Victoria. Vick sah ihre Freundin an und breitete nur ihre Arme aus. Vanessa verstand die Geste und drückte einige Sekunden später Vick fest an sich. Lange blieb es aber nicht bei der Zweisamkeit, denn alle Insassinnen des Gefängnisses wurden aufgerufen, ihre Zellen aufzusuchen und kurz danach überprüften die Schließer die Besetzungen der Zellen und die Türen wurden verschlossen. Jeden Abend das gleiche Ritual und Vick lag wieder alleingelassen mit ihren Gedanken in ihrem Bett. Das waren die Momente, in diesen sie daran dachte, warum sie überhaupt noch auf der Welt war. Julia fehlte ihr so sehr. Schon oft kam ihr der Gedanke, die sterbliche Hülle ihres Körpers abzulegen und mit ihrer unsterblichen Seele in den Himmel zu ihrer Tochter aufzusteigen. Doch was, wenn die Katholiken recht behalten? Mit einem Suizid behaftete Personen sollen ja laut Kirche keinen Zutritt ins Paradies erhalten. Hunderte irdische Jahre im Fegefeuer, dazu vielleicht im Beisein Anton Hubers, schreckten sie dann doch von dem Gedanken des Freitodes ab. Mit dem lächelnden Gesicht ihrer Tochter vor Augen schlief sie dann endlich erschöpft ein.

Am nächsten Morgen saß sie wieder im Zeugenstand und beantwortete alle ihr gestellten Fragen. Es war dann kurz vor der Mittagspause, als der Staatsanwalt erst einmal keine weiteren Fragen mehr hatte und der Richter dies als gute Gelegenheit sah, eine Pause zu verkünden.
Jochen Finn durfte danach als Victorias Anwalt seine Fragen loswerden. So endete dann ein weiterer Tag vor Gericht. Viele wird es mit Sicherheit nicht mehr geben, denn das Ende und das Urteil kommen Victoria mit großen Schritten entgegen.

In der JVA wieder angekommen, erfuhr Vick schon am Eingang, was dort während ihrer Abwesenheit geschehen war. Corinna Meiersbeck, eigentlich nur als der Schatten bekannt, hatte sich in einer der Duschen erhängt. Für alle war der Grund sofort ersichtlich. Sie hatte den Freitod gewählt, um nicht wegen des Mordes an die Boxerin zur Rechenschaft gezogen zu werden.
Wieder war die Kriminalpolizei in Person von Renate Bussmann und ihren Kollegen Sommer auf Spurensuche am Tatort.
Die beiden Ermittler verfassten dann am übernächsten Tag ihren Bericht und schrieben als Todesursache Genickbruch durch Suizid als Abschlusssatz. Damit war auch der Fall um den Tod der Boxerin nach Meinung aller Beteiligten aufgeklärt und die Akte wurde eingemottet.

Vanessa war erleichtert und würde ihr Geheimnis mit in den Tod nehmen. Gott allein und sie kannten die Wahrheit und Gott würde sie nach ihrem Ableben richten. Doch noch lebte sie und trat plötzlich wieder sicher und dominant in ihrem Umfeld auf. Der entstandene Riss zwischen ihr und Vick schien sich wieder zu schließen. Das Sprichwort, die Zeit heilt alle Wunden, fand auch bei ihnen Anwendung. Die beiden klebten wie früher, jede freie Minute zusammen. Sie hingen gemeinsam ab, redeten miteinander und kamen sich auch körperlich wieder näher.

Eine Woche später schloss der vorsitzende Richter des Schwurgerichtes die Beweisaufnahme ab und zog sich mit seinen Schöffen zur Beurteilung zurück. Er datierte den Tag der Urteilsverkündung und der Gerichtssaal leerte sich.
Jetzt konnte Victoria nur noch auf den Urteilsspruch des Richters warten. Doch eine Tendenz gab es nicht. Weder der Staatsanwalt als Kläger des Volkes noch Jochen Finn als Victorias Anwalt konnten den fragenden Medienvertretern vor dem Gerichtsgebäude auf die Frage nach einem möglichen Urteil antworten.
Victoria lag in ihrer Zelle auf dem Bett und ließ die Anspannung der letzten Tage von sich weichen. Der psychische Stress, den sie seit Monaten ausgesetzt war, nagte auch körperlich an ihr. Sie schloss die Augen, atmete ein paar Mal tief durch und als sie die Augen wieder öffnete, stand Van vor ihrem Bett. Natürlich wollte sie von Vick alles über den wohl letzten Verhandlungstag wissen, doch sie schüttelte nur den Kopf und blieb sprachlos. Victoria rückte etwas zur Wand und schuf so platz für Van. Die erkannte die Einladung ihrer Freundin und legte sich neben sie. Keine fünf Minuten später wusch Van Victorias Tränen von derer Wange und spendete ihr beruhigenden Trost. Erst mit dem Abendessen wurden die beiden getrennt und Vick saß alleine in ihrer Zelle. Immer wieder ging ihr eine Frage durch den Kopf. Was hatte sie in ihrem Leben von Kindes Beine an verbrochen, dass Gott sie so strafte? Als Kind wollte sie doch dem Schöpfer allen Lebens ehrfurchtsvoll dienen. Doch seine Angestellten der katholischen

Kirche, die sich selbst Gottesmänner nennen, dienten eher dem Satan als Gott, denn anders konnte Victoria sich die vielen Taten gegen sie nicht erklären. Ihren Glauben hatte sie sogar deswegen verloren. Was ihr als Kind vom Klerus angetan wurde, hatte sie als Erwachsene verdrängen können, doch das, was mit Julia geschehen war, konnte sie nicht so über sich ergehen lassen. Ihr blieb nichts anderes übrig, als die Taten Hubers zu sühnen. Für sie selbst hatte sie kein Unrecht getan. Anton Huber war ein Diener des Teufels und hatte genau das verdient, was er von ihr bekommen hatte. Hätte die Justiz nicht versagt, wäre es nie zu der Situation gekommen, zu dem Victoria sich entschieden hatte. Mit diesen Gedanken schlief sie in ihrer Zelle ein und träumte von ihrer Tochter Julia.

Das Urteil

Anton Huber saß auf einem nackten Holzstuhl. Ihm gegenüber, durch einen Tisch getrennt, saß Kommissar Burgholz auf einem Stuhl der gleichen Bauart. Das Aufnahmegerät lief und speicherte das Verhör. Doch Huber sagte außer seine Personalien zu nennen nichts. Er wartete auf seinen Anwalt. Der kam dann auch einige Minuten nach Burgholz in den Verhörraum und nahm neben seinen Mandanten platz. Als Letzter gesellte sich der Staatsanwalt dazu und vervollständigte das Quartett. Kommissar Burgholz übergab so dem leitenden Staatsanwalt das Wort und lehnte sich unbequem auf dem Holzstuhl zurück. Anton Huber tat unschuldig. Sein Verteidiger redete von Verleumdung und einem Spießrutenlauf gegen den Pastor. Sein Mandant wäre das Opfer und würde ohne wirkliche Beweise hier festgehalten. Noch nie wäre Huber wegen Kindesmissbrauch angezeigt oder verurteilt worden. Er lebte sein ganzes Leben als gottesfürchtiger Diener und wollte immer nur Gottes Wort unter die Menschen bringen. Der Anwalt des Geistlichen erwähnte dann noch, dass auch kein Sperma an Julia gefunden wurde, welches Huber überführen würde. Es gab eigentlich nur die Aussage eines kleinen fantasievollen Mädchens. Die kleinen Blessuren, die sie hatte, hätte sich die Kleine auch selbst beibringen können, meinte der Anwalt dann noch.

Burgholz saß nun nicht mehr leger auf seinem Stuhl. Er dachte sich verhört zu haben. Wie konnte dieser Mann heute Abend nur beruhigt in seinem Bett schlafen, fragte sich der Kommissar. Der Rechtsverdreher beendete seinen Kommentar und lächelte den Staatsanwalt dreckig ins Gesicht. Der Bischof wollte sein Bistum vor der Öffentlichkeit schützen und heuerte deshalb diesen Experten an, um Huber unschuldig wirken zu lassen. Auf alle Fälle durfte Huber nicht schuldig in Sachen Kindesmissbrauch verurteilt werden. Da war sich der Bischof sogar mit seinem Arbeitgeber, dem Vatikan, mit Gottes erstem Diener auf Erden einig. Stone hatte schon den Auftrag, Huber unauffindbar verschwinden zu lassen. Doch so lange er in Untersuchungshaft einsaß, waren dem blonden Hünen die Hände gebunden und er zum Abwarten verdammt.

Zum Ende des Verhörs klagte Huber noch über die Behandlung, die ihm in Untersuchungshaft zuteil kommt und verlangte, wieder frei gelassen zu werden.

Natürlich wusste er nichts über Stones Auftrag. Er war nur noch unter den Lebenden, weil er hier in Haft sicher vor seinem Boss war. Huber ahnte wohl, was so mancher Mithäftling mit Kinderschändern machen würde. Vergewaltigungen an Männern, die sich Kindern schändlich genähert haben, gab es tagtäglich in den Gefängnissen auf diesem Erdball. Huber wollte einfach nicht, dass ihm genau das angetan wird, was er Julia und den anderen Kindern selbst zugeführt hatte. Er wusste von sich selbst, dass er ein ängstlicher Feigling war. Erwachsenen Frauen und vor allem Männern war er physisch und psychisch absolut unterlegen. Diesen Frust, keine Macht ausüben zu können, ließ er dann an seinen Schutzbefohlenen ab. Unter der Drohung vor Gottes Zorn hatte er es bisher immer geschafft, die Opfer so einzuschüchtern, dass sie sich ihm ängstlich hingaben. Huber war auch der Meinung, dass die Bibel als eigentliches Buch des Herrn höher einzuschätzen sei als irgendein von Menschen erschaffenes Gesetzbuch. Hatte Eva die erste Frau, die Gott aus des Mannes Rippe erschuf, nicht die Sünde ins Paradies gebracht. Sie war es, die Adam so lange hinterlistig ins Ohr flüsterte, bis er ihrem Drang nachgab und vom verbotenen Baum den Apfel pflückte. Seit diesem Augenblick war das Weib die Sünde, egal welches Alter sie hatten. Frauen waren einfach schlecht und als Sünderinnen verdammt, das waren Hubers Gedanken und seine Überzeugung. Nur durch körperliche Züchtigung und Unterwerfung konnte sich das Weib von der Sünde ihrer Geburt reinwaschen, war die Meinung Anton Hubers.

Der pädophile Priester war zwar ein Psychopath, doch er war klug genug, seine Gedanken und seine Überzeugung für sich zu behalten. Niemand würde er je davon erzählen. Sogar in der Beichte verschwieg er seine Meinung zu dem weiblichen Geschlecht.

Kommissar Burgholz war der Geistliche zuwider. Er ahnte irgendwie Hubers innere Einstellung. Er selbst wünschte sich, dass solche Leute nur noch eine Kugel in die Stirn geschossen bekommen, aber auch er war so schlau und behielt das für sich.

Während dieser Zeit versuchte die Psychologin Moser, die Tür zu Julia zu öffnen. Doch das Mädchen hielt den Eingang zu sich weiterhin verschlossen. Sie ließ niemanden in ihre Welt hinein. Für Victoria war es ein lebendig gewordener Albtraum, ihre Tochter so in ihrer eigenen Welt zu sehen. Sie nahm am wirklichen Leben nicht mehr teil. Anfangs sprach Julia wenigstens noch einige Worte zu ihrer Mutter, doch auch dies hatte Victorias Kind nun eingestellt. Die Mahlzeiten rührte sie auch nicht von alleine an und die Krankenpfleger vollbrachten Schwerstarbeit, ihr das Essen einzutrichtern. Julia lag nur noch apathisch und emotionslos in ihrem Bett und starrte durch die Zimmerdecke hindurch in den Himmel.

Victoria war jedes Mal der Ohnmacht nahe. Die Wut auf den Klerus und vor allem auf den Pfarrer Anton Huber stieg ins Unbeschreibliche an. Diese Wut ließ sie nachts nicht schlafen und wenn doch, dann wurde Huber in ihren Träumen brutal zur Rechenschaft gezogen.

Oft genug grinste der Pfarrer ihr ins Gesicht und Victoria musste mit ansehen, wie der Pastor ihre Tochter misshandelte. Victoria wachte dann immer schweißgebadet auf und die Nacht war danach jedes Mal für sie beendet. Der Stress, der aus dem Schlafentzug resultierte, lastete schwer auf ihren Schultern und der psychische Druck zwang sie fast in die Knie. Sie erwischte sich auch immer öfter dabei, wie sie ihren eigenen Rachegedanken nachging. Auge um Auge, Zahn um Zahn war ein alter Bibelvers. Doch noch glaubte Victoria an den deutschen Rechtsstaat mit seinem Justizsystem.

Der für den Staat arbeitende Kriminalkommissar Burgholz saß ihr an diesem Nachmittag gegenüber. Da er kein Gespräch mit Julia führen konnte, hoffte er auf Antworten ihrer Mutter. Victoria erzählte ihm das, was sie von Julia erfahren hatte. Doch ihre Aussagen würden vor Gericht für eine Verurteilung nicht ausreichen. Burgholz wusste das, behielt es aber für sich. In seinem Notizblock waren nun weitere Seiten beschrieben. Einige Antworten hatte er bestätigt bekommen. Aber es kamen neue unbeantwortete Fragen dazu.

Der Kommissar war sich sicher, nur mit der Aussage Julias würde Anton Huber verurteilt werden. Er nahm sich für den morgigen Tag vor, der Kinderpsychologin Moser an ihrem Arbeitsplatz einen Besuch abzustatten.

Moser war sehr zuvorkommend. Sie antwortete auf alle Fragen Burgholz sehr gewissenhaft. Am Ende ihrer Unterhaltung verabschiedete der Kommissar sich mit dem Wissen, dass die Kleine zurzeit nicht im Gericht oder sonst wo aussagen könnte. Ihr Gesundheitszustand ließ dies nicht zu.

Auf eine letzte Frage des Polizisten, wann Julia aussagebereit wäre, zuckte Moser nur mit den Schultern.

Die Wochen vergingen und der klagende Staatsanwalt hatte bis zur Eröffnung der Gerichtsverhandlung keinen weiteren Beweis liefern können. Am Tag vor der ersten Verhandlung rief der vorsitzende Richter ihn in seinem Büro. Er erklärte dem Staatsanwalt, dass die Indizien bisher nicht für eine Verurteilung ausreichen würden.
Als er das Büro des Richters verließ, war auch für ihn klar, Julia musste in den Zeugenstand.

Es war der Morgen des ersten Verhandlungstages vor Gericht. Victoria sah in das Gesicht ihrer Tochter und wusste, ihr Kind würde nie und nimmer diese Prozedur überstehen. Na ja, heute musste Julia noch nicht aussagen und was in den nächsten Wochen alles geschah, war nicht vorauszusehen.
Im Gericht stellte der Richter die Personalien aller Beteiligten fest und der Staatsanwalt las die Klage vor. Die Verhandlung war öffentlich und die Stühle der Besucher gut gefüllt. Unter denen mischte sich auch Stone und beobachtete das Geschehen im Auftrag des Bischofs.
Am zweiten Tag redete die Verteidigung und danach übernahm der Richter die Führung.
Huber saß anteilslos neben seinem Verteidiger und schien sich zu langweilen. Stone sah ihn sogar ein paar Mal gähnen. Dies änderte sich ganz plötzlich, als er sich im Gerichtssaal umsah und sein Blick auf des Bischofs Mann im Publikum hängen blieb. Der Pastor wurde unruhig, wippte mit den Beinen und knibbelte an seinen Fingernägeln. Immer wieder verlor er gedankenversunken den Anschluss der Verhandlung und starrte den blonden Hünen im Publikum an. Dieser Zustand fiel dann

auch dem Richter auf und er unterbrach den Gerichtstag bis zum nächsten Montag.

Victoria hörte am frühen Abend des Sonntages ihre Türklingel läuten. Da sie keinen Besuch erwartete, war sie überrascht und lief im langsamen Schritt die Treppe in das Erdgeschoss herunter. Durch die kleine Glasscheibe der Haustür sah sie einen fremden Mann stehen. Er war groß gewachsen und hatte fast weißes Haar. Ein skandinavischer Typ. Beim zweiten Hinsehen erkannte Victoria ihn als einen der vielen Prozessbeobachtern. Durch die geschlossene Tür fragte sie ihn nach dem Grund seines Besuches. Stone holte einen Dienstausweis des Bundeskriminalamtes aus seiner Jackentasche und hielt diesen für Victoria gut zu erkennen vor die Glasscheibe der Haustür. Der Ausweis war noch nicht einmal für einen Experten als Fälschung zu erkennen, deshalb öffnete Victoria die Eingangstür und ließ den angeblichen Bundesbeamten hinein.
Ein paar Minuten redete Stone belangloses Zeug, bevor er zu seinem wirklichen Grund kam. Er erklärte Victoria, dass Anton Huber wohl aufgrund fehlender Beweise freigesprochen werden würde. Ohne eine klare Aussage Julias bliebe dem Richter nichts anderes übrig, als zu Gunsten Hubers ein Urteil zu fällen. Victoria wusste, dass ihre Tochter dies nicht konnte und war der Verzweiflung nahe. Stone erkannte die Ohnmacht der Frau ihm Gegenüber und fragte sie, die Toilette benutzen zu dürfen. So hatte er ihr Luft zum Durchatmen geschaffen und er seinen Plan umgesetzt. Als er wieder ins Wohnzimmer schritt, verabschiedete Stone sich von Victoria und verließ das Haus. Vick war froh, wieder alleine zu sein.

Mitten in der Nacht wurde Victoria dann geweckt. Die Türklingel klingelte ununterbrochen. Schlaftrunken stolperte sie aus dem Bett und eilte zur Tür. Durch die Fenster drang das eingeschaltete Blaulicht in ihr Haus. Vor der Tür stand Kommissar Burgholz mit zwei uniformierten Beamten. Victoria ahnte Böses und wagte gar nicht, die Haustür zu öffnen. Sie spürte, wie ihre Knie zitterten und ihr Herzschlag unregelmäßig schlug. Trotzdem schaffte sie es irgendwie, die Tür für die Polizei zu öffnen.

Burgholzs Nachricht war niederschmetternd. Julia hatte sich mit einem präparierten Joghurtbecher die Pulsadern aufgeschnitten. Ihr Suizidversuch wurde aber erst von der Nachtschicht der Psychiatrie beim letzten Rundgang bemerkt. Es war zu spät. Der herbeigerufene Arzt konnte sie nicht mehr ins Leben zurückholen und nur noch den Tod feststellen.

Victoria, brach während Buchholz ihr dies beibrachte, vor ihm bewusstlos zusammen und öffnete ihre Augen erst wieder, als der Notarzt ihr sein Riechsalz unter der Nase hielt. Das Ammoniak, dass dabei freigesetzt wird, aktiviert den Atemreflex und der benommene Benutzer öffnet die Augen. So auch Victoria.

Die Seelsorgerin, die herbei gerufen wurde, konnte verständlicherweise Victoria nicht beruhigen. Vick wollte sofort ihr totes Mädchen sehen. Eine gute halbe Stunde dauerte es, bis Victoria sah, wie in der Pathologie die Schublade durch den diensthabenden Arzt geöffnet und die Abdeckung, die über ihrem Kind lag, entfernt wurde. Burgholz erkannte, wie ihr wieder die Beine einknickten, doch dieses Mal konnte er sie reaktionsschnell stützen. Victoria konnte es noch immer nicht fassen. Hier lag nun Julia, ihr einziges Kind, der Sinn ihres ganzen Lebens und atmete nicht mehr. Die Haut ihrer Tochter hatte schon die gelbliche Farbe einer Leiche angenommen.

Dieser Anblick sollte Victoria noch ihr Leben lang in ihren Träumen aufsuchen. Sie drückte ihre tote Tochter. Küsste ihr Gesicht und hielt ihre kalte Hand. Doch Julia öffnete die Augen nicht mehr.

Kommissar Burgholz nahm die weinende Victoria dann zur Seite und auf ihm gestützt verließen sie den Keller des Krankenhauses, in dem sich die Pathologie befand. Victoria wollte wieder nach Hause und Burgholz fuhr sie bis zu ihrem Haus. Als er ihr die Beifahrertür seines Autos öffnete, ging gerade die Sonne im Osten auf und ein neuer Tag brach an.

Der Richter vertagte daraufhin den Prozess und setzte den neuen Termin mit zweiwöchiger Pause an.

Zum Ende der Woche stand Victoria mit ihren Eltern, ihren Schwiegereltern und Felix vor dem Grab und ein Pastor hielt vor dem Sarg Julias die Grabrede. Victoria hörte gar nicht zu. Sie hasste mittlerweile die katholische Kirche und ihre geistlichen Mitarbeiter. Für sie waren die Männer Gottes, wie sie sich nannten, nur noch scheinheiliges Gesindel. Als sie nach der Rede des Priesters als Erste der Anwesenden der Beerdigung eine rote Rose in das Grab auf dem Sarg ihrer Tochter warf, wollte sie am liebsten hinterher springen. Doch diese Reise trat Julia ohne ihre Mutter an. Victoria weinte noch kniend vor dem Grab Julias und musste von Felix weggebracht werden, damit die Angestellten des Friedhofes ihre Arbeit nachgehen und das Grab zuschaufeln konnten.

Victoria wollte nur noch alleine sein und der Tag zog sich wie Kaugummi. Aber zum Abend hin verließen dann auch ihre Eltern das Haus, um die Heimfahrt anzutreten. Felix hatte sich mit seinen Eltern kurz zuvor verabschiedet. In der eingetretenen

Stille zog sich Victoria aus und legte sich nackt auf ihr Bett Dort blieb sie bis zum nächsten Abend liegen, ohne zwischendurch aufgestanden zu sein. Sie trank und aß in der Zeit nichts. Die Trauer um ihre Tochter hielt sie dort fest. Doch ihr Körper verlangte nun, sich von etwas Flüssigkeit zu befreien und Victoria konnte den Drang ihrer Blase, sich zu entleeren, nicht mehr standhalten. Warum sie dafür aber in die untere Etage ging und ganz gegen ihrer Gewohnheit die Gästetoilette benutzte, war ihr zu diesem Zeitpunkt nicht bewusst.

Sie saß also auf der Toilette und ließ die angesammelte Flüssigkeit aus sich herauslaufen. Mit ihren geröteten Augen schaute sie gedankenverloren auf das gegenüber liegende Waschbecken und sah dort ein kleines Päckchen liegen. Dieses Päckchen hatte sie dort aber nicht abgelegt. Sie stand auf und nahm es in beide Hände. Es war schwerer als es aussah. Victoria untersuchte es von außen, konnte aber nicht erraten, welchen Inhalt es versteckte. Ihr blieb nichts anderes übrig, als das kleine Paket zu öffnen. Sie setzte sich wieder auf die Toilettenbrille und zog den Klebestreifen ab. Als sie dann hinein sah, erschrak sie gewaltig. In Zeitungspapier, was über ihren Fall berichtete, war ein Revolver Kaliber 38 mit gefüllter Trommel eingewickelt. Diesen baugleichen Revolver trugen die amerikanischen Cops in den Hollywood Filmen als Dienstwaffe immer bei sich. Julia nahm den Revolver in die Hand und fühlte den kalten Stahl auf ihrer Haut. Sie sah in den Spiegel über dem Waschbecken, hielt sich den Revolver an die eigene Stirn und ließ einige Sekunden verstreichen. Sie atmete ein paar Mal tief durch und hoffte, den Mut aufbringen zu können und ihrer Tochter zu folgen. Doch ihr Finger bewegte sich nicht. Sie senkte die Waffe und blieb dort sitzen, wo sie gerade war. Sie fühlte ihre Unterkühlung nicht. Noch immer nackt, wie Gott sie schuf, überlegte sie, wie die Waffe in ihrem Haus gekommen war. In den letzten Tagen waren einige fremde Personen hier bei ihr gewesen. Die eigenen Eltern, Felix, ihre Schwiegereltern, Kommissar Burgholz mit den Kollegen und der große blonde Mann vom Bundeskriminalamt. Je länger sie darüber nachdachte, desto mehr kam sie zu der Überzeugung, der Revolver war das Geschenk des blonden Hünen. Jetzt stellte sie sich die Frage, warum hat er ihr die Waffe dort hingelegt? Victoria überlegte und rekonstruierte noch einmal den Inhalt ihres Gespräches mit dem Beamten des Bundeskriminalamtes. Das Fazit war ganz einfach. Er machte Victoria darauf aufmerksam, dass ohne Julias Aussage Huber als freier Mann das Gerichtsgebäude verlassen würde. Julia war nun nicht mehr unter den Lebenden und eine Aussage würde es nicht mehr geben. Ein Zustand, den Victoria nicht ertragen konnte. Anton Huber als freier Mann. Ohne für seine Taten verurteilt, lachend aus dem Gerichtsgebäude spazieren zu sehen, ging über ihrem Gerechtigkeitssinn. Sie hoffte aber auf den Richter und dessen Urteil.

Anton Huber wurde dann noch einmal von dem Richter in den Zeugenstand gerufen und er musste des Richters Fragen beantworten. Immer wieder beteuerte er seine Unschuld. Schwor zu Gott, dass die Anschuldigungen gegen ihm falsch wären. Er sich nie etwas zu Schulden kommen lassen hatte und unschuldig angeklagt worden ist. Für Victoria, die als Nebenklägerin im Gerichtssaal neben ihrem Anwalt saß, waren die Aussagen Hubers nicht zu ertragen. Dieser Mann log, sobald er den Mund aufmachte. Sie hoffte, das Gericht würde diese Unwahrheiten genauso wie sie erkennen und Huber dafür verurteilen.

Zum Abschluss des Tages zog sich das Gericht für das Fällen des Urteils zurück. Die Urteilsverkündung war für den nächsten Tag angesetzt worden.

In der Nacht bekam Victoria kein Auge zu. In ihrem Kopf spukten wirre Gedanken herum. Mal verkündete der Richter die geforderte Haftstrafe des Staatsanwalts, ein anderes Mal sprach er ihn frei. Egal wie das Urteil auch ausfallen sollte, eines bleibt, wie es ist. Julia ist tot und wird nicht wieder zum Leben erweckt werden. Nichts wird Julia zurückbringen. Ganz gleich, wie das Gericht urteilte.

Für Julia stand plötzlich fest, Anton Huber musste für seine Taten verurteilt werden. Natürlich hatte er Julia nicht persönlich umgebracht, doch sein Vergehen an ihr trieb sie in den Freitod. Mitten in der Nacht stand sie dann vor dem Spiegel des Schlafzimmerschrankes und hatte den Revolver in der Hand. Selbst sah sie sich dort im dämmrigen Licht wiederspiegeln. Zu diesem Zeitpunkt fasste sie den Entschluss, Anton Huber seiner gerechten Strafe zukommen zu lassen.

Nach drei starken Tassen Kaffee, ohne gefrühstückt zu haben, fuhr Victoria mit dem eigenen Auto zum Amtsgericht. Sie war überpünktlich, denn sie wollte direkt auf dem Gerichtsparkplatz parken. Dort saß sie dann und wartete die Zeit ab. Sie beobachtete, wie die Leute in das Gerichtsgebäude gingen und manche, aber nur wenige das Gebäude wieder verließen. Sie erkannte sogar den Richter, der heute nicht nur das Urteil des Verfahrens verkünden wird, sondern auch ihr eigenes Schicksal in seinen Händen hielt. Ihre Nervosität zwang sie noch ein drittes Mal in das Handschuhfach auf der Beifahrerseite zu schauen, bevor sie aus ihrem Auto ausstieg und es verriegelte. Sie ging nicht direkt zum Gerichtssaal, in dem das Urteil gleich verkündet werden würde. Victoria ging durch die Kontrolle am

Eingang. Ihre Tasche wurde durchleuchtet und sie von einer Justizangestellten in Uniform abgetastet. Im Erdgeschoss suchte sie dann den Nebeneingang des Gebäudes und fand diesen sofort. Erst jetzt machte sie sich auf dem Weg zum Saal 1 des Münchener Amtsgerichtes. Dort setzte sie sich zu ihrem Rechtsbeistand. Seit Wochen besetzte sie diesen Platz. Bei jedem Prozesstag verfolgte sie die Verhandlung gegen Anton Huber. Heute würde der letzte Tag sein.

Victoria blickte auf die Zuschauerreihen und erkannte einige ihr bekannten Leute. Ihre Schwiegereltern waren dort, genauso wie Kommissar Burgholz und der blonde Beamte vom BKA. Den Letztgenannten nickte sie leicht zu, aber er erwiderte den Gruß Victorias nicht. Stone tat so, als wenn er nichts bemerkt hätte. Doch Burgholz ist diese Geste Victorias aufgefallen und er notierte sich etwas in seinem Notizblock. Am liebsten hätte er ein Foto mit seinem Handy geschossen, doch das Benutzen von Handys waren wie Kameras im Amtsgericht verboten. Burgholz nahm sich vor, das Fotografieren am Ende der Urteilsverkündung vor dem Gericht nachzuholen.

Stone ärgerte sich ein wenig über das Zunicken Victorias. Doch er blieb äußerlich cool und zeigte seine Verärgerung niemanden. Er hoffte einfach nur, sein Plan würde durch Victoria in die Tat umgesetzt. Der Bischof wollte es so. Anton Huber sollte für immer schweigen und nie mehr in Versuchung geraten, sich an kleinen Kindern zu vergehen. Mit seinem pädophilen Trieb schadet er dem schon nicht mehr guten Ruf der Kirche.

Victoria blickte noch zurück in den Publikumsbereich, als plötzlich alle Anwesenden aufstanden. Sie drehte sich um und sah die Richter auf ihren Plätze zugehen. Auch sie stand schnell auf, nur um sich sofort wieder setzen zu dürfen.

Der vorsitzende Richter rückte seine schwarze Robe etwas zurück und schaute sich in seinem Gerichtssaal um. Er hüstete leise und setzte dann an. Zuerst erklärte er allen Anwesenden, warum er wie entschieden hat. Dabei erwähnte er das eigentliche Urteil noch nicht. Mit seinen Erläuterungen, versuchte er das gleich ausgesprochene Urteil zu erklären. Für Victoria, die ahnte was wohl kommen würde, hörte sich die Ansprache des Richters eher wie eine Entschuldigung an. Nachdem er dann fertig gesprochen hatte, holte er noch einmal tief Luft und wartete mit der Verkündung des Urteils einige Sekunden. Die ganze Anspannung lag im Raum und war zum anfassen nah. Dann sprach er den Satz, der Victoria für den Rest ihres Lebens verfolgen sollte.

Anton Huber musste mangels an wirklichen Beweisen und fehlender Zeugenaussagen frei gesprochen werden. Victoria glaubte nicht was sie hörte. Danach erkannte sie Anton Hubers zufriedenen Blick auf sich. Der Pastor lächelte sie mit seinen gelben Zähnen gewissenlos und frech an.

Victoria gefror das Blut. Was dann mit ihr geschah, daran konnte sie sich später nicht mehr genau erinnern. Noch bevor der Richter den Prozess beendete, erhob sich Victoria und verschwand aus dem Raum der juristischen Ungerechtigkeit. Niemand von der wartenden Presse sah sie durch den Nebenausgang das Gerichtsgebäude verlassen. Sie schlich zum Parkplatz gegenüber dem Haupteingang und setzte sich auf den Fahrersitz ihres Autos. Sie packte in ihr Handschuhfach und nahm den Revolver an sich. Ihre Hände zitterten vor Aufregung. Einige Minuten beobachtete sie den Vordereingang des Gerichtsgebäudes und als dann plötzlich Bewegung unter den Journalisten kam, erkannte sie Anton Huber und dessen Anwalt, wie sie sich bereit machten, die Fragen der Reporter zu beantworten. Sie wusste, jetzt ist der Moment der Gerechtigkeit gekommen. Ohne auch nur einen Moment zu zögern, stieg sie aus dem Auto aus und schritt geradewegs auf Huber zu. Sie drängte sich durch die Menschenansammlung vor dem Gerichtsgebäude. Stieß mit den einen und anderen an, ließ sich aber davon nicht stören. Als sie sich bis vor Huber in die erste Reihe vorgekämpft hatte, sah sie, wie der Pastor sie erkannte und sein siegessicheres Lächeln erfror. Jetzt lief alles in Zeitlupe ab. Victoria hob den rechten Arm und hielt Huber den Revolver vor dessen Gesicht. Die anwesende Menschenmenge erkannte plötzlich, was passieren würde und drängte in Hektik zu allen Seiten schreiend davon. Huber war nicht fähig, sich auch nur einen Zentimeter zu bewegen. Er wusste, sein Lebenslicht würde nur noch wenige Augenblicke leuchten. Mit den Worten, grüße Gott von mir, drückte Victoria ab. Der Knall, den die Waffe erzeugte, war ohrenbetäubend. Huber hörte dieses Geräusch aber schon nicht mehr. Tödlich in dem Kopf getroffen, fiel er nach hinten über. Victoria senkte den Revolver und ließ ihn fallen. Um sie herum war niemand mehr zu sehen. Sie stand dort wie festgewurzelt und starrte mit leerem Blick einfach nur geradeaus. Aus dem Hintergrund riefen viele Stimmen durcheinander. Victoria nahm davon aber keine mehr wahr. Die Journalisten hatten den ersten Schock überwunden und fotografierten oder machten Videoaufnahmen von dem, was jetzt passierte.

Die dunkelrote, fast schwarze Blutlache um den toten Anton Huber wurde schnell größer und Victoria machte automatisch einen Schritt rückwärts. Genau in diesen Moment bekam sie einen Tritt in die Kniekehle und ein uniformierter Justizangestellter überwältigte sie, während ein anderer die Mordwaffe vorsichtig an sich nahm.

Das Warten

In den nächsten Tagen war Victoria damit beschäftigt, die vielen Briefe, die ihr über dem Postweg zugeschickt wurden, zu lesen. Einige davon waren böse geschrieben und wünschten ihr den Tot. Doch die meisten Schreiben sprachen ihr Mut und Trost zu. Viele Frauenaktivistinnen standen ihr mit geschriebenen Worten bei. Vanessa half ihr in der gemeinsamen Zeit diese vielen Briefe zu lesen. Victoria nahm sich vor, allen, die ihr beistanden, antworten zu wollen.

Renate Bussmann saß einige Tage vor der Urteilsverkündung in ihrem Büro und studierte noch einmal die Akte über die Mordanklage gegen Victoria. Sie blieb an der Stelle hängen, an der Victoria über die Tatwaffe berichtete. Im Protokoll wurde festgehalten, dass sie annahm, ein Polizist vom Bundeskriminalamt hätte sie ihr zugesteckt. Sie sah sich die Personenbeschreibung und das Phantombild aus den Unterlagen an, die Victoria angegeben hatte. Leider verlief eine Überprüfung der Kollegen ohne Ergebnis. Der anonyme Polizist blieb bisher unsichtbar. Bussmann suchte weiter, denn irgendwie glaubte sie, dass dieser unauffindbare Mann der Schlüssel zu diesem Fall sein konnte.
An ihrem Computer sitzend schaute sie sich einige Videos der Presse im Internet direkt nach der Tat Victorias an. Die meisten bewegten Bilder im Netz wurden hinter Victoria stehend von den damals anwesenden Journalisten veröffentlicht. Die Polizeirätin kam aber zu keiner neuen Erkenntnis, bis sie auf eine Aufnahme stieß, die Victoria von vorne zeigte. Nicht Victoria war dabei das Interessante, sondern das hinter ihr stehende Publikum. Unter den vielen Journalisten, die mit ihren Handys dort die Szene aufzeichneten, standen auch viele

Schaulustige und unter ihnen erkannte Renate Bussmann einen Mann, der alle anderen um einen Kopf überragte. Seine blonden Haare ließen ihn aus der Menge herausstechen. Bussmann drückte die Pausetaste und druckte das eingefrorene Bild aus. Sie verglich das Foto mit dem Phantombild und war überzeugt davon, den unbekannten Polizisten des Bundeskriminalamtes gefunden zu haben. Doch noch Stunden später war ihre Anfrage in Wiesbaden unbeantwortet. Dort bei der Bundespolizei kannte oder wollte niemand den blonden Hünen kennen.

Mit einer Kopie des ausgedruckten Bildes saß sie am anderen Morgen in der Justizvollzugsanstalt und wartete auf Victoria. Die Gefangene kam kurze Zeit später in den Besucherraum und wunderte sich die Beamtin noch einmal zu sehen.

Renate Bussmann legte ihr das Bild vor die Nase und tippte mit dem Zeigefinger auf den Mann, den sie als den bisher unauffindbaren Polizisten in Erwägung zog.

Victoria blickte auf das Blatt Papier und sah sich selbst mit der Waffe in der Hand dort stehen. Erst mit dem zweiten Blick schaute sie auf den tippenden Zeigefinger Bussmanns und nickte ihr zu. Das war der Polizist, der in ihrem Haus die Gästetoilette benutzte und niemand ihr bisher die Geschichte abnahm.

Renate Bussmann hatte endlich einen Beweis, mit dem sie etwas anfangen konnte. Vielleicht wäre dieser noch unbekannte Mann die Antwort auf die vielen nicht beantworteten Fragen in diesem Fall.

Stone saß damals im Büro des Bischofs und hörte seinem Chef zu. Der Bischof war mit seiner Arbeit und vor allem mit dem Ergebnis zufrieden. Anton Huber konnte der Kirche nicht mehr schaden. Aber beiden war auch klar, Stone musste für einige

Zeit von der Bildfläche verschwinden.

Die Polizeirätin wusste, ihre weiteren Ermittlungen würden das Urteil gegen oder für Victoria nicht mehr beeinflussen. Doch ihr Gerechtigkeitssinn sagte ihr, weiter an dem Fall zu arbeiten. Sie gab ein vergrößertes und etwas bearbeitetes Foto des falschen Polizisten in ihr Suchprogramm des Computers und schaute zu, wie die Software unzählbare Kandidaten überprüfte. Manchmal hielt das Programm an und der Bildschirm zeigte ein Gesicht und die dazugehörigen Daten. Doch der von Bussmann Gesuchte war bis jetzt nicht dabei. Es dauerte eine ganze Weile und nicht ein brauchbarer Name zeigte die Software an. Renate Bussmann suchte, während das Programm weiter lief, die Kantine zum Mittag auf. Als sie eine halbe Stunde später wieder an ihrem Schreibtisch saß, zeigte der Bildschirm ein Foto eines Mannes, der dem Gesuchten sehr ähnlich war. Es war ein Schwarz-Weiß-Foto vom Franz-Josef-Strauss Flughafen bei München und zeigte die Passagiere beim Sicherheitscheck. Bussmann drückte auch dieses Foto aus und schrieb sich das Datum mit der Uhrzeit der Aufnahme auf.

Am nächsten Tag saß sie mit einem Mann vom Sicherheitsdienst des Flughafens in dessen Technikraum und überprüfte die Videoaufzeichnungen mit dem Datum ihrer Notiz. Es dauerte auch nicht lange und der blonde Riese war kurz zu sehen. Der Gesuchte war ein Profi, denn er versuchte sein Gesicht aus allen Kameras im Flughafen heraus zu halten. Doch es gelang ihn nicht überall und so spürte Bussmann ihn auf. Weitere Aufnahmen der Sicherheitskameras am Airport zeigten den Mann von hinten beim Boarding in die Lufthansa Maschine nach Rom.

Am Lufthansaschalter bekam Renate Bussmann trotz ihres Dienstausweises keine Auskunft. Datensicherheit war das Schlüsselwort. Sie benötigte eine richterliche Verfügung. Das würde schwierig werden, denn offiziell war der Fall abgeschlossen.

Die Tage vor der Urteilsverkündung wurden lang und länger. Victoria wunderte sich nur über den zweiminütigen Besuch der Polizeirätin Bussmann. Bisher hatte sie niemand von den Ermittlern über den blonden Hünen ausgefragt und nun, nach dem der Prozess beendet war, legte sie ihr ein Foto des Mannes vor die Nase.

Ansonsten war sie nach ihrer Pflicht im Wäschekeller voll damit beschäftigt, die vielen Briefe zu lesen und für die Beantwortung mit Notizen zu beschreiben. Viele Frauen, aber auch einige Männer sprachen ihr Mut und Trost zu. In deren Briefe hatte Victoria richtig gehandelt. Selbstjustiz hin oder her. Es tat ihr gut, so viel Beistand aus der Öffentlichkeit zu bekommen. Ihre Tat war bisher mit keiner Ähnlichen in der Bundesrepublik Deutschland zu vergleichen. Ganz Deutschland und viele andere Menschen auf diesen Planeten warteten jetzt gespannt auf das Urteil. Das Warten wurde mit jeder Stunde, die voran rückte, nervenaufreibender. Die Nächte ließen Victoria schlecht schlafen und sie lag mit offenen Augen wach in ihrer Zelle.

Doch wie lang die Tage auch waren, irgendwann hatte das Warten ein Ende. Es war ein Montag im goldenen Oktober. Victoria hörte die Vögel zwitschern, als sie im Gefängnishof in den Transporter der Justiz einstieg. Die Bäume zeigten sich beim Vorbeifahren in ihrem golden, gelben und rötlichen Blätterwerk. Victoria saß in Handschellen angekettet im Fond des Wagens und schaute während der Fahrt aus den getönten Scheiben in die Freiheit, die ihr wohl für die nächsten Jahre verwehrt bleiben würde. Der Transporter hielt am Hintereingang, doch auch dort warteten schon eine Menge Leute mit Mikrofonen und anderen Aufnahmegeräten auf Victoria.

Als sie dann aussteigen durfte, blendete sie das Blitzlichtgewitter und sie fiel fast über der ersten Stufe des Treppenaufganges. Der begleitende Beamte konnte sie gerade noch schnell auffangen und so einen Sturz verhindern. Die wartende Meute riefen ihr allerlei Fragen durcheinander zu, doch Victoria lief an allen kommentarlos vorbei ins Innere des Gerichtsgebäudes.

Im Saal der Verkündung angekommen, wurden ihr die Handschellen abgenommen und sie setzte sich neben Jochen Finn, ihrem Strafverteidiger. Das Warten hatte nun ein Ende. Das Urteil stand bevor und die Ungewissheit wäre dann vorbei. Der Blick über die eigene linke Schulter verriet ihr, dass ihre Eltern zwei Plätze unter den Zuschauern ergattert hatten. Victorias Herz klopfte heftig, als die Tür hinter dem Richterpult sich öffnete und der Richter den Saal betrat. Mit der Aufforderung, an alle Anwesenden sitzen zu bleiben, eröffnete er die Urteilsverkündung. Mit strengen Gesichtsausdruck blickte er über das Gestell seiner Lesebrille. Er drehte den Kopf von rechts nach links und stellte mit einem Kommentar fest, dass der Saal heute bis auf dem letzten Platz besetzt wäre. Victoria hielt die nervenaufreibende Spannung kaum noch aus. Sie rutschte auf ihrem Stuhl hin und her.

Im Saal herrschte plötzlich eine Stille wie im Totenreich. Wie ein Peitschenhieb, der Victoria mitten ins Gesicht traf, waren des Richters ersten Sätze.

Das Gericht hielt die Angeklagte des vorsätzlichen Mordes für

schuldig. Victoria wurde zu 15 Jahren Haft verurteilt. Nach dem Urteilsspruch musste der Richter mit dem Hammer auf den Tisch vor ihm klopfen und um Ruhe bitten. Danach, als die Lautstärke nachließ, begründete er sein Urteil.
Victoria hatte es schon im Vorfeld geahnt und trotzdem war sie, nachdem das Urteil rechtskräftig ausgesprochen wurde, geschockt. Irgendwie hatte sie in ihrem Inneren doch auf ein milderes Strafmaß gehofft. Ihr Anwalt spürte ihre Ohnmacht und fasste sie an die Hand. Dabei flüsterte er ihr ins Ohr, in Berufung gehen zu wollen.

Jochen Finn nahm den Vordereingang und stellte sich den fragenden Journalisten, während Victoria aus dem Nebenausgang das Gerichtsgebäude heimlich verließ. Erst als sie im Transporter saß, bekamen einige der Medienleute mit, wo sie abtransportiert werden sollte und belagerten das Auto. Ihr Interview mit der Verurteilten hatten sie aber verpasst. Also umlagerten sie wieder Jochen Finn und hielten ihn ihre Mikrofone und Aufnahmegeräte unter die Nase.
Finn war dann für einen Abend der Medienstar. Landesweit strahlten die Nachrichtensendungen aller Sender sein Statement zu dem Urteil aus.

Auch der Bischof sah die Nachrichten und war zufrieden. Auf seinen besten Mann war nun mal verlass. Stone hatte ganze Arbeit geleistet und der katholischen Kirche aus einer heiklen Lage geholfen. Mit einem zufriedenen Lächeln schaltete er den Fernseher aus und ging seiner Schreibtischarbeit nach. Diese Nacht würde er endlich wieder gut schlafen können.

Bussmann und Sommer berieten sich und waren unterschiedlicher Meinung, was die Strategie und die Wiederaufnahme des Falles betraf. So startete die Polizeirätin einen Alleingang und bat bei einer sehr liberalen Richterin um einen Gesprächstermin.

Am anderen Nachmittag saß sie der Richterin erzählend gegenüber und bat sie zum Ende ihres Vortrages, die von ihr gebrauchte richterliche Verfügung auszustellen.

Eine andere Dame am Schalter der Lufthansa auf dem Franz-Josef-Strauss-Flughafen schaute Bussmann erstaunt und ungläubig an. Das Dokument, dass gut leserlich vor ihr lag, sah auf alle Fälle echt aus. Da sie aber nicht sicher war und die Beamtin alle anderen Passagiere hinter ihr blockierte, griff die Angestellte der Airline zum Telefon und verständigte ihren Vorgesetzten. Keine zwei Minuten später stellte der Mann mit Führungsaufgaben bei der Lufthansa sich vor und bat Renate Bussmann ihn in sein Büro zu begleiten. Dort studierte er die richterliche Verfügung und kopierte diese für eventuelle Rückfragen seiner Vorgesetzten. Bei der Airline gab es wohl strikte Hierarchien und jede Ebene sicherte sich vor der nächst Höheren ab. Nur keine Fehler machen, hieß die Devise, die Renate Bussmann sofort erkannte. Der Mann tippte auf die Tastatur seines Computers und bat Bussmann um die genauen Details. Es dauerte dann einige Zeit, bis der Mann auf dem von Bussmann vorgelegten Foto beim Einchecken zu erkennen war. Auf dem Bildschirm waren Datum und Uhrzeit zu erkennen und so für den Angestellten der Fluglinie der Gesuchte schnell gefunden. Der Passagier checkte mit den Namen Paul Stein in die Maschine nach Rom ein. Endlich hatte Bussmann einen Namen und weitere Daten, die ihr von der Airline zur Verfügung gestellt wurden. Ihr Computerprogramm zeigte ihr an, dass ein gewisser Paul Stein ständig auf dem Flughafen unterwegs war und alle Länder der Welt besuchte.

Nur gemeldet war dieser Paul Stein nirgendwo. Dieser Mann war, als er den Flughafen verließ, unsichtbar oder eine andere Person geworden.

Bussmanns Nase juckte und ihr Instinkt gab ihr zu verstehen, etwas stimmte mit diesen blonden Riesen nicht.

Sie stellte sich die Frage, wer profitiert von Hubers Tod?

Zumindest die Warterei hatte jetzt für Victoria ein Ende. Auch die Unwissenheit über das Urteil hatte sich endlich erledigt. Obwohl Jochen Finn ihr gerade erklärte, in Berufung gehen zu wollen. Er empfahl ihr, diesen Weg zu gehen. Seiner Meinung nach hätte sie nichts zu verlieren und er redete mit genügend Argumenten auf sie ein. Victoria wurde das alles zu viel. Sie wollte nur noch ihre Ruhe haben. Damit Finn ihr endlich diese Ruhe gönnte, unterschrieb sie das Dokument, das er ihr vorgelegt hatte.

Ein paar Augenblicke später lag sie in ihrer Zelle auf ihrem Bett und genoss den Moment. Lange blieb sie aber nicht ungestört. Vanessa legte sich unaufgefordert zu ihr.

Stone gab seinen Bericht bei dem Chef der Schweizer Garde ab. Dieser nahm ihn an sich und leitete diesen an die Abteilung für innere Kirchenangelegenheiten im Vatikan weiter. Mit Stones Abschlussbericht konnte der zuständige Kardinal die Akte Huber schließen und im Hochsicherungstrakt des Kellers unter dem Petersdom deponieren. Dort lagerten auch in extra dafür geschaffenen, unter Stickstoffatmosphäre stehenden Räumen Schriften aus den letzten zweitausend Jahren.

Stone bummelte danach wie ein Besucher Roms über die Brücke an der Engelsburg und übertrat den Tiber. Er spazierte an der spanischen Treppe und den Trivibrunnen vorbei zu seinem kleinen Zimmer in der Altstadt Roms. Die Ewige Stadt, erbaut auf dem antiken Rom, faszinierte Stone jedes Mal von Neuem. Hier steht die Geschichte eines Imperiums der letzten zwei Jahrtausende.

Renate Bussmann telefonierte mit ihrem italienischen Kollegen Giuseppe Falconi von Interpol. Falconi, in Bozen, Südtirol aufgewachsen und deshalb deutschsprachig machte sich Notizen über das Anliegen seiner deutschen Kollegin Bussmann. Nachdem er den Telefonhörer aufgelegt hatte, blickte er auf den Haufen an noch zu bearbeiteten Akten auf seinem Schreibtisch. Alle diese ungeklärten Fälle warteten darauf aufgeklärt zu werden. Er schaute danach auf den Zettel in seiner Hand, schüttelte mit dem Kopf und legte die Notizen neben den Haufen an Akten.
Doch so einfach konnte der Italiener die Anfrage Bussmanns nicht abschütteln. Denn am nächsten Morgen rief die deutsche Polizistin wieder bei ihm an und fragte nach ersten Ermittlungsergebnissen. Giuseppe Falconi musste schlucken, nahm die Notizen in die Hand und erzählte der Deutschen irgendein belangloses Zeug. Bussmann war ein wenig erzürnt über die fehlende Ernsthaftigkeit ihres Kollegen in Rom. Bevor sie auflegte, gab sie ihm zu verstehen, sich morgen wieder bei ihm zu melden.
Doch Bussmann ließ sich nicht so einfach abwimmeln. Sie beantragte, die Ermittlung wegen neuer Beweise wieder aufnehmen zu dürfen und saß am nächsten Morgen in der ersten Maschine, die den Leonardo da Vinci Airport anflog. Zwei Stunden nach der Landung klopfte sie an Falconis Bürotür und trat ohne abzuwarten zu ihm ein.

Falconi war erstaunt über seinen Besuch aus Deutschland und konnte sich jetzt nicht mehr herausreden. Kurz nach Bussmann trat Falcoinis Chef ein und machte den Fall der deutschen Kollegen zu seiner obersten Priorität. Übel gelaunt und sich unter Druck gesetzt gefühlt, steuerte Falconi seinen Dienstwagen durch die überfüllten Straßen Roms. Am Flughafen parkte er im Halteverbot und gemeinsam mit Renate Bussmann suchte er die Sicherheitszentrale auf. Dort übersetzte er das Gesuch von Bussmann und gemeinsam zu dritt suchten sie die Videoaufzeichnungen des genannten Tages durch. Es dauerte auch nicht lange und Bussmann erkannte Stone, der unter den Namen Paul Stein einreiste, auf dem Bildschirm. Jetzt hatte Falconi seinen ersten Hinweis und mit den neuen Kenntnissen saß er später an seinem Computer und tippte auf der Tastatur herum. Bussmann saß kommentarlos vor ihm und wartete das Ergebnis ab.

Falconi schüttelte typisch italienisch den Kopf. Paul Stein war nicht aufzufinden. Keine Unterkunft wie Pensionen oder Hotels hatten ihm ein Zimmer vermietet. Auch war ein Paul Stein nicht als Mieter einer Wohnung oder Ähnlichem in Rom registriert. Es sollte die Suche der Nadel im Heuhaufen werden. Am Nachmittag waren die beiden Ermittler wieder am Flughafen und fragten sich bei den Taxifahrern durch. Falconi wollte nach zwei Stunden aufgeben, doch Bussmann blieb hartnäckig und wurde belohnt. Mit dem Beginn der Nachtschicht erkannte einer der dazu gekommenen Taxifahrer, auf dem gezeigten Foto Paul Stein als seinen Fahrgast. Doch wohin er ihn gefahren hatte, daran konnte er sich nicht mehr erinnern.

Renate Bussmann musste sich auf den anderen Tag gedulden und ließ sich von Falconi zu einem kleinen Familienhotel seines Cousins fahren.

Mit dem Versprechen, sie morgen früh hier wieder abzuholen, verabschiedete er sich von ihr.

Für die deutsche Polizisten begann der Morgen um sieben Uhr in der Früh. Für ihren italienischen Kollegen wohl erst um elf Uhr morgens. Ungeduldig wartete sie vier Stunden in ihrem kleinen Zimmer auf Falconi. Als dieser in der zweiten Reihe anhielt, hupte und auf Bussmann wartete, staute sich hinter ihm der Verkehr. Als Bussmann dann stinksauer einstieg, wurde sie von einem Hupkonzert begleitet. Doch sie tat ihrem italienischen Kollegen unrecht. Falconi hatte am Morgen schon die Taxizentrale besucht und die so wichtige, aber wohl unbrauchbare Information bekommen. Der Gesuchte stieg am Vatikan aus dem Taxi.
Falconi hob die Hände und der Fall war für ihn erledigt. Tausende Touristen ließen sich jeden Tag zum Petersplatz transportieren, wie sollten sie dort den einen Mann wiederfinden, fragte er Renate Bussmann. Bussmann konnte es kaum glauben, wie einfach es sich der Kommissare machte. Sie bat ihm sie am Kolosseum aussteigen zu lassen. Falconi hielt an und die deutsche Ermittlerin mischte sich unter den vielen Touristen. Sie bummelte durch die Sehenswürdigkeiten römischer Baukunst und war vertieft in ihren Gedanken, als sie plötzlich vor dem Pantheon Paul Stein erkannte. Sein Kopf bedeckte er mit einem Hut und auf der Nase trug er eine Sonnenbrille. Trotzdem meinte sie ihn aufgespürt zu haben. Nicht Giuseppe Falconi half ihr, ihn zu finden, sondern der reine Zufall. Aus der Distanz folgte sie ihm durch die engen Gassen der italienischen Hauptstadt.
Stone fühlte sich hier in seiner Wahlheimat und unter dem Schutz des Vatikans sicher. Trotzdem blieb er vorsichtig. Er beobachtete seine nähere Umgebung immer wieder aus den

Augenwinkeln und mied die öffentlichen Kameras, die das antike Rom vor Graffitisprayern und Vandalismus schützen sollte. Scheinbar ziellos schlenderte er wie ein Tourist durch die Straßen und aß auf der spanischen Treppe sitzend ein Eis. Dabei fiel ihm eine Frau unten an dem kleinen Springbrunnen auf, die ihm heute schon zwei Mal über den Weg lief. Für einen Profi wie Stone kein Zufall, sondern ein Grund, der seine innere Alarmanlage auslöste. Er bummelte an den Schaufenstern der Edelboutiquen vorbei und bestaunte für andere sichtbar die teuren angebotenen Kleidungsstücke. In Wahrheit beobachtete er durch die Spiegelung des Glases der Schaufenster seine Verfolgerin.

Jetzt bei näherem Hingucken, erkannte er die Frau. Sie war bei dem Prozess gegen Anton Huber als Zuschauerin anwesend. Für Stone nun absolut kein Zufall mehr, ihr hier über den Weg zu laufen. In einem kleinen Cafe´ durchschritt er den Eingang, nur um die Toilette aufzusuchen. Diese befanden sich im Hausflur des sehr alten Hauses. Dort nahm er dann den Hinterausgang und versteckte sich in dem Hauseingang des gegenüberliegenden Gebäudes. Er beobachtete nun seine Umgebung und wartete auf eine Reaktion seines Schattens. Eine ganze Weile tat sich nichts. Doch dann hatte sie den Braten wohl gerochen, denn plötzlich stand die Verfolgerin auf der Straße und blickte suchend die Umgebung ab. Als sie bemerkte ihn verloren zu haben, marschierte sie die Straße hinauf. Stone folgte nun unauffällig ihr und wurde vom Gejagten zum Jäger.

Bussmann ärgerte sich, den blonden Hünen verloren zu haben. Sie ahnte, von ihm entdeckt worden zu sein. Paul Stein war ein wirklicher Profi, das wusste sie jetzt. Nur was hatte er mit dem Tod Hubers zu tun, fragte sich die Polizistin die ganze Zeit.

Victorias Aussage nach konnte nur er die Waffe bei ihr abgelegt haben und hat so, Victoria, den Revolver überhaupt erst zugänglich gemacht. Renate Bussmann spazierte auf direktem Wege zu ihrer kleinen Pension und betrat am frühen Abend ihr Zimmer. Sie wollte sich ein wenig frisch machen und dann eine letzte Mahlzeit zu sich nehmen, bevor es morgen früh wieder nach München ging.

Das Geräusch der Dusche und die Wasserschwaden in der Nasszelle hielten alle anderen Geräusche von ihr fern. So bemerkte sie nicht, wie Stone ihr Zimmer leise betrat. Das antike Türschloss war für ihn dabei das geringste Problem. Er sah durch den Türschlitz die Frau in der Duschkabine unter dem Wasserstrahl des Duschtellers stehen. Diese Gelegenheit nutzte er, um ihre Handtasche zu durchwühlen. Kurze Zeit später hatte er ihren Dienstausweis in seiner Hand.

Ohne von ihr bemerkt worden zu sein, verschwand er genauso ungesehen wir er gekommen war. Nur ihren Dienstausweis nahm er an sich, bevor er das Zimmer verließ.

Beim Abschied am Flughafen versprach Falconi ihr dann, an dem Fall dran zu bleiben und zu versuchen, Paul Stein aufzuspüren. Ihre Dienstreise nach Rom brachten Bussmann nicht die vorher gewünschten Antworten. Bei ihrem Vorgesetzten war sie nun in Erklärungsnot unnötige Steuergelder für ihre Reise nach Italien verpulvert zu haben.

Nach dem Urteil

Für Victoria begann mit dem Urteilsspruch die unangefochtene Haftstrafe. Fünfzehn Jahre waren eine verdammt lange Zeit. Auch wenn Jochen Finn ihr Hoffnungen auf eine Haftverkürzung durch das Berufungsgericht in Aussicht stellte, so richtig daran glauben konnte Vick nicht mehr. Zu viele Tragödien hatte sie in ihrem Leben auf sich nehmen müssen und das Glück stand nie an ihrer Seite.

Die Monate vergingen, die Jahreszeiten beobachtete sie aus ihrem Zellenfenster und ein Tag war wie der andere. Die Gefangenen gingen und neue Insassinnen kamen. Auch die Zeit mit Van vermochte die Eintönigkeit des Gefängnislebens nicht zu ändern.

Die einzige erfreuliche Nachricht überbrachte ihr dann über ein Jahr nach der Verurteilung, der Gefängnisdirektor. Jochen Finn hatte es geschafft, ein Berufungsverfahren zu erwirken. Diese Neuigkeit kam genau zur Weihnachtszeit und war für Vick ein schönes Geschenk zur richtigen Zeit.

Der Direktor hatte aber auch noch andere Geschenke zu verteilen. So durfte Vanessa sich zum zweiten Mal auf eine Anhörung zur Haftentlassung vorbereiten.

Die Freude darüber hatte bei Victoria Grenzen. So sehr sie ihrer Freundin die Freiheit gönnte, wollte sie Van aber auch nicht verlieren.

Es war dann im nächsten Frühjahr. Das Grün des noch neuen Frühlings verdrängte den letzten Schnee eines langen Winters. Während des einstündigen Hofganges konnte Victoria die neue Jahreszeit durch ihre Nase riechen. Wie sehr wünschte sie sich jetzt durch einen der schönen bayrischen Wäldern zu spazieren. Den Vögeln beim Balzen, um eine gefiederte Braut zuzuhören oder sich an den sprießenden Pflanzen zu erfreuen. Das alles blieb ihr für fast eine Menschengeneration versperrt. Sie saß hier auf einer alten Holzbank in einem betongrauen Hof, der von allen vier Seiten mit hohen Mauern des Gefängnisgebäudes umgeben war. Nur im Sommer, wenn die Sonne in ihrem Zenit steht, lässt sie kurz ihre wärmenden Strahlen in den Gefängnishof scheinen. Kein Strauch, kein Baum, nur manchmal ein verirrter Vogel ziert den Platz im kahlen Grau des Gefängnishofes.

Genau zu dieser Zeit bereitete Vanessa sich auf ihre Anhörung vor. Sie wollte, sie musste es dieses Mal schaffen. Schon viel zu lange war sie Gast dieses Hotels auf Kosten der Steuerzahler. Vitoria dagegen wartete noch immer auf einen Termin des Berufungsgerichtes. Die vorsitzende Richterin hatte aufgrund von Personalnotständen noch mehr Gerichtsfälle als üblich übernehmen müssen und hinkte denen hinterher. Vicks Anwalt Jochen Finn war nicht amüsiert über den immer weiter nach hinten fallenden Termin des Prozesses. Doch trotz seines ständigen Drängens bei der Richterin musste er warten, bis Victorias Fall an der Reihe war. Wenn er gekonnt hätte, würde er seinen zu verteidigenden Fall von unten aus dem Aktenhaufen nach ganz oben legen. Doch Finn konnte das nicht und musste weiterhin wie Victoria ungeduldig warten.

Während des Wartens, saß Vanessa vor dem Strafvollzugsausschuss und antwortete auf die ihr gestellten Fragen. Der vor ihr sitzende Ausschuss, war ein bunter Haufen von Menschen. Der Gefängnisdirektor, ein Richter, ein Priester, ein Psychologe, ein Staatssekretär des bayrischen Landtages und ein Realschullehrer entschieden über Vanessas Zukunft. Keine Frau saß dem Ausschuss bei. Vanessas Taktik war dieses Mal eine andere, als bei ihrer ersten Anhörung. Sie wollte nicht immer die Wahrheit sagen, was nicht hieß, sie würde lügen. Sie nahm sich vor, einfach das zu erzählen, was der fragende Ausschuss von ihr hören wollte. Nachdem sie alle Fragen beantwortet hatte, verließ sie mit einem guten Gefühl den Raum. Ihr Inneres war zufrieden. Alles andere lag jetzt nicht mehr in ihren Händen.

Während das Komitee sich über die Haftverkürzung Vanessas beriet, wartete sie nervös auf einem Stuhl sitzend vor der Tür. Die Minuten vergingen und es wurde eine gute Stunde, bis sich die Tür öffnete. Der Direktor kam heraus und ließ Vanessa von dem begleitenden Schließer in ihre Zelle bringen. Eine Entscheidung würde heute wohl nicht mehr fallen, war seine Begründung. Van überlegte auf dem Weg zu ihrer Zelle, was passiert, wenn ihr Antrag wieder abgelehnt wird. Sie hatte selbst nicht mehr die psychische Stabilität, eine Ablehnung zu verarbeiten. Sie wollte, nein, sie musste nach so vielen Jahren hier endlich raus.

Am Abend klopfte Vick an ihrer offenen Zellentür und trat zu ihr ein. Viel Zeit hatten die beiden nicht mehr, bevor die Türen für die Nacht verschlossen wurden. Van klärte ihre Freundin über das Geschehen auf und bot Vick den Platz neben ihr an. Das Zellenbett war viel zu klein für zwei Personen, trotzdem stieg Vick wie viele Male zuvor zu ihr ins Bett. Die beiden tauschten Zärtlichkeiten bis zur Schließung der Türen aus. Danach lagen beide getrennt voneinander in ihren eigenen Betten und ließen den Tag Revue passieren. Während Van Gott um einen positiven Bescheid bat, hoffte Victoria, dass Komitee behielt Vanessa noch hier.

An Schlaf war für beide nicht zu denken. Immer wieder, wenn Van in den Schlaf fiel, plagten sie Albträume. Fratzenhafte

Gesichter riefen ihr zu, sie käme hier nie mehr lebend raus und lachten sie dann aus. In ihrem Traum konnte Van diese fiesen Gesichter den Personen des Entscheidungskomitees zuordnen. Aber auch andere, nicht dem Ausschuss zugehörige Personen quälten sie in ihrem Schlaf. So zeigte sich der dicke Friedrich immer wieder und Vanessa musste sich ihm wieder hingeben. Er lachte sie auch aus und bemerkte, nur über ihm würde sie hier heraus kommen. Dazu müsse sie aber eine andere Gefangene finden, die ihre Stelle in seinem Büro einnehmen würde, gab Friedrich ihr noch mit auf dem Weg. Nass geschwitzt wachte Van zum wiederholten Male auf und war sich plötzlich sicher, nicht mehr frei gelassen zu werden.

Vick dagegen quälten keine Albträume, denn sie starrte durch den dunklen Raum auf die Zellendecke. Sie schlief erst gar nicht ein und eine Menge Gedanken rasten durch ihren Kopf. Im Inneren ahnte sie, dass Vanessa nicht mehr lange bei ihr bleiben wird. Der Ausschuss würde Vanessa die Haftverkürzung auf Bewährung genehmigen. Van war von Anfang an ihre einzig wirkliche Bezugsperson in der Justizvollzugsanstalt gewesen. Die Beziehung zu ihr wuchs zu einer festen Freundschaft mit Liebschaft zusammen. Vick wollte ihre Freundin nicht verlieren. Ihre Wünsche waren sehr egoistisch, doch Vicks Gefühle waren nun mal so und ließen sich nicht ändern. Sie haderte die ganze Nacht hindurch mit sich selbst, ihrem bisherigen Leben, mit Gott und seiner Kirche hier auf Erden.

Doch auch die längste Nacht geht einmal zu Ende und mit dem ersten Tageslicht begann ein neuer Gefängnistag für Van und Victoria.
Es dauerte bis in den späten Nachmittag hinein, als der Direktor Vanessa zu sich riefen ließ. Nervös und mit einer aufsteigende

Übelkeit betrat sie wenig später das Büro der Gefängnisleitung. Eigentlich hasste sie diesen Raum. Zu viele schlechte Erinnerungen und noch mehr schlechte Taten hatte sie hier über sich ergehen lassen müssen. Doch schon mit dem Schritt durch die Tür lächelte sie der hinter seinem Schreibtisch sitzende Direktor an. Mit der Hand zeigte er auf dem Stuhl vor ihm und deutete Vanessa somit an, sich zu setzen. Die Spannung wurde mit jeder verstreichenden Sekunde unerträglicher und der Direktor schien dies an Vanessas Körperhaltung zu ahnen. Deshalb machte er es dann ziemlich kurz. Den Satz, der dann von ihm gesprochen wurde, vergaß Vanessa nie mehr in ihrem Leben. „Herzlichen Glückwunsch, Sie werden in einigen Wochen in die Freiheit entlassen."

Vanessas Herz setzte einige Schläge vor Freude aus, nur um danach noch heftiger zu schlagen. Der Direktor erklärte Van dann noch, dass sie in den Wochen bis zu ihrer Entlassung auf Bewährung an ein Programm für Häftlinge zur Eingliederung in die Gesellschaft teilnehmen müsse. Doch diese Worte bekam Vanessa gar nicht mehr richtig mit. Die Freude über die Entlassung ließ sie nichts mehr um sich herum wahrnehmen. Nachdem sie das Büro mit der freudigen Nachricht verließ, suchte sie zuerst Victoria in ihrer Zelle auf. Als sich beide dann in die Augen sahen und Vick sie lächeln sah, wusste sie, ohne das bisher Worte gefallen waren, Bescheid. Vick liefen einige Tränen über die Wangen. Es waren Tränen der Freude für ihre Freundin, es waren aber auch Tränen der Trauer über den Verlust, den sie demnächst haben wird. Beide Frauen lagen sich einen Wimpernschlag später weinend in den Armen und schworen sich ewige Freundschaft über die Haftjahre hinaus.

Die Akte

Renate Bussmann musste offiziell die Akte wegen erfolgloser weiterer Ermittlungen schließen. Der Fall sollte somit beendet werden. Doch das Gespür einer Frau und das Gespür einer noch besseren Ermittlerin ließen der Polizeirätin keine Ruhe. Sie nickte dem Abschluss der Ermittlung zu und bearbeitete andere Fälle, die sich auf ihrem Schreibtisch angehäuft hatten. Doch in ihrer Freizeit durchsuchte sie die Akte Victorias noch einmal von ganz vorne. Sie hoffte so irgendetwas zu erkennen, was bisher übersehen wurde. Doch egal wie lange sie suchte, sie fand keinen neuen Hinweis. Sie schloss die Akte und gab resigniert auf. Tage später hatte sie plötzlich einen Einfall und schrieb sich eine Notiz auf ein Stück Papier. Nach Feierabend wollte sie noch einmal, aber auch zum letzten Mal einer Idee im Fall Victorias nachgehen.

Renate Bussmann recherchierte über Victorias Geburtsname und stieß auf eine Anzeige wegen Kindesmissbrauch durch einen Pfarrer. Sie durchstöberte die Akte im Computer und nahm sich vor, Victorias Familie einen Besuch abzustatten. Mit ihrem Auto fuhr sie dann am Samstagmorgen in den Allgäu. Zwei Stunden dauerte die Fahrt und Renate Bussmann stand vor Victorias Elternhaus. Sie holte drei Mal tief Luft und stieg dann aus dem Wagen. Nachdem sie klingelte, dauerte es etwas, bis eine ältere Frau erstaunt die Tür öffnete. Die Polizistin zeigte der Frau ihren Dienstausweis und stellte sich Victorias Mutter vor. Aus dem Hintergrund hörte sie dann eine Männerstimme rufen. Ein wenig eingeschüchtert rief Victorias Mutter zurück und klärte ihren Mann so auf. Der wiederum stand dann kurz danach hinter seiner Frau und erklärte Renate Bussmann, dass die Familie ihr nichts über Victoria zu sagen hätte und schloss die Tür vor der verdutzten Polizistin. Bussmann staunte nicht schlecht und ärgerte sich, den ganzen Weg in ihrer Freizeit geopfert zu haben. Da sie nun den Rückweg für nichts und nimmer nichts antreten musste, wollte sie wenigstens noch etwas gegen ihren kleinen Hunger tun und fand im Dorfkern in der Nähe der Kirche ein Café, dass auch ein Frühstück anbot. Renate Bussmann biss gerade in ihre zweite Brötchenhälfte, als plötzlich Victorias Mutter vor ihr stand.

Bussmann zeigte auf den Stuhl gegenüber und Victorias Mutter setzte sich. Danach fing sie im Flüsterton an zu erzählen und eine halbe Stunde später kannte die Beamtin Victorias Kindheitsgeschichte. Die Fahrt in den Allgäu war dann doch nicht umsonst gewesen und Bussmann war ein wenig klüger als noch zuvor. Wieder passte ein neues Puzzlestück zu dem schon abgeschlossenen Fall. Auf der Rückfahrt nach München ging Bussmann noch einmal die Fakten durch und verstand nun Victorias Hass auf die katholische Kirche und ihren Angestellten. Anton Huber musste dann für seine und die Taten der anderen Geistlichen bezahlen. Bussmann dachte darüber nach, ob Victoria die Rolle des Lee Harvey Oswald eingenommen hatte. Welche Rolle spielte dabei Paul Stein oder wie der blonde Kerl auch immer hieß? Doch auch Stein wird nicht ohne Auftrag gehandelt haben, da war sich die Polizeirätin sicher. In München angekommen, wusste Bussmann noch nicht, wie sie weiter vorgehen sollte. Doch eines wusste sie, sollte es Hintermänner geben, die ihre Hände bei Victorias Tat mit im Spiel hatten, müssten sie dafür auch angeklagt werden. Bussmann wollte sie nicht so einfach davonkommen lassen.

Am nächsten Tag, es war ein Sonntag, saß Renate Bussmann im Polizeirevier in ihrem Büro vor dem Computer. Die ganze zweite Etage war an diesem Tag verwaist und die Ermittlerin alleine im gesamten Stockwerk. Ungestört stöberte sie sich durch irgendwelche Einträge zur Zeit von Victorias Kindheit. Schnell stieß sie auf einige zurückgezogenen Anzeigen wegen Kindesmissbrauch durch den Dorfpfarrer in Victorias früheren Gemeinde. Das so viele Anzeigen zurückgezogen wurden, war nicht normal und musste einen anderen Hintergrund gehabt haben. Nur welchen, fragte sich Bussmann. Ihr kam nur die Kirche in den Sinn. Der Klerus durfte sich damals wie heute keinen Skandal wegen pädophiler Priester erlauben. Renate Bussmann wollte diesen Weg ihrer Überlegung weiter verfolgen. Da der Fall aber offiziell als abgeschlossen galt, musste sie sehr diskret vorgehen. Es könnte ihr die Karriere oder vielleicht sogar den Job kosten.

Renate Bussmanns heimlichen Ermittlungen blieben aber nicht unauffällig. Durch ihre Fragerei in den letzten Wochen ist irgendwann der Bischof auf sie aufmerksam geworden. Das Letzte, was der wollte, war ein neues Aufrollen des Falles um Anton Huber. Er überlegte und fand es an der Zeit, Stone zurück zu beordern.

Einige Tage später stand der Hüne in des Bischofs Büro vor ihm. Das vorher blonde Haar abgeschoren, trug er jetzt einen kahlen glänzenden Kopf. Doch seine hellblauen Augen blickten wie zuvor eiskalt zu seinem Gegenüber. Der Bischof klärte Stone über das Geschehen auf und der Profi begann mit seiner Arbeit. Sein Ziel war Renate Bussmann und die Vernichtung aller Beweise, die das Bistum und die Kirche mit Victorias Mord an Anton Huber in Verbindung bringen könnte.

Bussmann ahnte nichts von der Verfolgung durch Stone. Er war nun mal ein Profi und für den Verfolgten unsichtbar. Trotzdem war er seit Tagen immer in Bussmanns Nähe, ohne das sie irgendetwas bemerkte. Stone machte sich seine Notizen und wusste nach wenigen Tagen Bussmanns normalen Tagesablauf. So hatte er dann auch während ihres Dienstes genügend Zeit, sich in ihrer Wohnung umzuschauen. Natürlich fand er die von ihr versteckten Notizen, die den Fall Anton Hubers betrafen. Er fotografierte alles und verstaute die Schriftstücke wieder, genauso wie er sie vorgefunden hatte. Er fand unter anderem einen Revolver, den er auch wieder zurücklegte. Als Stone die Wohnung ungesehen wieder verließ, konnte niemand erkennen, dass er dort gewesen war. Die Beweise oder besser Vermutungen Bussmanns waren nur Verdächtigungen, die sie nachgehen wollte. Stone berichtete darüber und wartete auf weitere Aufträge des Bischofs. Dieser war trotzdem beunruhigt und wollte die Sache vom Tisch haben. So bekam Stone schneller als gedacht eine neue Order.

Bussmann unterhielt sich von ihrem Schreibtisch aus mit dem ihr gegenübersitzenden Sommer als ihr Bürotelefon klingelte und sie den Polizeidirektor am Apparat hatte. Zwei Minuten später war sie in seinem Büro eine Etage über ihrem Eigenen. Die Einladung ihres Vorgesetzten war keine Höflichkeitsunterhaltung. Der Bürgermeister, ein sehr guter Freund des Bischofs, fragte an, warum an einem abgeschlossenen Fall weiterhin ermittelt wird. Der Münchener Polizeipräsident konnte darauf nicht antworten und ging im Präsidium der Sache nach. Einer seiner Direktoren stieß dann auf Renate Bussmann und diese stand nun vor ihrem Vorgesetzten. Die Unterhaltung oder besser die Standpauke, die sie über sich ergehen lassen musste, war heftig. Mit einer mündlichen Abmahnung durfte sie dann das Büro wieder verlassen. Bussmann war verärgert, aber noch mehr enttäuscht, dass anscheinend niemand die Hintergründe des Mordes an Anton Huber aufgeklärt haben möchte. Doch sie wusste nun auch, wer dem Bürgermeister darauf angesetzt hat. Das war des Bischofs Fehler gewesen. Er hätte besser im Hintergrund bleiben sollen, statt aus seiner Deckung zu springen. Jetzt hatte Bussmann eine weitere Spur, die ihre eigene Theorie bestätigte. Der Weg führte also ins Bistum. Renate Bussmann war jedoch unsicher. Sollte sie weiter investigieren oder die Sache auf sich beruhen lassen? Sie war sich nicht sicher. War ihr der eigene Job wichtiger als die Gerechtigkeit? Auch hier hatte sie keine Antwort. Sie nahm sich vor, in den nächsten Tagen Ruhe walten zu lassen und ein paar Nächte über die Sache zu schlafen.

Als Renate Bussmann am Abend nach Hause kam und die Tür aufschloss, richteten sich ihre Nackenhärchen auf. Ihr Gespür schaltete die innere Alarmanlage ein. Bussmann zog ihre Waffe und ließ die Haustür beim Eintreten geöffnet. Bussmann schlich durch ihre Wohnung, konnte jedoch nichts Verdächtiges feststellen. Doch noch immer warnte ihr Gespür sie. Egal wie sehr sie auch suchte, es war alles so, wie sie die Wohnung am Morgen verlassen hatte und trotzdem war ihr nicht wohl, als sie zum Schlafen ins Bett stieg. Immer wieder wachte sie unruhig auf, blickte dann in die Dunkelheit ihres Schlafzimmers, bis ihr wieder die Augen zu fielen.

Als sie am nächsten Morgen die Wohnung verließ, präparierte sie zur Sicherheit die Haustür. Mit flauem Magen saß sie in ihrem Auto auf dem Weg zur Dienststelle und überlegte, wie sie weiter vorgehen oder die Sache auf sich beruhen lassen sollte. Mittlerweile war sie an einem Punkt angekommen, an dem sie ihr Tun bereute. Doch nun stand sie mitten drin und der Weg zurück, hatte die gleiche Entfernung wie der Weg bis zum Ende. Die Entscheidung nahm ihr dann Stone ab. Er wartete versteckt in Bussmanns Wohnung auf die Polizistin, die nach einem langen Arbeitstag am frühen Abend hungrig vor ihrer Wohnungstür stand. Die beiden Tüten, gefüllt mit Lebensmittel aus dem Supermarkt in den Händen überprüfte sie die präparierte Eingangstür. Die beiden angeklebten Härchen waren nicht mehr da. Renate Bussmann lauschte mit dem Ohr an der Tür. Sie hörte nichts. Trotzdem war sie gewarnt und wollte nicht in eine gestellte Falle laufen. Sie ging um die Ecke zum Treppenaufgang zurück und setzte sich auf der untersten Stufe. Ihre Dienstwaffe in der Hand wartete sie ab.

Stone saß jetzt schon einige Stunden in Bussmanns Wohnung und wartete auf die Insassin. Irgendetwas Unvorhergesehenes musste geschehen sein, sonst wäre die Polizistin schon längst zu Hause eingetroffen. Er schaute auf seine Armbanduhr, sie zeigte ihm einige Minuten nach Mitternacht an. Stone spürte heute Nacht würde sein Plan nicht aufgehen und machte sich zum Aufbruch bereit. Bevor er die Wohnungstür öffnete, schaute er durch den Spion. Es war dunkel und niemand zu sehen. Er öffnete die Tür und trat einen Schritt hinaus. Als er die Tür leise schloss, erfasste ihn der Bewegungsmelder und das Flurlicht schaltete sich ein. Das war der Moment, auf den Renate Bussmann gewartet hatte. Als Stone sich umdrehte, stand Bussmann mit gezogener Waffe fünf Schritt vor ihm. Sie befahl ihm, sich ausgestreckt auf dem Bauch zu legen. Stone gehorchte zuerst nicht. Doch als Bussmann die Pistole spannte, überlegte er es sich und ging langsam in die Knie. Genau in diesem Augenblick ging das Licht aus. Stone sprang auf Bussmann zu.

Das Licht ging wieder an und Bussmann feuerte in den Schatten hinein, bevor sie Stone zu Boden sprang. Bussmann hatte das Gefühl, von einem LKW angefahren worden zu sein und stürzte zu Boden. Der riesige Kerl hatte sie einfach umgerannt und flüchtete über das Treppenhaus hinaus ins Freie. Renate Bussmann erhob sich und nahm die Verfolgung auf, doch als sie an der Haustür stand, war von Stone nichts mehr zu sehen. Kurze Zeit später überprüfte die Spurensicherung ihre Wohnung, konnte aber keinen brauchbaren Hinweis finden. Der Kollege vom Einbruchsdezernat stellte seine Fragen und Busmmann konnte keine davon richtig beantworten. Sie hatte den Mann nur einen Wimpernschlag gesehen und erkannte ihn nicht. Aus der Wohnung wurde nichts gestohlen und alles lag an seinen Platz wie immer. Auch die Kugel aus ihrer Dienstpistole war nicht aufzuspüren gewesen.

Erst am anderen Morgen, als Bussmann beim Zeichner im Büro mit ihm ein Phantombild anfertigte, kam ihr die Idee, dem kahlen Kopf eine blonde Kurzfrisur einzuzeichnen. Und siehe da, der Unbekannte konnte der gesuchte Paul Stein gewesen sein. Jetzt hatte sie einen Anhaltspunkt und einen neue Fährte.

Leider ging die Spurensicherung ihrer Arbeit nur im Flur vor und in Renate Bussmanns Wohnung nach. Den ersten Blutstropfen verlor Stone auf dem Gehweg am Nachbarhaus, in dessen Hinterhof er sich versteckte. Die Kugel, die Busmann abfeuerte, traf seine linke Schulter und steckte noch im Schulterblatt. Das Blut tränkte seine Jacke und tropfte auf den Boden. Stone spürte jetzt mit abklingendem Adrenalin den Schmerz einsetzen. Er schaffte es, die zweihundert Meter bis zu seinem Auto und hoffte bei einem bekannten Chirurgen in Augsburg Hilfe zu bekommen. Gegen vier Uhr am Morgen lag er dann auf dem OP-Tisch und der Chirurg entfernte ihm die

Kugel aus der Schulter. Noch im Keller des privaten Hauses des Mediziners, bezahlte Stone den Arzt, wie immer in Bar und verschwand aus Augsburg.

Ihren eigenen Überfall durfte Bussmann nicht bearbeiten, den Fall hatte ein anderer Kollege auf seinem Schreibtisch.

Trotzdem wollte sie dem nachgehen. Da der Bischof dem Bürgermeister sehr nahe stand, konnte sie ihn nicht so einfach kontaktieren. Es musste eine andere Strategie her.

So stand sie am Abend in Augsburg vor der Wohnung der Sekretärin des Bistums und zeigte der erstaunten Dame ihren Dienstausweis. Ihren Namen behielt Bussmann dabei für sich. Die Angestellte bat sie herein und Bussmann legte ihr das Phantombild auf den Tisch. Zuerst schüttelte die Sekretärin mit dem Kopf und hob die Schultern. Doch beim zweiten Hinsehen ging ihr ein Licht auf. Sie meinte den Mann auf der Zeichnung zu erkennen. Er war schon einige Male an ihr vorbei in des Bischofs Büro gewesen. Meist aber erst am späten Abend, wenn außer ihr niemand mehr im Gebäude war. Doch der Mann hätte blondes Haar und keine Glatze gehabt, fügte sie noch hinzu. Nur den Namen kenne sie nicht, da er nie einen Termin, sondern immer sofort ins Büro des Bischofs an ihr vorbei gehen durfte. Bussmann klärte die Frau über die Verschwiegenheit ihrer Anwesenheit auf und bedankte sich, bevor sie die Wohnung der Bistumssekretärin verließ.

Und wieder ließ sich ein weiteres Teil in das Puzzle legen. So langsam ergab es ein Bild von dem, was wirklich geschah. Renate Bussmann war nun fest davon überzeugt, dass die Geschichte von der Herkunft der Waffe, mit der Victoria Anton Huber erschoss, wahr sein könnte. Leider wurde dieser Aussage Victorias nicht nachgegangen, so dass sie nur einmal befragt im Protokoll auftauchte.

In Kempten trafen sich der in privater Kleidung angezogene Bischof und Stone. In einem von Touristen beliebten Lokal saßen die beiden in der hintersten Ecke beim Frühstück zusammen. Stone erklärte seinem Auftraggeber, was geschah und er den Auftrag aufgrund seiner Verletzung erst einmal nicht weiter ausführen könnte. Der Bischof war verärgert und hoffte, dass die Schlampigkeit Stones nicht zu ihm führen würde. Zum ersten Mal war er mit der Arbeit Stones als Aufräumer unzufrieden. Er wollte die Sache jetzt aus dem Hintergrund beobachten. In der Hoffnung des Bürgermeisters Wort würde die Polizei daran hindern, weiter gegen ihn zu ermitteln. Nach dem Frühstück trennten sich Stones und des Bischofs Wege. Der Bischof ging weiter seinem Amt als Kirchenvertreter seines Bistums nach und Stone löste sich einfach in Luft auf. Er machte das, was er am besten konnte, sich einfach unsichtbar.

Wochen später, Bussmann konnte kein weiteres Teil ihrem Puzzle dazu fügen, musste sie sich eingestehen, Paul Stein verloren zu haben. Es fand sich kein Beweis, der dem Bischof mit Victorias Tat in Verbindung gebracht hätte.
Auch ihr Kollege schloss den Fall ihres Überfalls oder Einbruchs, so genau war dies nicht einzuordnen, als nicht abgeschlossen ab.
Bussmanns ganze Mühe war umsonst gewesen.

Wieder allein

Es kam der Tag, den Victoria so fürchtete und Vanessa so sehr herbeigesehnt hatte. Van räumte ihre wenigen Habseligkeiten aus ihrer Zelle. In der Wäschekammer gab sie ihre Gefängniskleidung, die Bettwäsche und die Handtücher ab. Sie nahm die drei Fotos über ihrem Bett von der Wand und verließ mit einer Tüte in der Hand die Zelle. Vor der Zellentür wartete nicht nur eine der Schließerinnen, auch Vick stand dort mit Tränen in den Augen. Die beiden Freundinnen umarmten sich ein letztes Mal und die Angestellte der JVA schaute kurz weg. Die letzten Tage vergingen wie im Fluge und die beiden verbrachten jede freie Minute gemeinsam. Doch sie wussten auch, es kommt der Zeitpunkt, an dem es heißt, Abschied zu nehmen. Dieser Zeitpunkt ist nun gekommen. Vick konnte nur noch zusehen, wie Van von der Schließerin begleitet, sich immer mehr von ihr entfernte. Als sie dann durch die große Zellentrakttür gingen und die Tür sich wieder schloss, stand Vick plötzlich ganz alleine und verloren da. Dieses Gefühl erlebte sie nun ein zweites Mal in ihrem Leben. Zum ersten Mal kam dieses Gefühl beim Tod ihrer Tochter bei ihr auf. Vick stand bewegungslos eine ganze Weile einfach nur da und schaute geistesabwesend in die leere Zelle, die zuvor Van bewohnt hatte. Das Umfeld nicht wahrnehmend schlich sie dann langsamen Schrittes zu ihrer Zelle und legte sich auf ihr Bett. Jetzt weinte Vick sich aus. Es war ein Geheule mit schluchzen und schreien. Erst eine herbeigerufene Schließerin konnte Vick wieder etwas beruhigen. Das Kopfkissen, auf dem sie lag, war nun von Tränen durchnässt und Vick nahm es am späten Nachmittag zum Austauschen mit in die Wäscherei.

Obwohl sie sich leer und der Ohnmacht nahe fühlte, ging der Gefängnisalltag seinen gewohnten Weg. Für Vick begann einfach eine neue Zeit in ihrer noch jahrelangen Haft.

Inzwischen hat sich das personelle Karussell der Insassinnen mehrere Male gedreht, so dass mittlerweile mehr als die Hälfte der Häftlinge ausgetauscht waren. Es bildeten sich neue Gruppen, die unter sich blieben und sich untereinander Schutz versprachen. Vick gehörte schon lange keiner Gruppe mehr an. Sie und Van wurden von allen respektiert und zufrieden gelassen. Das änderte sich aber ein paar Tage nach Vanessas Entlassung. Victoria wurde von einer Gefangenen, die ihrer und Vans Gruppe früherer Tage angehörte, angesprochen. Die Mitglieder ihrer Schutztruppe, wie sie es nannte, würden Vick gerne in ihren Reihen begrüßen dürfen. Mit diesen Worten wollte sie Victoria zu sich lotsen. Vick war für solche Dinge aber noch nicht bereit und sagte dankend ab. Es dauerte nicht lang und ein paar Tage später kam ein neues Angebot einer anderen Gruppierung. Doch auch hier sagte Vick die gleichen Worte und schloss sich auch denen nicht an. Freundinnen hatte sie sich in beiden Gruppen durch ihr Nein nicht gemacht, aber das waren Vicks kleinste Sorgen.

Es dauerte unheimlich lange vier Wochen, bis Vick von Van etwas hörte. Mit der Post am Freitag flatterte zum ersten Mal seit ihrem Haftantritt ein Brief in Victorias Händen.

Van schrieb ihr, wie es ihr in den ersten Tagen in Freiheit ergangen war und das sie sie vermisste. Vick las das Schreiben fünf oder sechs Mal, setzte sich dann an ihrem kleinen Tisch und schrieb einige Sätze an Van zurück.

So vergingen die nächsten Wochen und wurden zu trostlosen Monaten. Vick kam vor Langeweile fast um. Blieb alleine und hielt sich aus allem heraus.

Ein halbes Jahr nach der Entlassung Vans kam dann doch noch etwas Abwechslung in ihrem Gefängnisleben.

Jochen Finn, ihr Anwalt, saß im Besucherraum und besprach mit seiner Klientin die Strategie des Berufungsverfahrens.

Der erste Verhandlungstag ihrer Berufung stand kurz bevor und Jochen Finn hatte wieder seine medialen Auftritte. Seit er den Fall Victorias damals übernommen hat, geben die Klienten sich seine Türklinke in die Hand. Er nannte sich jetzt Staranwalt und sein Konto platzte aus allen Nähten. Er trat überzeugender als noch vor zwei Jahren auf. Redete selbstsicherer und gab sich fest entschlossen, den Fall zu seinen Gunsten zu wenden.

So trat er dann auch am ersten Verhandlungstag auf. Er versuchte mit seiner Strategie das Gericht zu überzeugen, das vorher ausgesprochene Urteil zu kippen.

Für Victoria, die gelangweilt neben Finn saß, war der Verhandlungstag nur juristisches Vorgerede. Darum drehte sie sich einmal um und schaute in die Zuschauerstuhlreihen hinter ihr. Da sah sie plötzlich Van unter den vielen anderen lächelnd sitzen. Finn bemerkte Vicks Abwesenheit und stieß sie sofort mit dem Ellbogen leicht an. Ihre Konzentration, vorher schon nicht auf dem Höhepunkt, ließ nun völlig nach. Vicks Gedanken kreisten bei Vanessa. So sehr sogar, dass sie des Richters Frage gar nicht mitbekam. Der meinte dann, es wäre Zeit für eine Pause und unterbrach die Verhandlung für eine gute Stunde. Als Victoria dann in Begleitung eines Justizbeamten den Saal verließ, konnte sie Van ein Lächeln zukommen lassen. Es tat ihr gut, Van unter den anwesenden Zuschauern zu wissen. Nach der Pause saß auf Vanessas Platz jemand anderes und Vick war enttäuscht ihre Freundin nicht mehr im Saal gesehen zu haben. Doch alle Sitzgelegenheiten waren besetzt und so konnte Van den ersten Prozesstag nicht weiter verfolgen.

Jochen Finn feuerte an diesem Tag aus allen Rohren und meinte dem Gericht genügend Beweise für eine fehlerhafte Erstverurteilung auf dem Tisch gelegt zu haben. Ob das Gericht und der Staatsanwalt der gleichen Meinung waren, war zu diesem Zeitpunkt nicht sicher. Doch als Finn sich den fragenden Medienvertretern stellte, trumpfte er mit einer großen Selbstsicherheit auf. Stolz ließ er die Fragen über sich ergehen und versuchte jede davon zu beantworten.
Vick war zu dieser Zeit schon wieder auf dem Weg in die Justizvollzugsanstalt. Sie dachte die ganze Strecke an Van und stieg traurig aus dem Transporter, um wieder in ihre Zelle zu gelangen. Der nächste Prozesstag war in einer Woche angesetzt und Victoria hoffte Van dann wieder zu sehen.

Am Freitag wurde Vick erneut überrascht. Sie bekam Post. Ihre Vermutung, Vanessa hätte ihr geschrieben, wurde durch den Absender aber nicht bestätigt. Der Brief war von Anna, ihrer ehemaligen Schwiegermutter. Sie wünschte Victoria alles Gute für den Prozess und drückte ihr die Daumen, dass das erste Urteil zu ihren Gunsten aufgehoben würde. In dem Schreiben teilte sie Vick noch mit, was es in den letzten Jahren alles Neues in der Familie gab, nur von Felix schrieb sie keine Zeile.
Victoria freute sich über Annas Brief, ihre eigene Familie hatte den Kontakt zu ihr völlig abgebrochen und dieser Zustand machte sie sehr traurig. Ändern konnte sie daran aber nichts und so lebte sie eben damit. Obwohl sie sich wünschte, dass sie und ihre Familie wieder zueinander finden würden. Sie vermisste vor allem ihre Mutter. Doch noch mehr vermisste sie ihr kleines Kind. Julia war täglich in ihrem Kopf und wenn es so war, kam der Hass auf Pastor Huber immer wieder in ihr Hoch. Victoria wusste, sie hat richtig gehandelt und würde wieder auf den pädophilen Geistlichen schießen. Sie hasste auch den Klerus

mit seinen veralteten Strukturen. Unmodern und erzkonservativ behielten sie mit ihrer frauenverachtenden Politik über die Jahrhunderte die Macht über die Menschen. Sie krönten nur Kaiser und Könige, die ihre Macht unterstützten. Riefen zu Kriegen untereinander und zu Kreuzzügen auf. Rotteten die Indianer in den neuen Ländern fast vollständig aus und verbrannten Frauen als Hexen auf dem Scheiterhaufen, die heute wegen ihrer Kräuterkunde und Krankheitskenntnis zu den besten Medizinern gehören würden. Victoria verstand das alles nicht mehr und fragte sich, was hat diese Kirche eigentlich mit Gott zu tun? Die Lehre Jesu sollten sie verbreiten, doch über fast zweitausend Jahre verbreiteten sie Mord und Totschlag. Ihren ganzen Reichtum hat die Kirche sich erstohlen und erschlichen. Das alles sollte Gott gewollt haben? Von solch einem Gott konnte Vick sich nur lossagen und als Atheist weiter leben.

Ihre Gedanken brachten ihr Blut in Wallung und sie spürte eine Traurigkeit aufkommen, die sich in Wut verwandelte. Es wurde Zeit, an etwas anderes zu denken und sich anderweitig abzulenken. Sie nahm einen Stift, ein Blatt Papier und schrieb Anna einen Dankesbrief. Als sie mit ihren Namen endete waren aus dem Blatt Papier sechs vollgeschriebene Seiten geworden.

Am nächsten Morgen stand Vick vor dem Waschbecken und schaute in den darüber hängenden Spiegel. Sie glaubte nicht, was sie da sah. Sie musste noch einmal genauer hinschauen, doch es war so, wie es war. Am Haaransatz der Stirn zeigten sich die ersten grauen Haare. Sie ahnte, ihre Jugend war somit vorbei. Die letzten Jahre hatte sie hier vergeuden müssen. Wie alt würde sie sein, wenn sie in die Freiheit entlassen würde? Sie wusste es nicht und das alles, weil Gott sich schon in ihrem

Kindesalter von ihr abgewendet hatte. Sie musste hier raus. Plötzlich hielt sie es hier nicht mehr aus. Sie hatte doch nur Gerechtigkeit walten lassen, weil das Justizsystem versagt hatte. Sie nahm sich vor, nicht mehr nur anteilslos neben Jochen Finn zu sitzen, sondern mit ihm besser zusammen zu arbeiten. So saß sie wieder an ihrem kleinen Tisch in der Zelle und notierte sich einige Dinge, die sie für wichtig hielt und ihr vielleicht ein günstigeres Urteil bringen könnte. Manchmal verfluchte sie überhaupt an den Revolver gekommen zu sein. Noch heute weiß sie nicht genau, wer war der angebliche Bundeskriminalbeamte, der sie damals besucht hatte? Niemand hatte den blonden Kerl finden können. Warum hatte er die Waffe bei ihr hinterlegt? Und zum Schluss die Frage, wer wollte Anton Huber tot sehen? Victoria schaute auf den Zettel und wollte mit Jochen Finn die richtigen Antworten finden. Anton Huber hatte sie von Anfang an schikaniert. Er hatte alles Nötige in Bewegung gesetzt, sie als Bürokraft der Gemeinde zu entlassen. Zum Schluss ist es ihm auch noch gelungen. Das reichte dem Pastor aber noch nicht, er machte weiter und vergriff sich sexuell an Victorias Tochter Julia. Diese war dem Druck des Aussagens vor Gericht nicht gewachsen und wählte wegen Huber den Freitod. Victoria konnte gar nicht anders, als nach dem Freispruch durch die Justiz die Gerechtigkeit wieder herzustellen. Mit dieser Strategie ging Finn als Victorias Verteidiger in die nächsten Prozesstage.

Jochen Finn hatte aber auch noch einen anderen Plan in der Hinterhand. Er wollte durch eine Pro-Victoria-Berichterstattung die Öffentlichkeit auf ihre Seite bringen und so den Druck auf das Gericht erhöhen. Für diese Aktion traf er sich mit einer alten Bekannten von Victoria.

Josefine Hausmann besuchte ihn in seinem Büro und Finn versuchte sie zu überreden, die Berichte über den Prozess zu Victorias Gunsten zu veröffentlichen. Die Journalistin hob die Augenbrauen, denn sie wähnte sich verhört zu haben. Finn dagegen bot ihr explosive interne Kenntnisse an und zwar nur ihr. Hausmann wäre so immer einen Schritt der Konkurrenz voraus. Die Reporterin dachte kurz nach. Schon lange hatte sie keine Seite Eins-Story mehr veröffentlicht. Auch war sie seit einem knappen Jahr nicht mehr so in den Redaktionen gefragt wie noch zuvor. Sie schaute Finn in die Augen, lächelte kurz und mit einem Handschlag war der Deal abgemacht. Als kleines Dankeschön bekam sie als erstes noch nicht veröffentlichtes Material der Verteidigung in die Hand. So konnte der Leser schon am Morgen vor den Prozesstagen in ihrer Berichterstattung erfahren, wie die Verteidigung vorgehen würde. In ihren Artikeln soll Vick dann als ein Justizopfer beschrieben werden, die zu ihrer Tat durch die Ungerechtigkeit getrieben wurde. Dazu veröffentlichte Josefine Hausmann Zahlen der letzten Jahre, wie viele Kinder von Priestern der katholischen Kirche misshandelt oder missbraucht wurden.

Jochen Finns Plan schien einige Wochen später aufzugehen. Wenn er das Gerichtsgebäude durch den Vordereingang an den Prozesstagen betrat, beobachtete er, dass sich dort immer mehr Frauenrechtlerinnen und andere Menschen protestierend versammelten. Hausmann interviewte auch die demonstrierenden Frauen und brachte deren Kommentar in ihre Zeitung unter. Natürlich gab es auch Gegenwind. Der Staatsanwalt verteidigte das erst gesprochene Urteil vehement, doch das war eher ein kleines Lüftchen, welches Finn ins Gesicht blies.

Es kam dann der Tag, als der vorsitzende Richter den Staatsanwalt und Jochen Finn zu sich ins Büro bestellte. Er wollte den Berufungsprozess langsam zu Ende bringen und bot beiden Parteien einen Vergleich an. Er wollte ein Urteil wegen Totschlags fällen und Victoria zu sechs Jahren Haft verurteilen. Jochen Finn sah sich am Ziel seiner Verteidigung. Mit diesem Urteil würde er in den Olymp der deutschen Strafverteidiger steigen. Er war jetzt ein Star unter den Advokaten. Der Staatsanwalt war da eher zurückhaltender. Sechs Jahre wegen Totschlags kam für ihm einer Niederlage
gleich. Er schüttelte den Kopf und verlangte mindestens neun Jahre. Jetzt sprach der Richter ein Machtwort. Sie wären hier in seinem Büro und nicht auf einem orientalischen Basar. Sein letztes Angebot waren dann sieben Jahre. Auch damit konnte Finn sehr gut leben und der Staatsanwalt musste sich eingestehen, den Vergleich anzunehmen.
Noch am selben Tag wartete Finn in der Justizvollzugsanstalt auf Victoria. Als sie dann den Besucherraum betrat, lächelte Finn breit über sein ganzes Gesicht. Victoria fühlte, dass ihr Anwalt, ihr eine wichtige Mitteilung zu machen hatte und setzte sich neugierig zu ihm an den Tisch.
Er eröffnete das Gespräch mit dem Angebot des Richters und erklärte seiner Mandantin, dass dies mehr wäre, als er sich erträumt hatte. Da Victoria die Hälfte der Haftzeit schon verbüßt hätte und sie vielleicht wegen guter Führung einen Rest der Haftstrafe auf Bewährung absitzen könnte, müsste sie eventuell nur noch zwei Jahre auf die Freiheit warten.
Vick fühlte sich am Ziel ihrer Träume. Nur noch zwei Jahre, das war weniger als erhofft. Sie stimmte dem Vergleich des Richters zu und plötzlich lohnte es sich für sie wieder zu leben.

In Josefine Hausmanns Artikel auf der Titelseite sprang dem Leser die Überschrift: „Kommt Victoria bald frei?" Da dieser Zeitungsartikel vor der Urteilsverkündung veröffentlicht wurde, war der Richter nicht sehr amüsiert. Er bestellte Finn und den Staatsanwalt zu sich. Da er nicht sicher war, wer von den beiden geplaudert hat, mussten sich auch beide seine Standpauke anhören. Zwar war Hausmanns Bericht nur auf Vermutungen aufgebaut, doch gab er am Ende das wieder, was der Vergleich beinhaltete. Danach war der Schneeball, der sich zur Lawine entwickelte, nicht mehr aufzuhalten gewesen. Die Medien stürzten sich auf Hausmanns Artikel und berichteten ebenfalls spekulativ über einen eventuellen Vergleich.

Am Tag der Urteilsverkündung platzte der Gerichtssaal aus allen Nähten. Es wurde noch eine Extrastuhlreihe aufgestellt und trotzdem musste mehr als die Hälfte der anwesenden Zuschauer vor dem Gebäude warten. Für Jochen Finn begann nun der Paradelauf durch die Medienleute vor dem Gerichtsgebäudeeingang. Natürlich tat er unwissend und verwies auf das zuständige Gericht, sich zu dem Urteil zu äußern. Doch jeder konnte an seinem Gesichtsausdruck feststellen, dass er wohl zufrieden sein wird.

Der Weg in die Freiheit

Der Transporter der Justizvollzugsanstalt in dem Victoria saß, hielt am Hintereingang des Gerichtsgebäudes. Trotzdem kam sie nicht ungesehen hinein. Ein paar clevere Journalisten ahnten wohl Ähnliches und warteten dort. Unter einem Blitzlichtgewitter und gefühlten Hunderten von Fragen, die Victoria zugerufen wurden, erkämpfte sie sich den Weg ins Gebäude.

Bevor ihr im Gerichtssaal die Handschellen von ihrem Justizbegleiter abgenommen wurden, schaute sich Vick in den Reihen der Zuschauer um. Die Hoffnung Vanessa dort sitzen zu sehen, zerschlug sich jedoch. Victoria konnte sie nicht unter den vielen Medienleuten finden. Sie setzte sich neben ihren Anwalt und wartete wie alle anderen im Saal auf das hohe Gericht.

Drei Minuten später bat der vorsitzende Richter alle Anwesenden im Saal, sich wieder zu setzen.

Es herrschte absolutes Stillschweigen. Als der Richter zur Urteilsverkündung ausholte, hielt Victoria die Luft an. Sie meinte, ihren Herzschlag würden alle Anwesenden im ganzen Raum hören. Der Richter sah ihr ins Gesicht und sprach ihr das Urteil zu. Sieben Jahre wegen Totschlags waren seine Worte. Mit der aufbrechenden Unruhe begann Vick wieder an zu atmen.

Der Richter bat um Ruhe im Saal und begründete danach Victoria und allen anderen Anwesenden sein Urteil.

Nachdem die Urteilsverkündung beendet war und Jochen Finn freudestrahlend und gut gelaunt am Vordereingang des Gerichtsgebäudes allen Medienvertretern Rede und Antwort stand, wurde Victoria durch den Hintereingang zum Transporter der Justizvollzugsanstalt geführt. Auch hier warteten eine Menge Journalisten und schrien Victoria ihre Fragen zu. Doch

Vick bekam von dem begleitenden Gefängnispersonal keine Gelegenheit, sich den Fragen der Medienleuten zu stellen. Kommentarlos wurde sie in den Van gesetzt und ein Fahrer fuhr sofort zur JVA zurück.

Dort angekommen wurden ihr die Handschellen wieder abgenommen und ihr Weg führte sie direkt ins Büro des Gefängnisdirektors. Dieser wartete schon ungeduldig auf seine Insassin und sprang schnell auf, als die Tür zu seinem Büro von einem der Schließer von außen geöffnet wurde.

Mit einem Lächeln begrüßte er Vick und bot ihr den Stuhl vor seinem Schreibtisch an. Nachdem sich Victoria setzte, erklärte der Direktor ihr das weitere Vorgehen. Dabei erwähnte er mehr als einmal, dass sie bei guter Führung eventuell in zwei Jahren auf Bewährung entlassen werden könnte. Drei Jahre hatte Vick zum jetzigen Zeitpunkt schon abgesessen. Sieben Jahre war das Urteil nach der Berufung. Vielleicht konnte sie wirklich schon nach fünf Jahren wieder in die Freiheit kommen, waren ihre Gedanken. Diese Chance wollte sie sich auf gar keinem Fall entgehen lassen und dies sagte sie auch dem Direktor. Der wiederum nickte sie an und machte ihr ein für sie unangenehmen Vorschlag. Victoria sollte für diese zwei Jahre den Maulwurf des Direktors spielen und so die Gewissheit haben, danach mit seinem Wort in die Freiheit entlassen zu werden.

Ein Maulwurf war in den Augen der Einsitzenden ein Verräter. Unter den Gefangenen wurden Verräter wie Vogelfreie behandelt. Ob der Schutz des Direktors sie vor den Mitgefangenen wirklich schützen könnte, wenn sie als Maulwurf enttarnt würde, war nicht sicher. Die Freude über das Urteil des Berufungsgerichtes währte also nur kurz. Durch das Angebot des Direktors befand sich Victoria erneut in den

Fängen eines Mannes. Die Zwickmühle, in der sie sich nun wiederfand, drehte sich unaufhaltsam weiter.

Der Direktor hatte sie einfach überrannt. Ein Nein konnte sie sich in ihrer Situation gar nicht erlauben. Doch sie fühlte sich an die Wand gedrückt und bat um Bedenkzeit. Der Gefängnisleiter gestattete ihr, eine Nacht über sein Angebot nachzudenken.

Im Bett liegend dachte Vick über ihre Position, in der sie befand, nach. Sie wusste, sie musste den Maulwurf für den Direktor spielen. Deshalb war es auch gut, dass sie sich keiner Gruppe im Gefängnisalltag angeschlossen hatte. Sie würde sich einfach aus allem raus halten und keine Informationen der anderen Gefangenen an sich heranlassen wollen. So konnte sie auch niemanden an die Gefängnisleitung verraten.

Mit diesen Plan sagte sie dem Direktor am nächsten Tag zu. Der freute sich und gab ihr beim Verlassen seines Büros auf eine gute Zusammenarbeit die Hand.

Vicks Gefühl sagte ihr aber, dass die Zusammenarbeit nicht glücklich verlaufen würde und sie nun zwischen den Stühlen saß.

Die nächsten Tage vergingen ereignislos. Der Gefängnisalltag mit seiner ganzen Routine hatte sie wieder eingeholt. Vick hielt sich von allem fern und hatte dem Direktor auch nichts zu berichten.

Das Rad der Zeit drehte sich unaufhaltsam weiter. Aus den vergangenen Tagen wurden Wochen und aus den Wochen einige Monate. Es wurde still um Victoria und sie lebte ihre Zeit einfach einsam in den Mauern der Justizvollzugsanstalt ab.

Doch der langweilige Gefängnisalltag änderte sich für Victoria mit der Zustellung der Post an einem Freitagnachmittag. Die Zustellerin hielt dieses Mal auch an Vicks Zellentür und drückte ihr einen Brief in die Hand.

Sie drehte den Briefumschlag um und erkannte an der Absenderadresse wer ihr geschrieben hatte. Das Geschriebene kam von Vanessa. Die ersten Zeilen waren noch schön für Vick zu lesen gewesen. Als sie ungefähr bei der Hälfte des Briefes angekommen war, musste Vick allerdings lesen, dass Van sie schon vier Mal besuchen wollte, ihr jedoch der Einlass durch die Gefängnisleitung verwehrt wurde.

Vick las die Sätze noch einmal und konnte nicht glauben, was Van ihr da mit ihrem Brief zukommen ließ.

Victorias Wut auf den Direktor stieg über das Wochenende ins Unermessliche an. Da die Gefängnisleitung an den Wochenenden nie anwesend war, musste sie bis Montag warten, um ihren Unmut dem Direktor kundzutun. Doch der ahnte den Braten genau und ließ Victoria warten. Vicks Ungeduld vermischte sich mit ihrer Wut und sie selbst stand kurz vor der inneren Explosion. Der Direktor wusste auch dies und ließ Vick bis zum Mittwoch zappeln. In der Hoffnung, ihre Wut wäre dann etwas eingedämmt, empfing er sie am späten Nachmittag in seinem Büro.

Als die begleitende Gefängnisangestellte Schließerin die Tür schloss und Vick mit dem Direktor alleine in seinem Büro war, platzte ihr der Kragen. Der Gefängnisleiter blieb aber ruhig, während Victoria sich Luft verschaffte und diese Luft nahm er ihr dann aus den Segeln. In aller Gelassenheit machte ihr sie auf ihre Abmachung aufmerksam und fügte hinzu, dass sie sich nicht daran hielt.

Als Vick ihm dann antwortete, dass es bisher nichts zu berichten gab, schüttelte der ihr gegenübersitzende Direktor nur mit dem Kopf. Dann fragte er Vick, warum eine seiner Insassinnen mit Prellungen und Hämatomen in der

Krankenstube liegt. Er wartete gar nicht auf ihre Antwort. Der Direktor sprach einfach weiter. Um Besuch von einer vorbestraften, auf Bewährung stehenden Person zu empfangen, müsste sie sich dieses Privileg erst verdienen. Er persönlich sehe darin aber kein Problem und verwies noch einmal auf ihr Abkommen. Als Victoria daraufhin Luft holte, um zu antworten, schnitt er ihr das Wort ab und genehmigte ihr zur Probe den nächsten Besuch von Vanessa. Sie sollte dies als ein Zeichen des guten Willens von seiner Seite aus sehen und sich von nun an ihre Abmachung halten. Er zeigte zur Tür und beendete so die Unterredung.

Auf dem Weg zurück in ihre Zelle wurde Vick klar, dass sie ihre Taktik als Maulwurf ändern musste. Sie kam nicht daran vorbei, dem Direktor Dinge anzuvertrauen, die unter den Mitgefangenen heimlich ausgefochten wurden. Noch am selben Abend schrieb sie Vanessa einen Brief, indem sie ihr mitteilte, dass sie bei ihrem nächsten Besuch Einlass als Besucher bekäme.

In den nächsten Wochen hielt Victoria die Ohren offen. So hörte sie das ein und andere, was unter den Frauen, die einsaßen, besprochen wurde. Sie wog das Gehörte ab und ließ dem Direktor einiges davon zukommen. In der Hoffnung, er war damit zufrieden gestellt und würde sich an sein Wort bei ihrem Antrag auf vorzeitige Haftentlassung erinnern.

Auch Vanessa besuchte Vick. Endlich hatten die beiden eine halbe Stunde Zeit, sich zu sehen und über die bisher ungewisse Zukunft zu reden. Vanessa tat sich schwer in ihrer Freiheit auf Bewährung. Sie lebte noch immer in dem Wohnheim für entlassene Häftlinge. Auch bekam sie keine Arbeit und hatte so keine finanziellen Mittel. Ihr Bewährungshelfer war ihr auch keine wirkliche Hilfe und so wurde die lang ersehnte Freiheit zu einer Geduldsprobe für sie.

Um überhaupt über die Runden zu kommen, verkaufte sie sich zuerst an den Wochenenden an zahlungswillige Männer. Dies verheimlichte sie aber Vick. Über ein Internetportal verabredete sie sich mit den Männern in den umliegenden Hotels in und um München. Da das Geld aber nicht reichte, traf sie sich dann auch in der Woche. Meist fragten Männer bei ihr an, die in München die Messen besuchten oder an den Werktagen von auswärts ihrer Arbeit in der bayrischen Metropole nachgingen. Sie fühlten sich an den Abenden einsam und wollten eine Frau bei sich haben. Natürlich gehörte der Sex auch dazu und Vanessa musste oft über ihren Schatten springen und den Beischlaf mit den Männern über sich erdulden. Aber so füllte sich langsam der Sparsocken.

Es war dann ein gutes halbes Jahr nach ihrer Entlassung, als ihr Bewährungshelfer ihr dann einen Job bei einem amerikanischen Fast Food Restaurant am Münchener Hauptbahnhof vermitteln konnte. Dort arbeitete Vanessa dann für wenig Geld. Ihren Nebenverdienst behielt sie aber bei und das Gesparte wuchs weiter in kleinen Schritten an. Der nächtliche Job war leicht verdientes Geld und so konnte sie sich ein Einzimmerapartment in Münchens Innenstadt leisten. München war Deutschlands teuerste Großstadt und die Mieten dementsprechend hoch. Die Kosten für das Appartement fraßen den Lohn aus dem Fast Food Unternehmen ganz auf. Vanessa wusste, diese Lebensweise war nicht für die Dauer bestimmt. Es musste in Zukunft eine andere Lösung her. Entweder fand sie einen gut bezahlten Job oder einen festen Partner, um sich finanziell über Wasser zu halten. Doch einen vernünftigen Job zu finden, war mit ihrer Vorstrafe ein fast unmögliches Unterfangen. Also nahm sie sich vor, in der nächsten Zeit einen Partner zu finden, mit dem sie die Zeit bis zu Victorias Entlassung überbrücken konnte.

Doch es kam anders als von ihr geplant. Ihre Vergangenheit oder besser die Gegenwart holte sie schnell ein. Das Internet verzeiht keine Fehler und so bekam ihr Vorgesetzter in dem Fast Food Restaurant Wind von ihrem Nebenjob. Der Typ, ein übergewichtiger, hässlicher Kerl mit dünnem Haar, ohne jemals eine Beziehung zu einer Frau gehabt zu haben, landete auf Vanessas Internetseite. Er sah sich die von Vanessa eingestellten erotischen Fotos an und witterte eine Chance, seinen benötigten Beischlaf von ihr zu erpressen. Bisher hatte er immer für Sex bezahlen müssen. Der Job war sein Leben und eine Beziehung hatte er nur zu seiner Mutter. Ein schmieriger Nerd eben und mit diesen musste sich Vanessa jetzt herumärgern.
Bei Vanessas nächsten Schicht, nach dem er sie im Internet entdeckt hatte, bat er sie in sein kleines Büro. Eigentlich war es eine bessere Besenkammer, von der Größe her auf jeden Fall. Dort stand ein kleiner Tisch mit Telefon und einem Computer. Der Raum war fensterlos und hatte nur einen Stuhl. Dort empfing er Vanessa und kam sofort zur Sache. Sein Angebot an ihr, ihren Job behalten für Sex mit ihm. Er wartete gar nicht Vanessas Antwort ab und begrabschte sie in dem kleinen Raum unsittlich. Van wollte ihn zuerst von sich weisen und ihm die Nase mit der Faust einschlagen. Doch sie brauchte den verdammten Job und ließ sich deshalb ohne Gegenwehr von ihm befummeln. Nach fünf Minuten war der Mistkerl fertig. Vanessa zog ihren Slip wieder unter dem Rock hoch und verließ angeekelt das Zimmer. Während sie die Burger briet, überlegte sie, wie sie ihrem Vorgesetzten nicht mehr für seine Lust zur Verfügung stehen könnte. Vanessas Fazit an diesem Abend, der

Kerl verstand nur gewaltige Argumente und sie überlegte sich einen Plan, den sie demnächst ausführen wollte.

Als er Vanessa in seinem Büro erneut an die Wäsche wollte, schaffte sie es, ihn zu überreden, sie zu sich in seine Wohnung einzuladen.

Ein paar Tage später fehlte der Nerd zum ersten Mal auf der Arbeit. Auch an dem Tag danach fehlte er unentschuldigt. Als er am darauf folgenden Tag immer noch nicht anwesend war, meldete sich das Management der Restaurantkette bei der Polizei.

Maximilian Schmidt, so hieß Vanessas Vorgesetzter, wurde von der Polizeistreife in seiner kleinen Wohnung aufgefunden. Er lag tot an seinen Händen und Füßen rücklings in seinem Bett gefesselt. Da er ohne Hose dort vorgefunden wurde, ging die Spurensicherung von einem Tod während eines sexuellen Aktes aus. Da Vanessa Latexkleidung inklusive Handschuhe und Kopfbedeckung trug, fanden die Ermittler keine Spuren von ihr. Das Geschlechtsteil Schmidts wusch sie mit einem Lappen gründlich ab. So konnten keine DNA-Spuren von ihr festgestellt werden. Der Lappen fand den Weg in die Isar und tauchte nicht mehr auf. Bei dem Verhör der Polizei mit den Angestellten des Schnellimbisses wurde auch Vanessa angehört. Sie zuckte nur mit den Schultern und sagte aus, keinen Kontakt außerhalb der Arbeit zu ihrem Vorgesetzten gehabt zu haben.

Fehlende Beweise

Während Victoria sich dem Gefängnisalltag stellte, Vanessa weiterhin ihr Leben in München lebte, bekam Renate Bussmann einen weiteren Todesfall auf dem Tisch. Maximilian Schmidt, das Todesopfer, erlag beim Sex den Erstickungstod. Beweise, wer der Sexpartner bei seinem Todeszeitpunkt gewesen war, gab es keine. Bussmann wusste noch nicht einmal, in welcher Richtung sie ermitteln sollte. Einen Computer oder ein Notebook wurden in Schmidts Wohnung nicht gefunden. Auch sein Handy war spurlos verschwunden. Der Täter oder die Täterin hatten diese Beweismittel wohl entwendet und die Ermittlungen somit fast aussichtslos gemacht. Bussmann fing an, in der homosexuellen Szene Münchens zu ermitteln. Doch schnell bemerkte sie, dass sie hier am falschen Platz suchte. Die Ergebnisse lagen bei null. Also war ihr nächster Schritt das Rotlichtmilieu Münchens. Auch hier waren die etablierten Damen nicht sehr redselig. Ihr Dienstausweis schreckte mehr ab, als er Bussmann half. Doch ihre Nase sagte ihr nicht aufzugeben und nach Tagen der Erfolglosigkeit bekam sie dann ein erstes Anzeichen, nachdem sie gesucht hatte. Eine der käuflichen Frauen erkannte Schmidt auf einem Foto wieder. Da sie sich aber illegal in Deutschland aufhielt, wollte sie nicht weiter mit der Polizistin sprechen. Renate Bussmann garantierte ihr, sich nur für ihre Aussage in Sachen Schmidt zu interessieren und keine Ermittlung wegen illegalem Aufenthalt nachzugehen. So richtig fest war die Dame jedoch nicht überzeugt, sagte Bussmann aber dann doch noch im gebrochenem Deutsch was sie über den Freier wusste. Maximilian Schmidt kaufte sich die benötigte Liebe mehrmals im Monat über eine Agentur, der die auskunftsfreudige Dame auch angehörte.

Doch einen Firmensitz gab es nicht. Der Chef des Onlinedienstes betrieb sein Geschäft über ein Notebook im Auto oder wo er sich sonst gerade aufhielt. Der angegebene Firmensitz war eine Scheinadresse.

Es dauerte einige Tage und ein paar Genehmigungen, um den Chef der Damen ausfindig zu machen. Bussmann erwischte ihn an einem Samstagabend in der Schillerstraße. Der Mann war Bussmann gegenüber nicht sehr hilfsbereit eingestellt. Doch eine richterliche Verfügung gab ihr das Recht, sein Laptop an sich zu nehmen. Dazu benötigte sie aber die Hilfe der beiden anderen uniformierten Polizisten. Unter großem Protest überließ der Arbeitgeber der käuflichen Damen Bussmann dann sein Notebook.

In der Polizeizentrale bearbeitete dann ein Experte die Festplatte des Luden. Zwei Tage später hatte Renate Bussmann ein Haufen Papier auf ihrem Schreibtisch liegen und durfte sich ihre Informationen selber heraussuchen.

Schnell hatte sie aber ihre Beweise. Maximilian Schmidt bestellte seit Jahren Frauen über diese Agentur zu sich nach Hause.

Jetzt fehlte ihr nur der Computer, über den Schmidt die Bestellungen getätigt hatte. Die IP-Adresse sagte ihr, dass er dies von zu Hause getan hatte.

Da in Schmidts Wohnung aber kein internetfähiges Gerät gefunden wurde, bedeutete dies, das Bussmann wieder Anträge stellen und abwarten musste.

Vanessa ahnte nichts von Bussmanns Ermittlungen und ging ihrem normalen Alltag nach. Sie gehörte der Agentur des Luden nicht an und so hatte die Polizei auch noch keinen Hinweis, der sie auf ihre Spur führen sollte.

Victoria dagegen fühlte sich seit Vans Freilassung alleine und einsam. Immer öfter dachte sie an ihre Tochter Julia.

Sie hatte den Sinn ihres Lebens verloren oder besser, ihr wurde der Sinn ihres Lebens genommen. Nur wer war der Verantwortliche, fragte sie sich immer wieder. Gott? Wohl eher nicht. Es waren Menschen unter dem Schutz der Kirche, die ihr in ihrem Leben übel mitspielten. Männer, die das Wort Gottes predigten und sich selber dem Teufel verschworen haben.

Victoria kam zu dem Fazit, dass der wahre Schuldige derjenige sein müsste, der den Täter schützte und ihm so seine Perversitäten erlaubte. Je länger sie in ihrer Einsamkeit darüber nachdachte, desto sicherer war sie den Schuldigen zu kennen. Es war der in seiner Pracht lebende Bischof.

Victoria entwickelte einen Hass gegen diesen Mann, der sich mit jedem weiteren Tag steigerte. In ihren Träumen sah sie Julia erst freudestrahlend lächeln und kurz danach gepeinigt weinend. Schutz suchend streckte sie ihre Arme zu ihrer Mutter aus. Doch Victoria konnte die kleinen Hände ihrer Tochter nicht fassen und musste mit ansehen, wie Julia in einem Strudel ähnlich eines Zyklons vor ihren Augen verschwand. Jedes Mal wachte sie schweißgebadet auf.

Sie entschloss sich nicht eher Ruhe zu geben, bis der wahre Verantwortliche zur Rechenschaft gezogen wurde. Doch dazu musste sie erst einmal in die Freiheit entlassen werden. Das Leben war grausam zu ihr und nun wollte sie grausam reagieren.

Bussmann kam mit legalen Mitteln bei ihren Ermittlungen nicht weiter. Es gab keine wirkliche Spur zu Schmidts Täter oder Täterin. Es gab zwei Alternativen. Die Erste war, den Fall als ungelöst abzuschließen. Keine wirkliche Option für die Polizeirätin. Sie entschloss sich zu der zweiten Wahl. Sie kannte aus einem früheren Fall einen Hacker, der ihr noch einen Gefallen schuldig geblieben war. Der Bursche hatte durch seine speziellen Fähigkeiten gegen das Gesetz verstoßen. Da sein Fall zu den kleineren Delikten gehörte, er damals sehr hilfsbereit ausgesagt hatte und dadurch einige größere Straftaten aufgeklärt werden konnten, übersah die Polizistin sein vergehen.

So klopfte sie dann wieder an seiner Haustür und bat dem erstaunten Computerfachmann um seine Hilfe. Der junge Mann hörte sich ihr Problem an und antwortete dann, dass er für illegale Hacks nicht mehr zur Verfügung stehen würde. Bussmann sah ihn scharf in die Augen und fragte ihn noch einmal. Dabei versprach sie ihm, ihn nicht als Quelle preiszugeben. Sie legte dabei ein mit der Hand geschriebenen Zettel auf den Tisch, drehte sich um und verließ die Wohnung. Der verdutzte Computerfreak stand eine ganze Weile starr da, bevor er auf den Zettel blickte. Dort stand nur eine IP Adresse, mehr nicht. Renate Bussmann wollte die Internetadressen, die Maximilian Schmidt vor seinen Tod besuchte. Keine besonders leichte Aufgabe für einen Hacker, doch genau das war es, was jeden Hacker antrieb. Je kniffliger das Problem, desto reizender der Antrieb zu hacken.

Es dauerte eine Woche, bis Renate Bussmann ihren Hacker erneut besuchte. Dieses Mal saß sie mit ihm vor einem der vielen Bildschirmen in seinem Arbeitszimmer und hörte, was der Mann ihr erzählte. Danach druckte er einige Seiten mit Zahlencodes, die zu Internetadressen gehörten aus und bat die Polizistin, nicht mehr wieder zu kommen.

Am anderen Tag drückte sie auf dem Polizeirevier den Spezialisten für Internetkriminalität diese Seiten in die Hand und fragte ihn freundlich nach den dazugehörigen Internetseiten. Noch am selben Nachmittag hatte sie die freundliche Anfrage in Papierform auf ihrem Schreibtisch und arbeitete diese durch. Immer wieder gab sie die Adressen in eine der vielen Suchmaschinen des World Wide Webs ein und sah sich die Ergebnisse an. Maximilian Schmidts Hauptinteresse in seiner Computerbeschäftigung lag darin, erotische Internetportale zu besuchen. Bussmann stieß bei ihrer Recherche dann auf die Seite Vans. Vanessa zeigte sich dort in freizügigen Fotos ihrem Kundenstamm und anderen interessierten Usern. Die Ermittlerin spürte damit auf eine Spur gestoßen zu sein und nahm sich vor, Vanessa noch einmal gründlich zu befragen.

Renate Bussmann wartete tags drauf vor Vanessas Apartment auf die heimkehrende Mieterin. Van erkannte die Polizistin schon aus einiger Entfernung vor der Haustür ihres Wohnblocks stehen, war sich jedoch sicher, nicht von ihr überführt zu werden und machte nicht kehrt, sondern trat die Flucht nach vorne an. Sie tat überrascht Bussmann zu sehen und schloss sich und der Polizistin die Haustür auf.
Bussmann stieg hinter Vanessa die Treppe in die dritte Etage hinauf. Dort bewohnte Van in eine Dachgeschosswohnung. Nachdem sie beide in das kleine Apartment eingetreten waren und die Tür ins Schloss fiel, kam die Ermittlerin sofort zur Sache. Sie konfrontierte Van mit ihrem Internetportal als Dame, die einsamen Männern einen Begleitservice anbot. Dabei wusste der interessierte Mann, dass die Begleitung ins Bett gemeint war. Das Vans nächtlicher Nebenjob irgendwann aufflog, war ihr von Anfang an klar und so konnte sie sich darauf einstellen. Auf die Fragen der Polizistin hatte sie alle Antworten, ohne sich in irgendeiner Weise zu belasten parat. Als die Hauptfrage dann ausgesprochen wurde und Bussmann sie nach Schmidt fragte, log Vanessa. Bussmann schaute sie an

und glaubte ihr nicht. Sie versuchte Vanessa mit einer Unwahrheit aus der Reserve zu locken. Mit dem Satz, es gäbe Beweise das Van und Schmidt sich zum Sex verabredet hatten, begab sich Bussmann auf dünnem Eis. Sehr dünnem Eis.

Van zuckte nur mit ihren Schultern, stand auf und öffnete die Wohnungstür. Die Ermittlerin verstand den Rausschmiss und verabschiedete sich mit den Worten einer Vorladung, die ihr demnächst ins Haus geflogen käme. Kurz danach löschte Van alle Daten ihrer Festplatte und ließ ihr Notebook in die Isar verschwinden. Am anderen Tag stand ein neues Laptop auf dem Couchtisch und Van richtete es wieder ein, um im Job aktiv zu bleiben. Im Gegensatz zu den vielen anderen gewerblichen Damen empfing sie keinen Besuch in der eigenen Wohnung. Van machte nur Haus- und Hotelbesuche. Deshalb brauchte sie auch keine Angst zu haben, dass in ihren vier Wänden irgendein belastender Hinweis durch die Spurensicherung gefunden werden konnte. Ihre einzige Angst war die, dass sie trotz größter Mühe nicht gesehen worden zu sein, doch von einem Zeugen erkannt werden konnte, der sie zur Tatzeit aus Schmidts Wohnung kommen sah.

Bussmann nahm sich vor, Vanessas Arbeitskollegen des Fast-Food-Restaurants noch einmal genauer als Zeugen zu verhören. Doch die Aussagen, wenn es überhaupt welche gab, brachten die Ermittlungen nicht weiter und Renate Bussmann musste sich eingestehen, ohne einen Beweis der Schuld Vanessas dazustehen. Ihre Nachforschungen verliefen sich im Sande. Eine andere Spur hatte sie nicht und so vergingen die Wochen und Monate, ohne Vanessa anklagen zu können. Bussmann war sich sicher, dass Van nicht die Wahrheit sprach, nur fehlten ihr die Beweise, sie zu überführen.

Bei all ihren Besuchen erwähnte Van kein Wort, was Schmidt anging an Victoria. Die beiden Frauen planten hier im Besucherraum der JVA eine gemeinsame Zukunft. Diese sollte in Unterpfaffenhofen in der Sandstraße stattfinden. Im Gegensatz zu Vanessa erzählte Vick ihr über ihre Gedankengänge. Sie erwähnte einige Male die Mitschuld des Bischofs. Sprach aber ihren Hass und ihre Rachegedanken nicht aus. Die Gefängniswände hatten Ohren und ganz gute Ohren genau hier in dem Besucherraum. Doch Vanessa verstand ihre Freundin auch ohne die gewissen Worte und versprach Vick für sie da zu sein.

Während Vanessa und Victoria sich in der Justizvollzugsanstalt unterhielten, rückte Bussmann mit der Spurensicherung und Polizeiverstärkung vor Vans Wohnung an. Sie hielt dem Hausmeister eine richterliche Verfügung unter die Nase und dieser öffnete die Tür zu Vanessas Apartment. Es war Bussmanns letzter Versuch, Vanessa zu überführen. Als dann Vanessa die Polizei bei ihrer Ankunft ihre Wohnung durchsuchen sah, rief sie Jochen Finn als Rechtsberater an. Der Anwalt war jetzt ein viel aufgesuchter Mann und hatte eigentlich keine Zeit, Vanessa Rechtsbeistand zu gewähren. Doch da sie die Freundin Victorias war, übernahm er das Mandat und saß einige Tage später an Vans Seite in Bussmanns Büro im Polizeidezernat. Ein Blick in die Akte zeigte dem Rechtsanwalt, dass die Polizei keinen wirklichen Beweis für eine Verwicklung seiner Mandantin in dem Fall des zu Tode gekommenen Maximilian Schmidt hatte. So antwortete er auf die Fragen Bussmanns und eine halbe Stunde später ging er mit Vanessa an seiner Seite aus dem Polizeirevier. Auf die Frage, wo Vanessas alter Computer sei, antwortete sie bei der Müllabfuhr. Das war es dann. Renate Bussmann musste sich eingestehen, den Fall ungeklärt zu den Akten legen zu müssen. Für die erfolgsverwöhnte Polizeirätin ein herber Nackenschlag, der ihren Stolz ankratzte.

Freiheit

Ohne wirklich jemanden der weiblichen Häftlinge verraten zu haben, vergingen die Monate und Victoria stellte den Antrag auf Haftverkürzung. Zwei Jahre waren vergangen und sie wollte den Direktor an sein Versprechen erinnern. Natürlich wusste er noch von ihrer Abmachung und musste nicht mehr erinnert werden. Mit wenig Überzeugung nickte er dem Vorhaben Victorias zu und ließ ihr die auszufüllenden Formulare zukommen. Ein paar Wochen später saß sie vor dem Gremium für Haftentlassung auf Bewährung und antwortete auf die ihr gestellten Fragen. Danach stand sie in ihrer Zelle vor dem Waschbecken und schaute in den darüber hängenden Spiegel. Das Haar auf ihrem Kopf war mit grauen Haaren durchsetzt. Die Fältchen in ihrem Gesicht vermehrten sich mit rasender Geschwindigkeit und wurden zu ausgewachsenen Falten. Die Hautpartie unter dem Kinn und dem Halsansatz war auch nicht mehr glatt. Das alles gab der Spiegel, in dem sie jeden Tag der letzten Jahre schaute, plötzlich preis. Vick war eine nicht mehr junge Frau. Sie starrte weiterhin in den Spiegel und sah die erste Träne aus dem Augenkanal über ihre Wange laufen. Es lag jetzt nicht mehr in ihrer Hand, über ihre Freiheit zu entscheiden. Mit dem Handrücken wischte sie sich die Träne von der Wange und legte sich wartend auf die Zellenpritsche, die ihr jahrelang als Bett diente. Sie nahm ein angeklebtes Foto Julias von der Wand und drückte dieses mit der Hand auf ihre Brust in Höhe des Herzens. So wartete sie stundenlang auf das Ergebnis ihrer Freilassung.

Als sie durch das große Eingangstor in die Freiheit schritt, stand Vanessa auf der gegenüberliegenden Straßenseite und empfing ihre Freundin aus der Haft. Mit dem Bus fuhren die beiden

Frauen dann nach Unterpfaffenhofen und liefen die letzten Schritte in die Sandstraße zu Fuß. Felix hatte während der ganzen Zeit eine Putzfrau engagiert, die das Haus in Schuss hielt. Diese alte Dame aus der Nachbarschaft begrüßte Victoria an der offenstehenden Haustür und übergab ihr den Haustürschlüssel. Das Innere des Hauses sah noch genauso wie bei ihrem Auszug aus. Nichts war verändert. Sogar den Kühlschrank hatte die Putzfrau mit Essbarem gefüllt. Victoria stellte die Tasche ab, fasste Vans Hand und führte sie in die obere Etage ins Schlafzimmer. Dort verbrachten die beiden nach so langer Zeit zum ersten Mal gemeinsam die Nacht. Es war ruhig geworden um Victoria. Keine Presse oder andere Medienleute hatten sie bei ihrer Entlassung erwartet. Unbemerkt begann Vick so ihr zweites Leben nach der Haftstrafe.

Das wöchentliche Melden bei ihrem Bewährungshelfer war eine der Grundvoraussetzungen, um den Rest der Strafe auf freiem Fuß verbringen zu dürfen. Ansonsten hatte Vick nicht viel zu tun. Auf ihre Bewerbungen hagelte es nur Absagen und das Geld wurde knapp. Den Vorschlag Vanessas, einen gemeinsamen Hostessservice aufzubauen, lehnte sie aber ab. Irgendwann musste das Leben es doch gut mit ihr meinen und mit dieser Einstellung versuchte sie weiter auf dem Münchener Arbeitsmarkt Fuß zu fassen. Um die Finanzen in den Griff zu bekommen, kündigte dann Vanessa ihre Wohnung und zog zu Victoria ins Haus. Doch beide wussten, dies würde keine Dauerlösung sein. Vick benötigte einen Job und ein monatliches Gehalt.
Es war dann Felixs Mutter, die ihrem Sohn ins Gewissen redete und er seine Beziehungen zu einem Wirt in der Münchener

Innenstadt spielen ließ. Das Wirtshaus war an den Wochenenden immer ausgebucht und der Inhaber benötigte Personal. Er tat Felix den Gefallen und stellte Victoria als Bedienung ein. Ein halbes Jahr nach der Entlassung durfte Vick dann an den Freitagen, Samstagen und Sonntagen einer Arbeit nachgehen. Der Lohn war für Münchener Verhältnisse nicht üppig, doch das Trinkgeld der meist alkoholisierten Gäste wog einen kleinen Teil wieder auf.

Vanessa dagegen trat ihren Job bei dem Fast-Food-Restaurant nur noch wegen der Bewährungsauflagen an. Ihr Geld verdiente sie in ihrem Nebenjob als Begleiterin einsamer Männer.

Es folgten Monate, an denen die Routine Victorias und Vanessas Leben bestimmte. Vicks Erinnerungen an ihre Tochter verschwammen in dieser Routine und nahmen nicht mehr den Hauptanteil des Tages bei ihr ein. Doch es gab auch Tage, da trauerte sie wieder um Julia. Schaute sich die früheren Fotoalben an und weinte um ihr geliebtes Kind. Dann stiegen die Wut und der Hass auf die Kirche und ihre verlogenen Angestellten in ihr wieder an.

Genau in solch einer Phase der Erinnerung holte die Vergangenheit sie ein. Es war ein Samstagabend im überfüllten Wirtshaus. Vick drängte sich mit ihrem Tablett durch die Menge und stellte die vollen Biergläser bei den wartenden Männern ab. Als sie sich umdrehte und am Nachbartisch die Bestellung der neuen Gäste aufnehmen wollte, erkannte sie den Bischof. Er saß dort mit anderen Vertretern des Klerus und ließ es sich scheinbar gut gehen.

Vick nahm die Bestellung der Gäste auf. Dabei unterdrückte sie den Bischof ins Gesicht zu schauen. Ob er sie erkannte, wusste Victoria nicht. Doch wenn er es tat, ließ er es sich nicht anmerken. An diesem Abend floss sehr viel Bier durch die durstigen Kehlen der Kirchenmänner und die Stimmung wurde immer ausgelassener. Victoria bediente den Klerus am Tisch den ganzen Abend und der Hass auf den Bischof holte sie wieder ein. Von den Gesprächen am Tisch bekam sie allerdings nichts mit. Die vier Gottesmänner unterhielten sich in Latein oder italienisch. Victoria konnte die beiden Sprachen kaum unterscheiden und ärgerte sich ein wenig, ihre Unterhaltung nicht mitbekommen zu haben. Aber eigentlich war es ihr auch egal. Sie hätte den Bischof so ins Gesicht spucken können. Zum Abschluss ihres Saufgelages lächelte der dicke Gottesvertreter Victoria auch noch an und überließ ihr beim Bezahlen der Rechnung ein sehr spendables Trinkgeld. Vick hätte es ihm am liebsten an den Kopf geworfen, hielt sich dann aber doch zurück. Mit der Rechnung, die der Bischof dann als Geschäftsessen von den Kircheneinnahmen absetzen konnte, stiegen er und seine Begleiter dann in ein Taxi und fuhren gut gelaunt und angetrunken davon.

Als sie in den frühen Morgenstunden zu Hause eintraf, schlief Vanessa schon. Victoria war zu aufgeregt, um einfach ins Bett zu steigen und weckte Van auf. Mit schläfrigen Augen sah Vanessa ihre Freundin an und hörte Victorias Erzählung zu. Da sie zu müde war, um einen klaren Gedanken zu fassen, wollte sie in ein paar Stunden nach dem Aufstehen über das Erlebnis noch einmal reden. Vick nickte nur und legte sich neben Van ins Bett.

Sie war aber zu aufgeregt, um einschlafen zu können. Vick drehte und wälzte sich im Bett herum. Dabei brachte sie Vanessa auch um ihren Schlaf, die sich dann auf die Couch im Wohnzimmer zurückzog. Alleine im Schlafzimmer spukten die verrücktesten Gedanken durch Victorias Kopf herum und irgendwann gewann dann doch die Müdigkeit die Oberhand und ihre fielen die Augen für einen unruhigen Schlaf zu.

Ein paar Stunden später weckte der ankommende Geruch von frisch aufgesetztem Kaffee Victoria. Vanessa hatte das Frühstück vorbereitet und saß schon mit einem Brötchen in der Hand am Küchentisch. Trotz ihrer noch schläfrigen Augen sah Victoria die wunderschön geformten Brüste ihrer Freundin. Vanessa frühstückte, wie Gott sie geschaffen hatte, mit nichts am Körper. Vick setzte sich zu ihr am Tisch und beide tranken die Kanne mit Kaffee leer, aßen dabei die Brötchen auf und redeten über die letzte Nacht. Sie redeten und redeten und redeten. Dabei übertrug der Hass Victorias auf den Bischof sich auf Vanessa und aus dem ganzen Gerede wurde eine Idee. Beide schworen sich, es dem Gottesmann und Würdenträger heimzuzahlen.
Anscheinend war der Bischof nicht nur Gott zugetan, sondern auch der Völlerei und Weiberei. Dieses Laster des Kirchenmannes wollten die beiden Frauen für sich ausnutzen und ihn so in der Öffentlichkeit bloßstellen.
Victoria sollte bei seinem nächsten Besuch im Wirtshaus Van anrufen und den Rest würde sie dann ganz professionell erledigen.

Doch auch nach mehreren Wochen ließ der Bischof sich nicht in der Gaststätte blicken. Victoria dachte deshalb auch schon gar nicht mehr über den ausgeheckten Plan nach und die gemeinsame Idee, mit Vanessa den Bischof eine Falle zu stellen, verflog sich immer mehr. Es war dann ein Freitagabend und durch einen reinen Zufall nahm Victoria eine Tischreservierung an und trug diese in das Buch für Reservierungen ein. Dabei sah sie, dass das Bistum einen Tisch für den Samstagabend reserviert hatte. Das konnte ja nur der Bischof sein und sie bekam ihre Chance, sich an den Geistlichen zu rächen.

Noch mitten in der Nacht nach ihrem Feierabend, weckte sie Vanessa und berichtete ihr von dem bestellten Tisch durch das Bistum. Dieses Mal schlief Vanessa nicht sofort wieder ein, sondern besprach mit Vick ihr Vorhaben.

Am Samstag zu Schichtbeginn schrieb Vick Vanessa dem Tisch direkt neben dem Bischof zu.

Vanessa wartete gegen acht Uhr am Abend gegenüber dem Eingang der Wirtschaft und beobachtete ungesehen von den ein und ausgehenden Gästen, wer das Wirtshaus betrat. Sie erkannte den Bischof aber nicht und so vibrierte ihr Handy und die Nachricht von Victoria sagte ihr, dass der Gottesdiener mit zwei anderen Männern an seinem Tisch saß.

Als dann wenig später ein ausgehender Gast Vanessa die Tür aufhielt, dauerte es nur zwei weitere Sekunden, bis der ganze Saal zu der im Eingang hereintretenden Frau schaute. Im kurzen schwarzen, ledernen Kleid, dass ihre Oberweite fast herausfallen ließ, dazu kniehohe schwarze Stiefel mit einem hohen Absatz, brachte sie die Männerwelt in dem Wirtshaus zu nicht jugendfreien Gedanken.

Auch am Tisch der Kirchenmänner wurde das Gespräch unterbrochen und die Blicke richteten sich zu der auf sie zukommenden Dame. Vanessa wusste ihren Körper geschickt mit jedem Schritt richtig einzusetzen und ging langsam auf ihren reservierten Tisch zu. Mit dem Blick auf den Bischof gerichtet, setzte sie sich an dessen Nachbartisch. Ihre Augen ließen den Geistlichen nicht aus dem Visier. Als sie dann saß, schenkte sie ihm ganz kurz ein kleines Lächeln.

Kurz danach nahmen die anderen Gäste ihre Gespräche erneut

auf und die Situation normalisierte sich wieder.

Vanessa bestellte, wie üblich in den meisten bayrischen Gaststätten ein helles Weizenbier. Nachdem Victoria sie bedient hatte und das Bier vor ihr stand, prostete sie mit einem weiteren Lächeln dem Bischof zu. Der nickte ihr zu und hob auch sein Glas. Irgendwann stellte Vick Vanessa mit der Empfehlung des Bischofs ein neues Bier auf den Tisch. Vanessas Plan lief nun an. Der Kirchendiener ist in erster Linie auch nur ein Mann und der Biss an den von ihr ausgelegten Köder an. Van nahm das Glas in die Hand, stand auf und fragte sich zu ihnen an den Tisch setzen zu dürfen. Die beiden mit an dem Tisch sitzenden Männer, Dechanten des Bischofs, schauten ihren Boss ungläubig an. Dem interessierten die erstaunten Gesichter seiner Angestellten überhaupt nicht und er zeigte auf den Platz neben ihm. Der Bischof verlangte von seinen Mitarbeitern absolute Loyalität und vor allem Verschwiegenheit. So auch von den beiden Männern an seinem Tisch.

Das Bier lief nicht in Strömen, aber es wurde doch sehr viel von dem Gerstensaft von den drei Männern an Vanessas Tisch getrunken. Victoria dagegen hielt mit denen locker mit. Nur, dass sie in Absprache mit Vick ohne dem Wissen der Männer alkoholfreies Bier zu sich nahm. Sie schauspielerte dann ein wenig angetrunken zu sein und ignorierte des Bischofs Hand auf ihrem Oberschenkel. Als sie dann seine Hand in ihrem Slip spürte, drehte sie sich zu ihm um und schaute den Bischof lächelnd in die Augen. Er erkannte dies als Einladung und machte mit seinem Vorhaben weiter. Einige Minuten später verabschiedete sich der Bischof von seinen Begleitern und fuhr mit Vanessa im Taxi davon.

Victoria beobachtete, während sie ihrer Arbeit nachging, die Szenerie und hoffte, Vans Plan ginge auf.

Als sie nach Feierabend am frühen Morgen ihr Haus betrat, war dieses noch verwaist. Keine Spur von Vanessa. Sorgenvoll lag sie etwas später im Bett und wartete auf ihre Mitbewohnerin. An Schlaf war in diesem Moment nicht zu denken. Irgendwann dann hörte sie, wie die Haustür geöffnet wurde. Victoria sprang sofort aus dem Bett und lief Vanessa entgegen. Van lächelte, als sie Vick sah und winkte mit dem Handy in der Hand. Beide setzten sich auf der Couch nebeneinander und Van startete das heimlich aufgenommene Video. Die Aufnahme zeigte Van im Bett eines Hotelzimmers beim Sex mit dem Bischof. Es war aber kein normaler Geschlechtsverkehr unter einem verliebten Pärchen. Der Kirchenmann ließ sich unter anderem an den Bettpfosten anbinden und von Vanessa nach seinen Wünschen misshandeln. Er jaulte bei ihren Schlägen und als sie etwas nachließ, flehte er sie an, weiterzumachen.

Das Video war besser, als die beiden Frauen sich vorher erhofft hatten.

Das Material war mit Sicherheit zu gebrauchen.

Die beiden Freundinnen schauten sich die Aufnahme noch ein zweites Mal an und kopierten das ganze Video auf Vicks Handy. Jetzt besprachen sie den zweiten Teil ihres Planes.

Während Victoria am Abend wieder im Wirtshaus ihrer Arbeit nachgehen musste, druckte Vanessa einige Fotos aus dem Video aus, dass den Bischof in komprimierenden, nicht jugendfreien Stellungen zeigte. Eines der Bilder fand dann anonym über die Post den Weg auf Josefine Hausmanns Schreibtisch.

Die Berichterstatterin brauche einige Zeit, um den Mann auf dem Foto zu identifizieren, doch als sie ihn erkannte, witterte sie eine dicke Story.

Die Rache

Die Abendzeitung veröffentlichte dann das Foto auf ihrer
Titelseite. Der Bischof war außer Sicht vor Wut. Der Artikel
über ihn war frei erfunden und ließ ihn nicht gut aussehen. Er
schlug das vor ihm stehende Weinglas von seinem Tisch und
der Rotwein verteilte sich im gesamten Wohnzimmer des
Geistlichen. Egal was er auch versuchte, er fand in seiner Wut
keinen klaren Gedanken. So griff er zum Telefon und wählte
Stones Nummer.

Stone, der Mann für gewisse Aufträge betrat am anderen
Nachmittag das Bistum und wurde schon sehnsuchtsvoll vom
Bischof erwartet. Der Hüne war noch immer sehr gut in Form
und so setzte der Muskel bepackte Kerl sich in den Stuhl vor
dem Schreibtisch und hörte zu, was der Bischof ihm erzählte.
Mit einer Kopie des Fotos aus der Zeitung verließ Stone das
Bistum wieder. Zuerst musste er heraus bekommen, wer die
Dame auf dem Bild mit dem Bischof war. Er selbst rechnete
damit, die Frau schnell aufzuspüren.
Noch am selben Abend stand er dann vor der Haustür Josefine
Hausmanns und wartete nach dem Klingeln, dass die Tür
geöffnet wurde. Die Journalistin stand dann auch wenig später
in der Tür und durfte sich den von Stone vorgezeigten Ausweis
der Bundespolizei ansehen.
Doch sie ließ ihn nicht herein und auf seine Frage nach der
Dame auf dem Foto bekam er keine Antwort. Grundsätzlich
gebe sie als Journalistin nie eine Quelle für vertrauliche
Informationen frei. Stone schaute an sie ins Innere der
Wohnung vorbei. Er hatte das Gefühl, Hausmann war alleine.
Diese Chance wollte er nutzen und drückte die
Medienvertreterin in den Flur hinein und schloss blitzschnell

die Haustür hinter sich. Josefine Hausmann wurde völlig überrascht und konnte diese Unverschämtheit gar nicht glauben. Sie protestierte und wollte sich über den Beamten beschweren. Stone lächelte nur und fragte sie erneut nach des Bischofs Sexpartnerin. Hausmann wusste, sie hatte in dieser Situation keine Möglichkeit, dem Kerl, der in ihrem Haus vor ihr stand, zu entkommen. Stones Geduld wurde auf die Probe gestellt und er packte die Journalistin am Kragen, während er ein letztes Mal nach der Frau fragte. Josefine Hausmann schüttelte den Kopf und sagte ihm dann die Wahrheit. Sie bekam einen anonymen Brief zugeschickt, mehr wüsste sie auch nicht. Stone sah ihr in die Augen und erkannte die Richtigkeit ihrer Aussage. Mit der Drohung, wieder zu kommen, wenn Hausmann ihn anzeigen würde, verließ Stone das Haus.

Josefine Hausmann tippte kurz danach noch völlig aufgebracht, den Namen Paul Stein in ihrem Computer und drückte den Button des illegalen Programms. Es dauerte einige Minuten, in dem sie mit leerem Blick auf das Display ihres Notebooks sah und versuchte, ihre Gedanken neu zu ordnen. Als das Programm fertig war, gab es nur einen Eintrag über einen gewissen Paul Stein. Dieser Mann, der sich schon öfter als Polizist des BKA ausgab, wurde mit internationalem Haftbefehl gesucht. Erst jetzt wurde Hausmann klar, dass sie sehr viel Glück gehabt hatte und unbeschadet aus dem Hausbesuch Stones gekommen war.

Stone suchte am Abend weiter. Die Schillerstraße war sein nächstes Ziel. Dort angekommen fragte er sich durch die dort arbeitenden käuflichen Damen. Doch keine der Frauen wollte die Person auf dem Foto kennen. Jetzt musste er sich auch eingestehen, die Kopie, die er in seinen Händen hielt, war recht unscharf und die Dame im Gegensatz zu dem Bischof darauf sehr schlecht zu erkennen. Das Foto wurde seiner Meinung nach genauso ausgewählt. Der Leser sollte nur den Bischof und nicht seine Gespielin erkennen. Stone gab an diesem Abend auf und fuhr zurück in seine Wohnung. Auf dem Weg dort hin hatte er noch eine Eingebung und ging ihr dann zu Hause nach. Er suchte im Internet auf den Seiten der sich anbietenden Frauen nach einem Hinweis, der ihm auf die Spur der Unbekannten bringen könnte. Es war nicht einfach und als er am Ende war, ging über München die Sonne auf. Er verglich die Fotos der Damen in ihrem Portalen und hatte etwa zwei Dutzend Frauen ausgemacht, die der Unbekannten ähnelten. Stone schrieb all die Hostessen an, die für ihn infrage kamen.

Zwei Tage nach der ersten Veröffentlichung lag auf Josefine Hausmanns Schreibtisch erneut ein anonymer Briefkuvert. Dieses Mal fand sie dort sechs Fotos vor, die den Bischof in obszöner Haltung darstellten. Die Journalistin überlegte, was sie nun machen sollte. Wer war die unbekannte Person, die dem Bischof ans Knie pinkeln wollte? Sollte sie weitere Bilder und Artikel auch auf die Gefahr eines erneuten Besuches des Hünen riskieren oder die Bilder einfach ignorieren? Ihr Instinkt einer guten Berichterstatterin sagte ihr, dies könnte eine große Story werden und Hausmann entschloss sich einen weiteren Bericht anzufertigen. Im Büro des Chefredakteurs besprach sie das weitere Vorgehen und erzählte ihm über den Besuch Paul Steins. Hausmanns Chef machte sich Sorgen und empfahl seiner Mitarbeiterin vorsichtig zu sein.

Stone saß dem Bischof gegenüber und der tobte wütend in seinem Büro herum. Er schmiss Stone die Zeitung in den Schoss und wollte wissen, warum er die Frau noch nicht gefunden hatte. Stone kannte den Artikel und legte die Gazette vernünftig zusammen gefaltet zurück auf den Schreibtisch vor ihm. Er hatte schon vier Treffen mit einigen der infrage kommenden Damen, die ihre Liebesdienste im Internet anboten gehabt. Doch auch die konnten ihm trotz seiner intensiven Befragung keine helfende Antwort geben.

Stone sagte nichts zu dem Bischof. Ließ den Wutausbruch des Geistlichen über sich ergehen und verließ danach das Bistum. Es war dann die Prostituierte Nummer sieben, die ihm den ersten Tipp gab. Erst wollte die Frau nicht reden, doch Stone ahnte, dass sie eventuell mehr wusste, als sie bereit war preiszugeben. So half er mit den Händen um ihren Hals etwas nach und das Vögelchen plauderte den Namen Vanessa heraus. Stone fand sie im Internet. Sie war aber nicht auf seiner Liste der Verdächtigen.

Er schrieb Vanessa an und wollte ein Hoteldate mit ihr. Jetzt musste er nur auf eine Antwort von ihr warten.

Vanessa saß vor ihrem Notebook und bearbeitete die Anfragen einiger Männer auf ihrer Internetseite. Die meisten Anfragen kamen von einigen Stammkunden und sie verabredete sich mit ihnen. Irgendwann stieß sie dann auf Stones Mail. Da sie ihn nicht kannte und ihr Terminkalender gefüllt war, sagte sie ihm ab. Keine Minute später trudelte eine erneute Mail des Mannes ein. Er bat sie es sich doch noch mal zu überlegen und bot ihr ein Vielfaches ihrer normalen Gage an. Jetzt konnte sie nicht mehr ablehnen und verabredete sich mit ihm direkt am Anschluss eines Treffens mit einem Stammkunden.

So kam es, dass Stone doch noch sein Treffen bekam und am Abend auf dem Hotelflur die Zimmertüren abging. Vor der verabredeten Zimmertür stehend, sah er auf seine Armbanduhr. Er war fünf Minuten zu früh, klopfte dennoch und musste warten, bis sich die Tür öffnete. Vanessa stand in der geöffneten Tür, sah ihn an und machte Stone darauf aufmerksam, dass er zu früh sei. Sie zeigte ins Innere und Stone trat ein. Genau in diesem Moment, trat Vanessas Besucher aus dem Bad, ging kommentarlos an den Hünen vorbei und verließ das Zimmer. Stone hatte damit nicht gerechnet und ärgerte sich, von dem Mann gesehen worden zu sein.

Vanessa verlangte sofort ihren Lohn und nachdem Stone sie bezahlte, suchte sie das Badezimmer auf.

Als sie wieder ins Zimmer zurückkam, wunderte sie sich, dass ihr Besucher noch angezogen da stand. Doch schnell wurde ihr bewusst, warum er nicht nackt war. Seine Faust traf ohne Vorwarnung ihr Nasenbein, dass sofort zerbrach. Das Blut spritzte aus der zertrümmerten Nase und verteilte sich noch im Umfallen Vanessas um sie herum. Van fiel auf das Bett und Stone fasste nach ihrem Knöchel. Mit dem anderen Bein trat sie nach ihm, doch der Profi war zu schnell und wehrte ihren Tritt gekonnt ab. Jetzt traf seine Faust ihre Nase zum zweiten Mal und stellte Vanessa kalt. Der Schmerz war einfach zu groß und noch einen Faustschlag würde sie nicht ertragen. Sie blieb schwer atmend liegen.

Stone zog sie nun an sich heran, warf ihr ein Handtuch, das vorher von ihrer Hüfte auf den Boden fiel zu und zeigte auf ihr Gesicht. Vanessa hielt sich das weiße Handtuch an die Nase und verhinderte so, dass sich ihr Blut weiter durch den Raum verteilte. Jetzt kam Stone zu dem Punkt, wo er sie nach dem Foto fragte. Vanessa tat, als wüsste sie von nichts, doch Stone war sicher, die richtige Frau vor sich zu haben. Er machte mit seinem Handy ein Foto und sendete es an den Bischof. Lange auf eine Antwort brauchte er nicht zu warten und der Bischof schickte ihm ein einfaches Ja.

Jetzt begann seine Befragung. Er fesselte Vanessas Hände hinter ihrem Rücken mit einem Kabelbinder und stopfte ihr ein Teil des blutgetränkten Handtuches in den Mund. Van bekam kaum noch Luft durch die geschwollene Nase und hustete heftig. Doch Stone schien es nicht zu interessieren. Er wollte Antworten und diese ganz schnell. Dazu nahm er ein Taschenmesser in die Hand und half damit bei seinen Fragen ein wenig nach. Vanessa versuchte erst nicht zu antworten, doch die Schmerzen, die er ihr zufügte, waren einfach zu groß. Als Stone erkannte, dass sie aufgab, befreite er sie von dem Knebel und hörte ihr zu. Als er genug gehört und vor allem genug gewusst hat, musste er dem Ganzen jetzt ein Ende machen. Stone drückte Vanessa eines der beiden Kopfkissen ins Gesicht und wartete so lange, bis sie sich nicht mehr wehrte und ihre Lungen aufhörten, sich mit Luft zu füllen.

Er nahm ihr Handy an sich und entkam ungesehen aus dem Hotel.

Victoria wunderte sich, dass ihre Mitbewohnerin am anderen Morgen noch nicht wieder zu Hause war. Es kam schon mal vor, dass Van einen Freier die ganze Nacht bediente, aber sie kam bisher jedes Mal nach Hause. Vick tippte auf ihrem Handy und ließ bei Vanessa durchklingeln. Doch ihre Freundin nahm das Gespräch nicht an. Victoria begann sich Sorgen zu machen.

Es war die Putzfrau, die Vanessa in dem Hotelbett fand. Die Managerin rief dann die Polizei und eine gute Stunde später trat Polizeirätin Renate Bussmann unter der Absperrung der Spurensicherung zum Tatort.

Der Fall schien klar. Die Dame auf dem Bett war eine Prostituierte und wurde sehr wahrscheinlich durch den Erstickungstod umgebracht. Doch sie wurde vorher extrem misshandelt und Bussmann stellte sich die Frage warum? Der Todeszeitpunkt wurde von dem Gerichtsmediziner auf etwa 22 Uhr am gestrigen Abend geschätzt. So suchte die Ermittlerin die Rezeption des Hotels auf und fragte nach den Videoaufzeichnungen aus der Lobby vom Eintritt des Opfers bis um Mitternacht.

Vanessa trat gegen 18 Uhr in Begleitung eines älteren Herrn dort ein. Der Mann bezahlte das Zimmer und beide verschwanden in den Aufzug. Gegen 21.30 zeigte die Aufnahme, wie der Unbekannte ohne Hektik das Hotel über das Hauptportal verließ.

Bussmann verlangte von dem Manager des Hotels den Namen des Mannes, der das Opfer wohl als letzter Mensch lebend gesehen hatte. Da das Hotel ein renommiertes Haus in München war und es auf seinen Ruf achtete, mussten die Gäste ihren Ausweis vorzeigen. Deshalb stand Renate Bussmann mit zwei Kollegen in Uniform, eine halbe Stunde später vor der Haustür des Mannes, der das Zimmer für sich und Vanessa gebucht hatte. Doch die Tür öffnete eine ältere Dame. Sie bat der Nachbarn wegen die Polizisten nicht vor dem Haus stehen zu bleiben und zeigte durch den Flur ins Wohnzimmer. Bussmann fragte nach dem Gesuchten und die Frau gab an, dass sie die Ehefrau des Mannes sei. Kurz nach dem Bussmann und ihre Kollegen das Haus betraten, öffnete jemand die Haustür und trat ein. Mit erstaunten Gesichtsausdruck nahm der Mann die Polizei in seinem Wohnzimmer wahr. Bussmann fragte nach seinen Namen und als er ihn ihr sagte, wollte sie ihn im Polizeirevier verhören. Die Ehefrau war geschockt und ihr Mann ahnungslos.

Erst als Bussmann ihm ein Foto der Toten zeigte und ihn nach seiner Beziehung zu dem Opfer fragte, ging ihm ein Licht auf. Die Streifenpolizisten fuhren den Mann dann zum Verhör. Im Verhörraum gab der Mann freiwillig zu, mit dem Opfer bezahlten Geschlechtsverkehr gehabt zu haben. Auch das er schon öfter bei Vanessa den Beischlaf genossen hatte, erzählte er der Ermittlerin. Das er das Hotelzimmer gegen halb zehn verlassen hatte und Vanessa zu diesem Zeitpunkt noch lebte, bestätigte er auch. Doch danach sagte er aus, dass er nicht der letzte Kunde Vanessas gewesen ist. Bussmann horchte plötzlich ganz genau hin. Was der Mann jetzt aussagte, ließen den Verdächtigen zu einem Kronzeugen werden. Er beschrieb den anderen Besucher Vanessas ganz genau und der Polizeizeichner fertigte ein Phantombild an. Sollte die Geschichte des Zeugen wirklich wahr sein, waren er und seine Frau in Gefahr. Denn der Mörder Vanessas wusste von ihm und würde sicher versuchen, eine Aussage des Zeugen zu verhindern.

Als Bussmann sich das Phantombild anschaute, kam ihr der Kerl irgendwie bekannt vor. Doch ihr fiel nicht ein, wer er sein könnte.

Sie ließ das Bild durch den Polizeicomputer laufen und wartete auf das Ergebnis der Software. Doch bevor der Computer irgendetwas ausspuckte, erkannte sie den Gesuchten. Es war Paul Stein, der falsche Bundeskriminalbeamte.

Ein Anruf beim Staatsanwalt, eine E-Mail und kurz danach wurde Stone mit einem Haftbefehl gesucht. Vor dem Haus des Zeugen stand nun rund um die Uhr eine Zivilstreife und beobachtete das Umfeld des Hauses. Bussmann ahnte, dass der Gesuchte dort auflaufen könnte.

Doch sie warteten dort umsonst. Stone saß schon wieder im Auto und fuhr gerade über den Brenner Richtung Rom.

Nachdem er gesehen wurde, konnte er den Auftrag des Bischofs nicht weiter ausführen. Er gab dem Geistlichen noch einen mündlichen Bericht und verließ dann München.
Der Bischof musste nun alleine weiter sehen, wie er aus seinen Schlamassel heraus kam.

Bussmann blätterte durch die alte Akte Victorias und fand darin Paul Stein. Die Frage, die sich ihr stellte, war die, was hatte Victorias Fall mit dem jetzigen zu tun oder war es reiner Zufall? Um eine Antwort zu bekommen, wollte die Polizeirätin Victoria einen Besuch abstatten. Sie sah auf die Uhr, die mittlerweile 22 Uhr anzeigte. Bussmann überlegte nach Hause zu fahren und morgen früh bei Victoria anzuklingeln oder doch noch heute Abend dort vorbei zu fahren.

Vick dagegen machte sich große Sorgen. Vanessa war verschwunden. Kein Wort und auch kein Lebenszeichen von ihr. Egal wie oft Victoria anrief, Van nahm das Gespräch nicht an. Vick wollte noch die Nacht abwarten und dann eine Vermisstenanzeige bei der hiesigen Polizei aufgeben. Sie nahm ihr Handy in die Hand und wählte erneut Vicks Nummer. Kurz danach meinte sie das angerufene Handy an ihrer Haustür klingeln zu hören. Van hatte einen Lovesong abgespeichert, der gespielt wurde, wenn Vick anrief. Dieses Lied hörte sie jetzt an ihrer Haustür. Sie war froh und öffnete erleichtert die Haustür. Doch als sie in der Tür stand, erschrak sie. Nicht Vanessa stand dort, sondern der Bischof persönlich. Er kam nicht alleine.
Seine beiden Bodyguards drückten Victoria in den Flur zurück und der Bischof schloss die Tür hinter sich.
Der Bischof hatte Vans Handy noch in der Hand und steckte es jetzt unter dem Blick Victorias in seine Jackentasche.

Die beiden Begleiter des Kirchenmannes fassten Victoria an den Armen und schleiften sie in ihr Schlafzimmer. Ihre Schreie hörte außerhalb des Hauses niemand und um sie ruhig zu stellen, erhielt sie einige Ohrfeigen, die so heftig schmerzten, dass sie nur noch schluchzte und das Schreien aufgab. Wie Stone Vanessa fesselte, so benutzten die beiden Männer auch einen Kabelbinder und banden Victoria die Hände hinter ihrem Rücken fest. Danach durchsuchte einer der Männer die Wohnung, während der Bischof mit seinem anderen Begleiter Victoria die ersten Fragen stellte. Zuerst versuchte Vick alles abzustreiten und erhielt dafür weitere Schläge durch den Begleiter des Bischofs. Sie schmeckte das Blut an ihrer aufgesprungenen Lippe. Auch ihre Nase blutete mittlerweile. Doch noch hielt sie sich mit den Antworten zurück, die der Bischof von ihr hören wollte. Ungeduldig gab er seinem Begleiter ein Zeichen und dieser nickte zur Kenntnisnahme mit dem Kopf. Der Mann Gottes verließ das Schlafzimmer und Victoria war nun mit dem Bodyguard alleine. Dieser wartete dann auch nicht lange und schlug ihr mit der Faust ins Gesicht. Der Schmerz, der Vick überfiel, war unerträglich. Sie stand der Ohnmacht nahe, als sie ein weiterer Fausthieb traf. Ihr rechtes Auge schwoll sofort an und behinderte ihre Sicht auf das, was noch kommen sollte. Mit seinen kräftigen Händen riss der Kerl ihr das Kleid und die Unterwäsche vom Leib. Jetzt ahnte Vick, was passieren würde. Sie flehte ihn an, nicht weiter zu machen. Sie rief nach dem Bischof, doch dieser ließ sich nicht blicken. In ihrer Verzweiflung rief sie Gott, doch auch dieser hatte kein Mitleid mit ihr. Der Kerl drehte die sich wehrende Victoria auf den Bauch und drang von hinten in sie brutal ein. Er genoss sein Tun und Vick blieb vor Schmerzen, die Luft zum Atmen weg. Während Vick vergewaltigt wurde, hatte der andere Mann ihr und Vanessas Notebook gefunden. Da beide Laptops mit Passwörtern geschützt waren, mussten sie diese Passwörter von Victoria herauspressen. Der Bischof hielt seinen Mann aber mit der Hand auf seiner Schultern zurück und wartete, bis der andere Begleiter mit Victoria fertig war.

Victoria hatte dem nichts mehr entgegenzusetzen und gab freiwillig die Passwörter preis.

Der Mann mit den Computern und den Handys der Frauen brachte diese in das Auto vor der Haustür.

Dabei ließ er die Tür, um wieder eintreten zu können, offen stehen.

Renate Bussmann hatte den Motor ihres Autos gerade abgeschaltet, als sie diesen Kerl aus dem Haus kommen sah. Sofort meldete sich ihre innere Alarmanlage und sie rief die Kollegen über Funk zur Verstärkung. Sie überlegte kurz ihre Vorgehensweise und stieg aus dem Wagen. Noch hatte der aus dem Haus kommende Mann sie nicht gesehen und Bussmann schlich sich an den im Kofferraum gebückten Kerl heran. Als sie einen Meter hinter ihm stand, bat sie ihm, die Hände hinter dem Rücken zu kreuzen und sich vor dem Wagen hinzuknien. Der Kerl drehte sich aber erst um und schaute in Bussmanns Lauf ihrer Beretta 92. Sie schmiss ihm die Handschellen hin und der Bodyguard durfte sich selbst die Handschellen anlegen. Zur Belohnung verfrachtete sie ihn in den Kofferraum seines eigenen Autos.

Danach bewegte sie sich zu Victorias Haus mit der offenstehenden Haustür. Als sie dort eintrat, hörte sie eine Frau schluchzend um Hilfe flehen. Sie folgte mit gezogener Waffe dem Geräusch und sah einen weiteren Mann über Victoria gebeugt. Bussmann gab sich als Polizistin aus und bat den Kerl, die Hände zu heben. Kurz danach explodierte ihr Kopf und

Bussmann fiel ohnmächtig auf den Boden.
Der zweite Bodyguard hatte sich von hinten angeschlichen und sie mit einem Kerzenständer auf dem Kopf geschlagen. Für einen winzigen Augenblick diskutierten der Bischof und sein Beschützer die weitere Vorgehensweise, doch das Geräusch mehrerer Martinshörner nahm ihnen die Entscheidung ab. Sie stürmten aus dem Haus, sprangen in ihr Auto und fuhren, ohne zu wissen, dass der dritte Mann im Kofferraum lag, davon.

Victoria sah mit an, wie Renate Bussmann zu Boden fiel. Sie lag noch immer mit auf dem Rücken verbundenen Händen bäuchlings in ihrem Bett. Sie spürte die Schmerzen in ihrem Unterleib heftig pochen, doch ihre einzigen Gedanken waren die, wie sie lebend aus dieser Situation kommen würde. Sie wusste nicht, wer die beiden Begleiter des Bischofs waren, doch den Kirchenmann kannte sie nur zu gut und deshalb hatte sie jetzt Angst, sterben zu müssen. Plötzlich hörte sie aus der Ferne die Blaulichtsirenen und dieses Geräusch war Musik in ihren Ohren. Zum ersten Mal in ihrem Leben war sie froh, die Polizei zu sehen. Als sie dann auch noch mitbekam, wie die beiden Männer aus dem Raum rannten, wurde ihre Hoffnung, dass die Schändung an ihr beendet war, wieder geweckt.
Vick sah den ersten Uniformierten mit gezogener Waffe in ihr Schlafzimmer schleichen. Kurz danach betraten zwei weitere Polizisten in Uniform mit Waffen in den Händen das Zimmer. Während zwei von denen sich um die am Boden liegende Kollegin kümmerten, befreite der andere Beamte Victoria aus ihrer Lage.
Renate Bussmann wurde ins Krankenhaus gefahren. Victoria wurde ebenfalls dort von einem Arzt untersucht und ihre Pein in einem Bericht festgehalten.

Als sie dann endlich alleine in ihrem Krankenbett lag, öffnete sich die Tür des Krankenzimmers und es stellte sich ein gewisser Kriminalkommissar Burgholz bei ihr vor. Erst als er vor ihrem Bett stand, erkannte der Ermittler Victoria und begann mit seinen Fragen zu dem Überfall in ihrer Wohnung.

Als Vick ihm erklärte, dass sie einen der Männer als den Bischof identifizieren kann, schickte Buchholz sofort die Kollegen zum Sitz des Bischofs, um ihn in die Polizeidienststelle zu verhören und eventuell zu verhaften.

Zwei Streifenpolizisten klopften kurz danach an des Bischofs Haustür und irgendjemand seiner Angestellten öffnete die Tür. Die Beamten fragten nach dem Bischof und der Mann in der Tür antwortete, dass der Bischof heute schon frühzeitig sein Schlafgemach aufgesucht hätte. Er würde ihn ungern wecken wollen. Einer der Polizisten fragte den Mann nach der Anwesenheit des Bischofs und dieser bestätigte, dass sein Boss den ganzen Abend im Haus anwesend war. Trotzdem ließen sie den Geistlichen wecken und fuhren trotz seiner Proteste mit ihm ins Präsidium.
Der Bischof machte nur Angaben zu seiner Person und verlangte danach, das Telefongespräch mit seinem Anwalt führen zu dürfen.
So saß er still im Verhörraum der Münchener Polizei und wartete kommentarlos auf seinen Rechtsbeistand.
Burgholz beobachtete den Gottesmann hinter einen einseitig durchlässigen Glasspiegel und überlegte, wie er vorgehen sollte. Doch der Anwalt kam mit einer richterlichen Verfügung zum Präsidium, hielt diese Burgholz unter die Nase und der Bischof verließ aufgrund der Zeugenaussage seines Angestellten, ohne befragt worden zu sein das Polizeigebäude.

Der Kriminalkommissar konnte es kaum glauben, aber irgendwer von oben musste dabei seine Finger im Spiel gehabt haben.

Am nächsten Morgen besuchte er seine Kollegin Renate Bussmann im Krankenhaus. Die Polizeirätin war wieder unter den Lebenden und die Kopfschmerzen brachten sie fast um. Burgholz nahm sein Notizblock aus der Tasche und notierte sich Stichpunkte aus Bussmanns Erzählung. Leider konnte sie keinen der Männer außer dem im Kofferraum identifizieren und der Kerl, den sie gefesselt eingesperrt hatte, ist spurlos mit seinem Komplizen verschwunden. Nur der Bischof hätte aussagen können, doch dieser tat unwissend, denn er war ja zu Hause und nicht am Tatort.

Nachdem Burgholz alle seine Fragen von Bussmann beantwortet hatte, besuchte er Victoria noch einmal.

Als er in ihr Krankenzimmer eintrat, hörte er schon vor der Tür ein lautes Gespräch oder eine lautstarke Diskussion. Wie sich nach seinem Eintritt ins Zimmer herausstellte, stritt Victoria mit ihrem behandelnden Arzt darüber, dass Hospital verlassen zu dürfen. Der Mediziner empfahl ihr dringend, hier unter Beobachtung zu bleiben, doch Vick wollte sofort das Krankenhaus verlassen. Burgholz räusperte sich und machte sich so bemerkbar. Es wurde plötzlich still und die beiden streitenden Parteien schauten den Polizisten erstaunt an. Der Arzt drehte sich um und verließ gestresst und wütend den Raum. Burgholz ließ Victoria drei Mal durchatmen und fragte sie dann noch einmal wegen des Bischofs. Vick wunderte sich über die erneute Frage und gab nochmals an, den Bischof zu kennen und ihn bei dem Überfall in ihrem Haus erkannt zu haben. Kommissar Burgholz wollte danach von Victoria wissen, warum der Bischof mit den beiden Begleitern bei ihr einbrach, sie fast umbringen und vergewaltigen ließ. Gestern Abend direkt nach der Tat, konnte er sich darauf noch keinen Reim zusammenbrauen. Doch nach Bussmanns Erklärung wusste er über Vanessa Tod Bescheid und irgendwie stand ihr Tod mit dem Überfall auf Victoria in einem Zusammenhang. Burgholz wollte die Wahrheit hören und baute bei seiner Befragung den Druck auf Victoria kontinuierlich auf.

Als er dann sah, wie sie ihn bei der Frage ihrer Bekanntschaft mit Vanessa anschaute, wusste der Kommissar, dass er die richtige Spur verfolgte.

Noch wusste Victoria nichts über den Tod Vanessas und Burgholz wollte noch warten, bis er sie über ihren Tod aufklärte.

Vick dagegen schien plötzlich etwas zu ahnen und fragte jetzt Burgholz nach Vanessa. Der wiederum hielt es nun für ratsam, seinen Joker auszuspielen und klärte Victoria über den Tod ihrer Freundin auf.

Vick spürte, wie ihr der Boden unter den Füßen weggezogen wurde. Hätte sie nicht im Bett gelegen, sie wäre glatt der Länge hin umgefallen. Sie schluchzte und röchelte nach Luft. Dabei füllten sich ihre Augen mit Flüssigkeit und die Tränen liefen ihr über das Gesicht. Sie hatte zum zweiten Male einen Menschen verloren, den sie geliebt hatte. Ihr Kopf füllte sich mit Leere und sie war wie im Rausch. Plötzlich lag sie in einer Blase und war nicht mehr in der existierenden Welt. Ihr war nun alles egal und sie hörte Burgholz wie aus weiter Ferne zu ihr sprechen. In diesem Zustand beantwortete sie seine Fragen und erzählte ihm von ihrem und Vanessas Plan, den Bischof als Schuldigen ihres Dilemmas in der Öffentlichkeit zu demütigen und bloßzustellen. Jetzt spitzte Burgholz die Ohren und erkannte den Zusammenhang zwischen den Tod Vanessas und dem Überfall auf Victoria. Er bat Victoria München nicht zu verlassen und machte sich auf dem Weg zu Bussmanns Krankenzimmer. Dort angekommen, tauschte er weitere Informationen mit der Polizeirätin aus und das Puzzle legte sich langsam zusammen. Jetzt musste er nur noch einen mutigen Staatsanwalt und einen noch mutigeren Richter finden, die einen Haftbefehl gegen den Bischof ausstellten. Doch dieses Unterfangen war nicht so einfach. Der ermittelnde Staatsanwalt wollte seine Karriere nicht gefährden und war sehr besorgt über Burgholz Anliegen. Ihm fehlten die handfesten Beweise, um den Bischof klar eine Beteiligung an den Tod Vanessas und den Überfall auf Victoria anheften zu können. So stand Burgholz ohne seinen gewünschten Haftbefehl da und überlegte, wie er dem Staatsanwalt diese Beweise liefern könnte.

Der Angestellte des Bischofs unterschrieb unterdessen das Protokoll, in dem er bezeugte, dass der Bischof zur Tatzeit des Überfalls in seiner Wohnung war. Er hatte nun ein handfestes Alibi, auf das er sich stützen konnte. Ein Haftbefehl rückte so in noch weiterer Ferne.

Victoria verließ in der Zwischenzeit auf eigenem Wunsch das Krankenhaus und fuhr mit der Tram und dem Bus nach Hause. Ihr wurde beim Eintritt in ihrem Haus bewusst, dass sie weiterhin in Gefahr war. Sie musste von nun an sehr vorsichtig sein und rief als erste Maßnahme einen Wachschutz an, der ihr eine Alarmanlage mit 24/7 Rundumschutz anbot. Zwei Tage dauerte es, bis das Alarmsystem an ihrem Haus montiert und aktiviert wurde. Nun konnte sie zumindest hier, in ihren eigenen vier Wänden wieder beruhigter Schlafen.
Am Freitag Abend hatte sie dann der Alltag wieder ein und sie erschien in der Gaststätte, um ihrer Arbeit nachzugehen.

Natürlich hatte der Wirt von dem Überfall auf sie gehört und als sie zu Arbeitsbeginn vor ihm stand, schüttelte er mit dem Kopf. Ihr Gesicht zeigte noch deutliche Spuren der Schläge, die sie einstecken musste und ihr Boss wollte sie so nicht auf seine Kunden loslassen. Er schickte sie mit den Worten, ihren Urlaub jetzt anzutreten nach Hause.

Eine Woche nach dem Überfall trat Renate Bussmann wieder ihren Dienst an. Den Fall Vanessa bearbeitete nun der Kollege Burgholz. Genauso wie er den Überfall auf Victoria auf seinem Schreibtisch liegen hatte.
Bussmann wollte den Fall gerne behalten, doch der Polizeipräsident höchst persönlich schaltete sich ein und entzog ihr jede weitere Ermittlungen, die den Bischof betrafen. Die offizielle Begründung lautete, sie sei Opfer und Zeuge. Deshalb voreingenommen und nicht objektiv genug.
Renate Bussmann war enttäuscht und wütend. Sie überlegte, wie sie trotzdem gegen den Bischof ermitteln kann. Bussmann beantragte ihren längst fälligen Jahresurlaub und dieser wurde von ihrem Vorgesetzten sofort genehmigt. In ihrer Freizeit wollte sie die Ermittlungen wieder aufnehmen.
Sie saß an ihrem Küchentisch und schrieb alle ihre Kenntnisse auf einen Schreibblock, trennte die beschriebenen Seiten heraus und heftete diese zur besseren Übersicht an die freie Küchenwand. Als ihr nichts mehr einfiel und sie vor der Wand mit den Notizen stand, läutete plötzlich ihr Handy. Aus ihrer Konzentration gebracht, nahm sie das mobile Telefon in die Hand und schaute auf das Display. Giuseppe Falconi, der italienische Polizist bei Interpol, wollte sie sprechen. Bussmann drückte auf den Button zur Gesprächsannahme und meldete sich mit Namen.

Typisch, wie die italienischen Männer nun mal sind, startete Falconi das Gespräch mit vielen schmeichelnden Worten.

Bussmann wiederum typisch deutsch, wollte sofort zur Sache kommen und unterbrach ihren Kollegen von Interpol mitten in seinem Flirtversuch am Telefon.

Doch der Italiener hatte gute Nachrichten. Paul Stein ist in Rom in einem Autounfall verwickelt gewesen und bei der Überprüfung seiner Dokumente, während er ohne Bewusstsein ins Krankenhaus gefahren wurde, stellten die Verkehrspolizisten fest, dass er mit internationalem Haftbefehl gesucht wurde.

Sofort meldeten sie sich bei der zuständigen Dienststelle und Stone wurde am Krankenbett verhaftet. Dort lag er nun in Handschellen und wartete auf die weitere Vorgehensweise der Carabinieri.

Bussmann hörte Falconi zu, buchte noch während der Italiener sprach online ein Flugticket von München nach Rom und saß am späten Nachmittag in einer Maschine der Al Italia, die auf dem Leonardo da Vinci Airport zur Landung aufsetzte.

Am Gate für die ankommenden Passagiere wartete Giuseppe Falconi schon auf die deutsche Kollegin und winkte ihr heftig zu, als er sie kommen sah. Bussmann und Falconi fuhren durch den dichten Feierabendverkehr Roms direkt zu dem Hospital, in dem Stone in Handschellen in seinem Krankenbett lag.

Dort, vor der Tür des Krankenzimmers, nickte Falconi dem Carabinieri zu und dieser ließ sie beide ins Zimmer treten.

Stone sah Falconi und Bussmann eintreten und erkannte die deutsche Polizistin sofort. Noch während Falconi sich vorstellte, verlangte Stone einen Anwalt. Doch der Mann von Interpol überhörte Stones Verlangen einfach und sprach im ruhigen Ton weiter. Stone lag in seinem Bett und musste Falconis Ansprache über sich ergehen lassen. Zum Ende bat er den Gefangenen Bussmanns Fragen zu beantworten. Doch der sah keinen Grund zu kooperieren und schwieg eine ganze Weile. Falconi schaute die ganze Zeit zu und bewunderte seine deutsche Kollegin wegen ihrer Geduld bei der Befragung. Irgendwann ging dann aber doch sein südländisches Temperament mit ihm durch und er schrie Stone lautstark an Antworten zu geben. Der im Bett liegende Hüne reagierte zum ersten Mal und lächelte Falconi selbstbewusst an. Das war für den Polizisten zu viel. Er bat Bussmann kurz einen Espresso für sie alle zu holen und schickte sie so aus dem Krankenzimmer. Als Renate Bussmann mit drei Tassen in den Händen vor die Tür trat, öffnete der wachhabende Polizist ihr die Tür. Ihr fielen fast die Tassen aus den Händen, als sie Stone mit blutiger Nase dort liegen sah. Falconi sagte zu Renate Bussmann, dass Stone jetzt bereit wäre, ihre Fragen zu beantworten. Falconi schaffte es mit Schlägen und dem Versprechen, sich für eine Haftreduzierung einzusetzen Stone weichzukochen. Doch redselig war er trotzdem nicht. Bussmann wusste nach dem Gespräch nur, dass der Bischof beim Tod von Anton Huber die Fäden im Hintergrund gezogen hatte. Er wollte seinen Pastor aus der Schusslinie der Juristen und der Öffentlichkeit wissen. Die Kirche sollte nicht mit den Missbrauchsvorwürfen Hubers in Verbindung gebracht werden.

Am nächsten Morgen wollten Falconi und Bussmann noch einmal mit Stone reden, doch als sie die Krankenstation betraten, sahen sie vor Stones Zimmer zwei Männer mit einem Aluminiumsarg stehen. Beim Blick hinein erkannten sie dort Stone liegen. Bei der Befragung des Polizisten, der die Nachtschicht vor dem Krankenzimmer hatte, sagte dieser aus, dass niemand außer einer der Ärzte in der Nacht das Zimmer Stones betrat. Nach der Überprüfung der in der Nacht anwesenden Ärzten stellte sich heraus, dass keiner der diensttuenden Ärzte das Zimmer Stones betreten hatte. Der Mann, der letzte Nacht das Zimmer im Arztkittel betrat, gehörte nicht dem Ärzteteam des Krankenhauses an.

Für Bussmann war damit der Aufenthalt in Rom beendet. Da für sie hier nichts mehr zu holen gab, buchte sie noch für den selben Tag einen Rückflug nach München.
In ihrer Wohnung angekommen, heftete sie die neuen Erkenntnisse als Notiz an ihre Küchenwand und fügte so ein weiteres Puzzleteil dazu. Doch durch den Tod Paul Steins war der einzige Zeuge, der den Bischof belasten konnte, aus dem Weg geräumt und Renate Bussmann wusste, dass sie dem Bischof eine Beteiligung an den Fall Julia nicht mehr nachweisen würde können.

Zum Ende

Vanessas Beerdigung fand an einem verregneten Mittwoch statt. Da sie geschwisterlos war und ihre Eltern auch nicht mehr lebten, war Victoria die einzige Person, die von ihr Abschied nahm. Van wurde eingeäschert und in ein anonymes Grab bestattet. Bis auf die Haut durchnässt, machte sich Vick danach zu Fuß auf den Heimweg. Sie war mal wieder allein. Von Gott und aller Welt verlassen. Ihr Hass gegen den Bischof der Kirche und den ganzen Klerus stieg ins Unermessliche wie ihre ansteigend fehlende Aussicht auf eine noch zuversichtliche Zukunft an. Sie spürte auf dem Gehweg vom Friedhof nach Hause den Regen und den kalten Wind nicht wirklich. Sie war jetzt in einer Phase angekommen, an der ihr alles egal schien. Ihre Augen, von den Tränen für die verlorene Freundin überzogen, konnten ihr nur schleierhaft die Umgebung mitteilen. Ohne ihr Umfeld wirklich wahrzunehmen, stolperte sie mehr, als mit festem Schritt über das Pflaster des Bürgersteiges zu gehen. Gedankenverloren stand sie dann vor ihrer Haustür, ohne überhaupt mitbekommen zu haben, wie sie die Strecke hinter sich gelassen hat.

Als sie den Schlüssel in das Türschloss steckte und herumdrehte, spürte sie plötzlich eine Hand auf ihrer rechten Schulter. Erschrocken drehte Vick sich um und schaute in Renate Bussmanns Gesicht.

Die Polizistin wollte mit Victoria privat reden und bat sie, eintreten zu dürfen. Mit triefender Nase zeigte Vick durch die Haustür ins Innere und ging voran hinein. Bussmann selbst durchnässt durch den andauernden Regen folgte Victoria ins Wohnzimmer, nahm auf der Couch platz und sah, wie die

Hausherrin ins Badezimmer verschwand. Da sie die Tür nicht hinter sich zuzog, konnte die Polizeirätin sie in dem reflektierenden Spiegel durch den Türspalt beobachten. Victoria streifte sich die nasse Kleidung von ihrem Körper, bückte sich, um die Sachen aufzuheben und in den Korb für zu waschende Wäsche zu werfen. Dabei blickte sie zufällig in den Badezimmerspiegel und sah, dass die Polizistin sie beobachtete. Sie rieb sich mit einem Handtuch die Nässe vom Körper und schlüpfte in ihren Bademantel. Die ganze Zeit schaute Bussmann ihr dabei zu und spürte selbst, wie die Nässe ihr fröstelte. Sie zog ihre Jacke in dem Moment aus, als Vick ins Wohnzimmer zurückkam.

Victoria sah, wie Bussmann ihre nasse Jacke auf die Couch legen wollte und griff mit ihrer rechten Hand danach. Dabei berührten sich ihre Finger und Vick fühlte die Kälte mit der Bussmann zu kämpfen hatte. Vick nahm ihr die Jacke ab und hing sie im Badezimmer über der Dusche auf. Dort konnte der Regen in der Jacke abtropfen. Mit einem großen Saunahandtuch betrat sie wieder das Wohnzimmer und reichte dieses der erstaunten Renate Bussmann.

Die Polizeirätin hielt kurz inne und stand starr da. Doch dann öffnete sie die Knöpfe ihrer nassen Bluse und reichte sie mit der danach ausgezogenen Jeanshose Victoria. Vick zeigte danach auf den BH und Bussmann schüttelte mit dem Kopf. Vick verließ das Wohnzimmer und benutzte den Wäschetrockner im Keller ihres Hauses, um die Kleidung ihres Gastes zu trocknen. Wieder zurück, saß Bussmann mit umgebunden Handtuch auf der Couch und Vick setzte sich ihr gegenüber in den einzigen Sessel. Erst jetzt fragte sie die Beamtin nach dem Grund ihres Besuches.

Bussmann klärte Vick über den Entzug des Falles und der neuen Erkenntnis über Paul Stein auf. Auch, dass sie der Gerechtigkeit wegen weiter privat ermittelte.

Victoria spürte während des Gesprächs die Aufrichtigkeit Bussmanns und ohne es zu wollen, baute sich ein vertrauensvolles Verhältnis zwischen ihnen auf. Vick antworte ehrlich auf die ihr gestellten Fragen und blickte dabei immer wieder auf die sich durch den feuchten BH durchschimmernden Brustwarzen der Beamtin. Die Kälte ließ sie hart von innen an den BH drücken. Bussmann selbst spürte die Blicke Victorias und revanchierte sich selbst mit einem Blick durch den Schlitz des Bademantels auf die linke Brust Victorias. Beide Frauen fühlten, dass dies jetzt kein normales Gespräch einer Polizistin und einer Zeugin mehr war. Victoria suchte Trost und wollte die Wärme einer Umarmung an sich spüren. Sie stand auf, holte eine Decke aus dem Schrank und reichte diese der frierenden Polizistin auf ihrer Couch. Dankbar nahm Bussmann die Decke an und legte sie sich über den Schultern. Jetzt war ihr Körper bedeckt und konnte sich aufwärmen. Victoria sah jetzt nur noch den Kopf aus der Decke gucken und ihre Gedanken waren nicht mehr von erotischer Lüsternheit abgelenkt.

Bei Renate Bussmann sah es allerdings anders aus. Sie war eine Frau, die einem typischen Männerberuf nachging und schon immer den Frauen nachguckte, statt sich von Männern angezogen fühlte. Sie fragte plötzlich nichts mehr und es herrschte für einige knisternden Minuten Stille zwischen den beiden Frauen. Lange schauten sich beide ernsthaft in die Augen. Dieses Spiel dauerte so lange an, bis Victoria ihrer Gegenüber ein leichtes Lächeln schenkte. Bussmann lächelte daraufhin zurück und sah, wie Vick ihren Bademantel öffnete. Danach ging alles ganz schnell. Vick stand nackt vor Bussmann, die selbst die Decke von ihren Schultern strich und den BH öffnete. Vick sah die dicken Brüste auf den Bauch Bussmanns fallen und erkannte die Einladung der Frau an sie. Eine Minute später lagen beiden fest ineinander verbunden in Vicks Bett und ließen geschehen, was passieren sollte.

Burgholz saß an seinem Schreibtisch im Polizeirevier. Eine einzige Leuchte an seinem Platz gab ihm in dem ansonsten dunklen Büro das nötige Licht. Er studierte die Akten im Fall Julias, kam aber zu keiner neuen Erkenntnis. Er wusste, der Bischof hing in diesem Fall mit drin, konnte ihm aber nichts nachweisen. Frustriert knipste er das Licht aus und saß noch einige Minuten im Dunklen gedankenverloren da, als ihn plötzlich ein Geräusch aus der Stille holte. Instinktiv bückte er sich unter seinem Schreibtisch und beobachtete, wie sich ein Schatten an der Tür von Polizeirätin Renate Bussmann Eintritt in ihr Büro verschaffen wollte. Burgholz wollte erst das Licht einschalten, ließ es dann aber und beobachtete das Geschehen weiter. Der Schatten öffnete nach kurzen Fummeln an dem Türschloss die Tür und kam kurz danach mit einer Akte wieder durch die Tür.
Burgholz folgte dem Schatten unauffällig durch die Dunkelheit durch das Treppenhaus auf den Parkplatz der Polizeibeamten. Als der Unbekannte ins Licht einer Laterne trat, erkannte Burgholz den Mann.
Renate Bussmanns Partner Sommer stieg unter der Beobachtung Burgholz in sein Auto und fuhr davon. Kriminalkommissar Burgholz sprintete zu seinem Wagen und hoffte Sommer nicht verloren zu haben. Doch er hatte Glück, auf der Regerstraße sah er Sommers Auto wieder vor ihm fahrend. Burgholz folgte Sommer im nötigen Abstand. In der

262

Kapellenstraße stoppte er dann und stieg aus seinem Wagen.
Burgholz sah aus der Ferne, wie Sommer mitten in der Nacht
das erzbischöfliche Ordinariat betrat.
Kurz danach öffnete sich die Eingangstür erneut und Sommer
kam in Begleitung zweier zwielichtaussehender Gestalten
wieder heraus.
Zu Burgholzs Pech trennten sich die beiden Gruppen
voneinander und der Kommissar musste sich entscheiden,
welchem Wagen er folgen wollte.
Er entschied sich Sommer aus den Augen zu lassen und folgte
den beiden dunklen Gestalten vorsichtig hinterherfahrend.
In Unterpfaffenhofen parkten sie ihr Auto und legten den Rest
der Strecke zu Fuß zurück. Burgholz tat es ihnen gleich. Blieb
aber im Schatten der Bäume und Hauswände. So konnte er den
beiden Männern ungesehen folgen. Als Burgholz erkannte, wo
die beiden Kerle hinwollten und vor allem als er sah, dass sie
sich vor dem Haus Victorias trennten, zückte er sein Handy und
rief Verstärkung.

Die Männer des Bischofs waren am Ziel ihres Auftrages
angekommen. Sprachen kurz miteinander, drehten sich um und
schauten in die Umgebung, ob sie von niemanden zufällig
gesehen wurden. Danach benutzte einer der beiden das
Gartentor und bewegte sich durch den Garten zu der hinteren
Terrasse. Der andere Kerl hielt sich versteckt unter einer Eiche
auf und beobachtete die Umgebung. Als der Mann auf der
Terrasse das Alarmsystem außer Gefecht gesetzt hat, gesellte
sich sein Kollege zu ihm. Gemeinsam betraten sie unbemerkt
Victorias Haus. Sie bewegten sich gekonnt vorsichtig und
professionell durch die Räume des Hauses. An der
geschlossenen Schlafzimmertür waren sie an ihrem Ziel

angekommen. Langsam drückte einer der beiden die Klinke der Tür herunter und öffnete die Tür.
Die beiden Einbrecher sahen dort im Bett zwei Frauen schlafend nebeneinander liegen. Damit hatten sie nicht gerechnet. Jetzt mussten sie sich mit zwei Frauen beschäftigen. Sie tränkten zwei Tücher mit Chloroform und hielten es den schlafenden Damen unter die Nasen. Diese wachten zwar kurz auf, öffneten für einen winzigen Moment die Augen und fielen dann in einen ungewollten Schlaf. Jetzt hatten die beiden Typen leichtes Spiel und zogen eine Spritze mit einer durchsichtigen Flüssigkeit auf. Doch genau in dem Augenblick, als der eine von ihnen Victoria die Nadel in den Arm stechen wollte, ertönte das Geräusch mehrerer Martinshörner aus der Nähe. Trotzdem wollten die beiden Auftragskiller ihren Job noch schnell erledigen und der Mann mit der Spritze setzte erneut an, um die Injektion in Victorias Arm zu spritzen. Jetzt hörten beide das Spannen einer Pistole, drehten sich eilig um und sahen in den Lauf von Burgholzs Dienstwaffe.

Noch nie während seiner ganzen Laufbahn bei der Polizei musste Burgholz auf einen Menschen schießen. Doch trotz der Dunkelheit im Schlafzimmer Victorias erkannte er an den Gesichtern der Männer, dass heute der Tag gekommen war, der dies änderte. Burgholz sah wie die beiden, ohne kommuniziert zu haben, gleichzeitig auf ihn losgingen. Automatisch drücke er ab und traf den mit der Spritze in der Hand in die Stirn. Für einen zweiten Schuss fehlte ihm dann aber die Zeit und der zweite Kerl stieß ihn einfach um und entkam durch die Schlafzimmertür.

Mittlerweile war die gerufene Verstärkung vor dem Haus angekommen. Da sie den Schuss hörten, nahmen sie alle mit gezogenen Waffen Deckung und warteten auf weitere Befehle. Das Geschehen entspannte sich erst wieder, als Burgholz mit gehobenen Händen die Vordertür öffnete und mit seinem Dienstausweis winkte. Von dem Fliehenden fehlte aber jede Spur.

Als Victoria die Augen öffnete, wusste sie genau so wie Renate Bussmann von nichts. Das die beiden Frauen aber Glück hatten, noch am leben zu sein, wurde ihnen erst jetzt bewusst.
Victoria sah es der Polizistin an, dass es ihr ein wenig unangenehm war, in dieser Situation vor ihren Kollegen zu stehen. Vick konnte es nicht glauben, wieder ins Visier des Bischofs geraten zu sein.
Während Bussmann und Victoria ihre kargen Aussagen tätigten, fuhr Burgholz mit zwei begleitenden Streifenwagen zu Sommers Adresse.
Als der überraschte Polizist die Tür verärgert öffnete, machte ihn Burgholz auf seine Rechte aufmerksam und zwei Uniformierte nahmen den Kollegen in Haft.
Am Rosenheimer Platz im Dezernat führte Burgholz dann das Verhör. Zuerst schlug Sommer alle Vorwürfe gegen ihn ab, doch die Fotos auf Burgholzs Handy überführten ihn dann doch mit dem Bischof und seinen Gesellen in Kontakt getreten zu sein.
Er verlangte einen Anwalt und Burgholz gewährte ihm sein Recht.
Es würde ein langer Tag werden und Burgholz fuhr nach Hause, um noch einige wenige Stunden Schlaf zu finden.

Am anderen Tag stand fest, des Bischofs Maulwurf bei der Polizei war Sommer. Über seinen Anwalt versuchte er

Haftverschonung durch seine Mithilfe und Aussagen gegen den Bischof zu bekommen. Doch einen Spitzel in den eigenen Reihen wurde nicht so einfach verziehen und der Staatsanwalt wollte zuerst wissen, ob Sommers Mithilfe für eine Verhaftung des Bischofs ausreichen würde.

Aus Angst vor der Haft redete Sommer unaufhörlich und gab den Ermittlern genügend eidesstattliche Aussagen, die er zum Schluss mit seiner Unterschrift bestätigte.

Die Suche nach dem zweiten Einbrecher blieb bis dahin erfolglos. Auch die Überprüfung des abgestellten Autos der beiden unheimlichen Figuren brachten der Polizei keinen Hinweis auf den zweiten Täter. Der von Burgholz erschossene Mann dagegen war ein ehemaliger Militär der französischen Fremdenlegion und polizeilich bekannt.

Ein Richter stellte aufgrund von Sommers Aussagen einen Haftbefehl gegen den Bischof aus. Ein Großaufgebot der Münchener Polizei durchsuchte daraufhin den Bischofssitz. Es wurden Computer und Akten beschlagnahmt. Doch der Bischof selbst war nicht aufzufinden gewesen. Über Interpol wurde ein internationaler Haftbefehl ausgestellt und der Mann Gottes wurde in allen Ländern mit einem bilateralen Abkommen zur grenzüberschreitenden Polizeizusammenarbeit gesucht.

Doch das Bistumsoberhaupt blieb auch nach drei Wochen intensiver Ermittlung spurlos verschwunden. Niemand konnte der Polizei einen Tipp auf des Bischofs Aufenthaltsort geben. Burgholz ahnte eine weiterreichende Intrige, dessen Ausmaß er noch gar nicht abschätzen konnte.

Burgholz kam in diesem Fall nicht weiter und legte den Fall Julia erst einmal auf den angestapelten Aktenhaufen auf seinem Schreibtisch. Nach zwei weiteren Tagen lagen schon weitere Fälle auf dem Stapel und die Ermittlungsakte des Bischofs verschwand mitten im Haufen dieser Dokumente.

Ein halbes Jahr verging und Burgholz dachte schon länger nicht mehr an Victoria oder Renate Bussmann, die sich in ein anderes Dezernat Münchens versetzen lassen hatte.
Dann, völlig unerwartet meldete sich ein gewisser Giuseppe Falconi bei ihm. Erst hatte der Italiener versucht, mit Renate Bussmann zu telefonieren, doch Bussmann gab ihm Burgholz Nummer. Jetzt hatte Falconi den richtigen Ermittler am Apparat und erzählte Burgholz, dass die Carabiniere den Bischof gefunden haben. Er schwamm mit dem Rücken nach oben und dem Gesicht im Wasser außerhalb Roms im Tiber. Die italienische Polizei schloss den Fall als Suizid ab und schloss somit die Akte des Bischofs.
Auch Burgholz konnte den Fall nun abschließen, war sich über den Freitod des Bischofs aber nicht sicher. Trotzdem übernahm er das Ergebnis der italienischen Kollegen und klappte den Deckel zu. Sein Stapel an Akten hatte sich durch das Telefonat um eine Akte verkleinert.

Die Wahrheit über den Tod Julias und die ganzen Zusammenhänge, die sich danach abgespielt haben, wurden nie wirklich aufgeklärt.
Der Klerus mit seinem ganzen Machtapparat von Bischöfen und Kardinälen nutzte seinen Einfluss und seine Macht im Namen Gottes, um von diesen nicht einmaligen Missbrauch eines seiner Angestellten abzulenken. Zum Leidwesen der Öffentlichkeit und von Victoria, die sich schon als Kind von Gott verraten und

verlassen gefühlt hatte, wurde nach dem Tod des Bischofs das Geschehen um Victoria totgeschwiegen.

Alle Beteiligten waren froh, die Akte geschlossen zu haben und nicht weiter darin herum zu bohren. Jetzt ist es natürlich so. Victorias von mir erfundene Geschichte ist natürlich frei aus meinen Gedanken ohne echten Wahrheitsgehalt in Worte beschrieben worden. Doch die Realität des Missbrauchs von Angestellten der christlichen Kirche an ihren unschuldigen Schutzbefohlenen spricht Bände. Warum dieses wichtige Thema in der Medienlandschaft nicht genauer untersucht und thematisiert wird, ist für mich unbegreiflich. Niemand möchte sich mit Gott anlegen und es sich mit ihm verspaßen oder ist es doch der Klerus, der die Menschen einfach mit deren Angst vor dem Tod erpresst? Seit Konstantin im 4. Jahrhundert die Sekte der Christen und deren Religion nicht mehr verfolgte, baute die römische Kirche ihr Machtimperium über den ganzen Globus bis ins 20. Jahrhundert kontinuierlich auf. Jetzt stellt sich für mich die Frage, was hat Gott eigentlich mit dem Vatikan und seinem Gefolge zu schaffen? Ich meine nichts. Das ist aber meine persönliche Meinung und ich respektiere auch jede andere Meinung zu diesem Thema. Hat Gott wirklich die Inquisition oder die Kreuzzüge gewollt? Würde Gott pädophile Priester den Einzug ins Paradies wirklich erlauben? Jesus sitzt dort oben und schüttelt nur noch den Kopf. Was haben die Menschen nur aus seiner Botschaft gemacht. Genau das Gegenteil, was er vor 2000 Jahren gepredigt hatte, lebt die katholische Kirche dem Menschen vor. Ihren Reichtum hat sie sich überwiegend im Mittelalter durch Knebelverträge oder Enteignungen erstohlen. Es gibt so viele Dinge, die die Kirche betreibt, die mit Jesus Worten nichts gemeinsam hat. Waren seine Worte nicht, baut mir keine Götzentempel? Doch der

Klerus tat genau das Gegenteil. Größer und höher mussten die Kirchen im gegenseitigen Wettbewerb werden.
Ich denke, die Kirche muss aus ihrer konservativen antiken Denkweise endlich in die Neuzeit ankommen. Wenn es ihnen nicht gelingt, die Kirche zu modernisieren und zu öffnen, wird es die römisch katholische Kirche im nächsten Jahrhundert nicht mehr geben.

Zu meinen Roman möchte ich noch hinzufügen, dass das Geschriebene von mir erfunden wurde und nichts mit der Wirklichkeit zu tun hat. Zufällige Gemeinsamkeiten, die vielleicht in der Realität ähnlich vorgekommen sein könnten, sind von mir nicht beabsichtigt gewesen.
Ich danke den Lesern und hoffe sie hatten alle Spaß beim Lesen.

Kein Bodybuilder, dafür Parkinson

Als Kind und Jugendlicher wollte ich immer Fußballer werden. Ich träumte davon, in den großen Stadien aufzulaufen. Als junger Mann zog es mich dann vom Fußball weg ins Fitnessstudio und dort träumte ich den Traum, meinen Körper den eines Bodybuilders gleichzustellen. Erreicht habe ich keines, von beiden, bekommen habe ich Parkinson. In meinem hier beschriebenen Lebenslauf möchte ich meine sportlichen und krankheitsbedingten Erinnerungen wiedergeben. Es geht mir darum, mich später mit diesen Zeilen an diese Episode meines Lebens erinnern zu können. Vielleicht liest der eine oder andere Leidensgenosse und Leidensgenossin meine Sätze und findet sich in ähnlicher Weise wieder.

Erzählt wird die Geschichte eines Jungen, der in den Siebzigern des zwanzigsten Jahrhunderts in einer Bergbausiedlung groß geworden ist. Viele kleine und große Erlebnisse begleiten den Leser und geben ihm Einsichten in das Leben der Menschen des nördlichen Ruhrgebietes. Das Geschriebene wurde in der üblichen Sprache des Reviers erfasst und unterstreicht damit das gewisse Gefühl, sich in die Region hineindenken zu können. Viele kleine Kurzgeschichten aus dem Pott werden in diesem Buch beschrieben und führen den Leser in die Welt der Kohle zurück.

In einer geheimen Konferenz beschließen einige der mächtigsten Männer und Frauen der Welt, wie das weltweite Bevölkerungswachstum gestoppt werden muss. Um die Macht der westlichen Industrienationen weiterhin zu sichern und die Umweltzerstörung in den Griff zu bekommen, beschlossen die Anwesenden einen für die meisten Menschen tödlichen Komplott. In den Labors der führenden Pharmaunternehmen sollen Virologen einen Virus und gleichzeitig ein Gegenmittel herstellen, dass dann heimlich auf die Weltbevölkerung losgelassen werden soll. Nur eine ausgewählte Anzahl von Menschen sollte das Gegenmittel verabreicht bekommen und so die weltweite Bevölkerungszahl wieder in eine Richtung reduziert werden, dass ein wirkliches Leben der Nachhaltigkeit garantiert. Doch eine Handyaufnahme könnte die Öffentlichkeit warnen und das Vorhaben zum Scheitern bringen.

Die Geschichte handelt über eine verlorene Liebe zwischen dem jungen Rachelle und seiner anvertrauten Ireen. Beschrieben wird der Weg der beiden von ihrer Jugendzeit bis ins hohe Alter. Der Roman führt uns mit Rachelle und Ireen durch eine nicht existierende Fantasiewelt voller Abenteuer, Brutalität und erotischer Episoden. Die Welt in dieser Zeit sollte eine Bessere werden, wurde jedoch durch Kriege und das Recht des Stärkeren geprägt. Mord, Totschlag, Raub und Vergewaltigungen waren an der Tagesordnung. Unser Liebespaar flüchtete vor ihren Peinigern und erlebte während ihrer Reise über den Kontinent viel Gutes und noch mehr Schlechtes. Das Ziel: Ein vergessenes Elfenreich

In der Liebe gefangen, handelt über Mike und Angelina. Beide suchten sich zwar nicht, fanden aber zueinander. Sie liebten sich vom Herzen her und wählten den Weg der Ehe. Alles schien für beide nach ihren Wünschen perfekt zu laufen, bis sich irgendwann die erste dunkle Wolke vor die Sonne der Liebe setzte. Doch die Sonne verjagte die störende Wolke schnell und die Liebe setzte ihren Weg fort. Im Laufe der Jahre gab es dann immer wieder Höhen und Tiefen in dieser Liebesbeziehung und die Sonne wurde immer öfter von dunklen Wolken verdeckt. Ihre wärmenden Strahlen erreichten nur noch selten die Herzen der beiden Liebenden und sehr oft zogen heftige Gewitter auf. Doch die Gewitter reinigten auch die Luft und wenn die Sonne ihre Strahlen wieder zu dem Pärchen schickte, blühte die Liebe wieder auf. Es kam aber der Moment in dem Leben des Paares, als die Gewitterwolken sich nicht mehr verzogen und es nur noch Blitz und Donner gab.

© 2022, Michael Baltus
Herstellung und Verlag:
BoD – Books on Demand, Norderstedt
ISBN: 9783756886951